U0927675

中国纺织出版社

内 容 提 要

在我国的文学艺术宝库中，有一颗璀璨耀眼的明珠，它的名字就叫《诗经》。《诗经》不仅是中华民族的艺术瑰宝，也是绽放于世界文学舞台的艺术奇葩。各个时代的文人墨客，无不从《诗经》中汲取营养，并渗透在他们自己的作品当中。《诗经》究竟是一部什么样的作品，拥有如此令人着魔的魅力？阅读本书，你将找到答案。

图书在版编目(CIP)数据

诗经全鉴：珍藏版/张凌翔解译．—北京：中国纺织出版社，2016.8（2024.1重印）

ISBN 978－7－5180－2647－0

Ⅰ．①诗…　Ⅱ．①张…　Ⅲ．①古体诗—诗集—中国—春秋时代 ②《诗经》—通俗读物 Ⅳ．①I222.2

中国版本图书馆CIP数据核字（2016）第114836号

策划编辑：顾文卓　　　　责任印制：周平利

中国纺织出版社出版发行

地址：北京市朝阳区百子湾东里A407号楼　邮政编码：100124

销售电话：010—67004422　传真：010—87155801

http：//www.c－textilep.com

E-mail：faxing@c－textilep.com

中国纺织出版社天猫旗舰店

官方微博 http：//weibo.com/2119887771

北京华联印刷有限公司印刷　各地新华书店经销

2016年8月第1版　2024年1月第2次印刷

开本：710×1000　1/16　印张：20

字数：272千字　定价：68.00元

前言

《诗经》是我国第一部诗歌总集，被认为是中国古典文学的源头，其现实主义的创作手法和多样化的文字风格，对后世文学产生了深远的影响。

《诗经》中的诗歌大体产生于西周初期至春秋中期，距今约有两千五百年的历史，它描写了纯美的爱情，反映了当时人们的生产生活状况，也揭露了封建贵族的荒淫腐朽，控诉了统治阶级对劳动人民的剥削压迫，可以说是反映当时社会生活的一面镜子。

《诗经》共305篇，又称《诗三百》。按内容可分为“风”、“雅”、“颂”三部分，其中“风”是地方民歌，有15国风，共160篇；“雅”多是朝廷乐歌，分为大雅和小雅，共105篇；“颂”主要是宗庙乐歌，有40篇。《诗经》的表现手法主要是“赋”、“比”、“兴”，其中“赋”和“比”是诗歌的基本表现手法，但“兴”却是中国诗歌中比较独特的艺术手法，对于诗歌中气氛的渲染和意境的创造都起着重要的作用。

关于《诗经》的产生，历史上有很多说法，“孔子删诗说”是其中比较重要的一种。这种说法来源于《史记》，司马迁说《诗经》本来有3000多篇，后来孔子十取其一，整理成集，就剩下了这305篇。但到了近代，人们却推翻了这个说法，认为“删诗说”不能成立。人们认为，孔子虽然对《诗经》的完善、传播和保存做出了巨大贡献，但是他未曾删诗。

现在更为大众所认可的说法是“采诗说”和“献诗说”。《汉书·艺文志》说：“故古有采诗之官，王者所以观风俗，知得失，自考证也。”周天子为了解民情风俗和政治得失，会派专门的采诗人到民间搜集歌谣。《国语·周语》说：“故天子听政，使公卿至于列士献诗。”周天子让众臣用诗表示对时政的意见，作为君主行政的参考。

对于《诗经》的解释，两千多年来众说纷纭，很难达成共识。为了国学爱好者阅读方便，本书博采众长，以朱熹的《诗经注》为底本，在保持原有风、雅、颂结构的基础上对《诗经》做了比较精确的翻译和解读。另外，书中还插配了很多历代画家绘制的山水人物绘画，提高了该书的可读性和艺术性，是一部适合大众阅读的国学经典读物。

“一千个读者就有一千个哈姆雷特”，大家对《诗经》的理解各有不同，这也正是《诗经》的妙处所在。其实，学习《诗经》最好的方法就是熟练地阅读，在吟咏的过程中慢慢领悟，细细品味那种跨越千年的美感。

阅读本书，不仅可以让我们对《诗经》所处时代的政治、经济、文化和社会生活产生更深的了解，还可以陶冶道德情操，提升人生品位，汲取古老文明中所蕴含的智慧和力量 。

本书平装本自出版以来，广受读者欢迎和喜爱。为满足大家的收藏、馈赠需要，现特以精装形式推出，敬请品鉴。

解译者

2016 年 2 月

目录

风

雅

风

国风·周南

西周初期，周公姬旦和召（shào）公姬奭（shì）分陕而治。周公旦居东都洛邑，统治东方诸侯，范围包括洛阳以南，直到江汉一带地区。《周南》当是周公统治下的南方地区的民歌，共有11篇，意为南国之诗，或意为用南国乐调写的诗。

关 雎

【原典】

关关雎鸠①，在河之洲②；窈窕淑女，君子好逑③。
参差荇菜④，左右流之⑤；窈窕淑女，寤寐求之⑥。
求之不得，寤寐思服；悠哉悠哉⑦，辗转反侧。
参差荇菜，左右采之；窈窕淑女，琴瑟友之⑧。
参差荇菜，左右芼之⑨；窈窕淑女，钟鼓乐之⑩。

【注释】

①关关：拟声词，水鸟的叫声音。雎鸠（jū jiū）：一种水鸟。②洲：水中的陆地。③好逑：理想的配偶。④荇（xìng）菜：一种多年生的水草，叶子可以食用。⑤流：顺水势采摘。⑥寤寐（wù mèi）：寤，醒觉。寐，入睡。指日夜。⑦悠：忧愁。⑧友：友好交往，亲近。⑨芼（mào）：择取，挑选。⑩乐：使……快乐。

【译文】

关关鸣叫的雎鸠，在河中的小岛上。文静秀丽的姑娘，君子理想的配偶。
长短不齐的荇菜，顺着水流不停采。文静秀丽的姑娘，日日夜夜想追求。
追求姑娘难如愿，朝朝暮暮来思念。长夜漫漫心忧伤，翻来覆去难入眠。

长短不齐的荇菜，左右两边不停采。文静秀丽的姑娘，弹琴鼓瑟亲近她。

长短不齐的荇菜，左右仔细来采摘。文静秀丽的姑娘，鸣钟击鼓逗她乐。

【鉴赏】

《关雎》是《风》之始，也是《诗经》第一篇，古人把它冠于三百零五篇之首，充分说明对它的评价之高。这首诗描绘了一名男子在河边遇到一位采摘荇菜的姑娘，他为姑娘的勤劳、美貌和娴静而怦然心动，对她产生了强烈的爱慕之情。在对姑娘的一系列追求过程中，男子既表现出求而不得的焦虑，又畅想了求而得之后的喜悦，充分体现了古代劳动人民内心对美好爱情的追求和向往。

葛　覃

【原典】

葛之覃兮[①]，施于中谷[②]，维叶萋萋[③]。黄鸟于飞[④]，集于灌木，其鸣喈喈[⑤]。

葛之覃兮，施于中谷，维叶莫莫[⑥]。是刈是濩[⑦]，为絺为绤[⑧]，服之无斁[⑨]。

言告师氏[⑩]，言告言归。薄污我私[⑪]，薄浣我衣。害浣害否，归宁父母[⑫]。

【注释】

①葛：一种藤本植物，其茎部的纤维可以用来织布。覃（tán）：修长。②施（yì）：蔓延，延伸。中谷：山谷里。③维：语气助词，无实际实义。萋

萋：植物茂盛的样子。④于：语气助词，无实际实义。⑤喈喈（jiē）：鸟鸣的声音。⑥莫莫：植被茂密的样子。⑦刈（yì）：用刀割。濩（huò）：用水煮。⑧絺（chī）：细葛织成的布。绤（xì）：粗葛织成的布。⑨斁（yì）：厌弃。⑩师氏：类似管家，一说贵族女师。⑪薄：语气助词，无实际实义。污：洗去污垢。私：内衣。⑫归宁：指出嫁的女子回娘家探亲。

【译文】

葛草长长的藤蔓，延伸到漫山遍谷，藤叶茂密又繁盛。

黄鸟在翩翩飞舞，停落在灌木上面，发出喈喈鸣叫声。

葛草长长的藤蔓，延伸到漫山遍谷，藤叶茂密又繁盛。

收割回来用水煮，有粗有细织葛布，穿在身上不厌弃。

告诉自己的管家，说要回家看父母。

快把内衣洗干净，快把外衣洗干净。

洗和不洗分清楚，要回娘家看父母。

【鉴赏】

这首诗写一个贵族女子准备归宁，在当时的社会条件下，已婚女子回家探亲是一件大事。诗的开篇描绘了一幅生机盎然的山谷美景，长势茂盛的葛藤和翩翩飞舞的黄鸟，一静一动，形成两种各具特色的美态，表现出女子回家前轻松愉快的心情。后面描写了女子回家之前所做的准备，收割葛藤，煮过后做成新衣服，洗涤平时穿的内外衣，最后才高高兴兴地回家。这首诗篇幅虽短，但却不失美感，处处洋溢着欢快的气氛，读来很有感染力。

卷　耳

【原典】

采采卷耳①，不盈顷筐②。嗟我怀人③，置彼周行④。

陟彼崔嵬⑤，我马虺隤⑥。我姑酌彼金罍⑦，维以不永怀⑧。

陟彼高冈，我马玄黄⑨。我姑酌彼兕觥⑩，维以不永伤⑪。

陟彼砠矣⑫，我马瘏矣⑬！我仆痡矣⑭，云何吁矣⑮。

【注释】

①卷耳：一种野菜，又叫苍耳。②顷筐：底部较浅的竹筐。③怀人：心中思念的人。④周行（háng）：大道。⑤陟（zhì）：登上。崔嵬（cuī wéi）：指山势高低不平。⑥虺隤（huī tuí）：因疲劳过度而病倒。⑦姑：姑且。金罍（jīn léi）：古代用青铜铸造的酒杯。⑧维：语气助词，没有实际意义。永怀：长久的思念。⑨玄黄：马因生病而毛色枯黄。⑩兕觥（sì gōng）：犀牛角制成的酒杯。⑪永伤：长久的思念。⑫砠（jū）：指有土的石山。⑬瘏（tú）：马因疲劳而生病。⑭痡（pū）：人因生病而不能行走。⑮何：何等的。吁（xū）：忧伤。

【译文】

卷耳菜采了又采，却总也不满一筐。
心里想念远行人，把竹筐丢在路旁。
登上崎岖的石山，累坏了我的马儿。
我且满饮青铜杯，只为不再长思念。
登上高高的山冈，累得马儿毛色黄。
我且满饮牛角杯，但愿从此不忧伤。
登上高高的山头，我的马儿累倒了。
我的仆人累趴了，我的忧愁无穷尽。

【鉴赏】

这是一首妻子怀念远行丈夫的诗。妻子在采卷耳的时候想起了远行的丈夫，由于想得入神，把竹筐丢在路旁都浑然不知。在她想象的场景中，丈夫过得并不快乐，每天的旅途都很劳累，连马也跟着受罪，心中的忧伤无处排遣，只好独自一人喝酒解闷。诗的想象力非常丰富，表达的感情也极为深切，对后世影响很大。

樛　木

【原典】

南有樛木[①]，葛藟累之[②]。乐只君子[③]，福履绥之[④]。

南有樛木，葛藟荒之[5]。乐只君子，福履将之[6]。

南有樛木，葛藟萦之[7]。乐只君子，福履成之[8]。

【注释】

①樛（jiū）：木叶下垂称为樛。②葛：一种多年生草本植物，纤维可织葛布。藟（lěi）：一种野葡萄之类的果子。累：攀援着，缠绕住。③只：语气助词，无意义。④福履：即福禄。绥（suí）：安也。⑤荒：覆盖住。⑥将：扶助，或释为“大”。⑦萦（yíng）：环绕。⑧成：到来。

【译文】

南有树木枝叶弯，上有野葡萄攀援。

新郎心中真快乐，可以安享幸福了。

南有树木枝叶弯，上面覆满野葡萄。

新郎心中真快乐，幸福实在太大了。

南有树木枝叶弯，上面环绕野葡萄。

新郎心中真快乐，幸福终于到来了。

【鉴赏】

这是一首祝贺新婚的地方民歌。男女嫁娶亘古以来就是重要的日子，这首《樛木》正是以兴奋而浓烈的热情，表现了我国古代劳动人民淳朴的婚礼祝福习俗。

这首诗以葛藟缠绕樛木开篇，写景的同时也是在比喻女子嫁给丈夫，夫妻成为一体的美好姻缘。接着开始为新郎祝贺，希望他能过上幸福、美满的生活。诗分三章，每章只改易二字，句式整饬，以这种群歌迭唱的形式表达了喜庆祝颂之情。

螽　斯

【原典】

螽斯羽[1]，诜诜兮[2]。宜尔子孙，振振兮[3]。

螽斯羽，薨薨兮[4]。宜尔子孙，绳绳兮[5]。

螽斯羽，揖揖兮[⑥]。宜尔子孙，蛰蛰兮[⑦]。

【注释】

①螽（zhōng）斯：即蝗虫。羽：这里指蝗虫的翅膀。②诜诜（shēn）：同“莘莘”，形容众多。③振振：繁盛、兴旺。④薨薨（hōng）：很多虫一起飞的声音。⑤绳绳：绵延不绝的样子。⑥揖揖：汇聚到一起。⑦蛰蛰（zhé）：数量多。

【译文】

蝗虫拍打着翅膀，成群结队地飞来。

你的子孙非常多，真是兴旺又繁盛。

蝗虫拍打着翅膀，成群结队闹哄哄。

你的子孙非常多，真是绵延不绝啊。

蝗虫拍打着翅膀，成群结队聚成团。

你的子孙非常多，多得数也数不清。

【鉴赏】

从三句“宜尔子孙”可以看出，这是一首祝福诗。周人的婚礼一般都在秋冬，按照时间推算，这个螽斯薨薨的八九月的祝福场合很可能是小宝宝满月之类的性质。

这首诗的字句很简短，构思也简单质朴，在浓郁的泥土气息之中透露出一派喜气，这与宝宝满月之类的庆贺场合的气氛是相通的。这样的祝福非常符合农家人的生活习惯，虽然用不太雅的螽斯来比兴子孙，但也进一步体现出作者质朴宽厚的性格之中还蕴含了丰富的生活经验与智慧。由此推测，作者是一个阅历比较丰富的人，很可能是地方上有着一定威望的领导者。

桃　夭

【原典】

桃之夭夭[①]，灼灼其华[②]。之子于归[③]，宜其室家[④]。

桃之夭夭，有蕡其实[⑤]。之子于归，宜其家室。

桃之夭夭，其叶蓁蓁⑥。之子于归，宜其家人。

【注释】

①夭夭：树木生机勃勃的样子。②灼灼：花朵鲜艳的样子。华：即花朵。③之子：指出嫁的姑娘。归：女子出嫁。④宜：和善。室家：指家庭。⑤蕡（fén）：果实累累的样子。⑥蓁蓁（zhēn）：枝叶繁茂的样子。

【译文】

桃树生机勃勃，花朵鲜艳美丽。
姑娘就要出嫁，家庭和睦美满。
桃树生机勃勃，果实又多又大。
姑娘就要出嫁，家庭和睦美满。
桃树生机勃勃，桃叶非常繁茂。
姑娘就要出嫁，家庭和睦美满。

【鉴赏】

这是一首祝贺新娘出嫁的诗。诗中各章的前两句是全诗的兴句，分别以桃树的枝、花、叶、实比兴男女盛年及时嫁娶的美好场景。

这首诗的写法也很讲究，看似只是简单变换几个字，反复咏唱，实际上作者是很为用心的。从头一章写“花”，到第二章写“实”，再到第三章写“叶”，利用桃树生长过程中的三变，表达了三层不同的意思。写花，是形容新娘子的美丽；写实，是祝愿其早生贵子；写叶，更是祝福新婚夫妇子孙绵延不休，真是一派兴旺的景象！

兔　罝

【原典】

肃肃兔罝[①]，椓之丁丁[②]。赳赳武夫，公侯干城[③]。

肃肃兔罝，施于中逵[④]。赳赳武夫，公侯好仇[⑤]。

肃肃兔罝，施于中林[⑥]。赳赳武夫，公侯腹心[⑦]。

【注释】

①肃肃：紧密。罝（jū）：捕捉野兽的网。②椓（zhuó）：敲打。丁丁（zhēng）：击打的声音。③公侯：泛指统治者。干：通“捍”。干城：指御敌的城池。④中逵：指四通八达的路口。⑤仇（qiú）：通“逑”。⑥中林：即林中。⑦腹心：指最信赖的人。

【译文】

网结得又紧又密，敲打木桩丁丁响。武士气概雄赳赳，捍卫公侯的城池。

网结得又紧又密，布在通透的路口。武士气概雄赳赳，公侯渴求的帮手！

网结得又紧又密，布在树林稠密处。武士气概雄赳赳，是公侯的好心腹！

【鉴赏】

这是一首描写狩猎的诗。在先秦时代，狩猎可以说是一种习练行军布阵、指挥作战的“武事”。所以，作者巧妙地将打桩设网的狩猎者与捍卫公侯的武士联系起来，对守卫王城的“超赳武夫”发出了热烈的赞美。

作者在三章相叠的咏唱之中，把那些姿态雄壮的武士说成是城池的捍卫者、公侯的好帮手和好心腹，这样层层推进，增添了一种神采飞扬的夸耀意味。对于“公侯”来说，有这么一群忠心的武士为其卖命，当然是值得自矜的。但对于“春秋无义战”的那个时代来说，将自己的身家性命投于公侯之家，成为其实现野心的工具，就很难说是一件幸事了。

芣苢

【原典】

采采芣苢[①]，薄言采之[②]。采采芣苢，薄言有之[③]。

采采芣苢，薄言掇之[④]。采采芣苢，薄言捋之[⑤]。

采采芣苢，薄言袺之[⑥]。采采芣苢，薄言襭之[⑦]。

【注释】

①芣苢（fúyǐ）：即车前子，种子和全草入药。②薄言：语气助词，表达劝勉的语气。③有：采取。④掇（duō）：拾取、摘取。⑤捋（luō）：顺着枝条大把的摘。⑥袺（jié）：用衣襟兜着。⑦襭（xié）：翻转衣襟插进腰带里方便兜东西。

【译文】

采采车前子，快快采回来。采采车前子，快快摘下来。

采采车前子，快快拾起来。采采车前子，快快捋下来。

采采车前子，快快兜起来。采采车前子，快快兜回来。

【鉴赏】

这是一首古代农村妇女采摘芣苢时所唱的歌曲。

全诗分为三章。第一章描写她们出发和开始采摘芣苢的情形。前两句表现了出发时兴致盎然的样子，后两句则流露出采到芣苢时的喜悦心情。

第二章是描写采芣苢时的动作细节，“掇”是用手指摘取嫩小芣苢的动作，“捋”则是把长势茂盛的芣苢成把地捋下。简单的两个字，既写出了芣苢的不同长势，而且还使人想象出妇女们采摘芣苢时娴熟的技巧和忙碌的场景。

第三章是写经过紧张的劳动，芣苢越采越多，妇女们想出办法用衣服兜住芣苢，以便可以采摘更多，“袺”与“襭”两个字充分表现出妇女们的灵巧和智慧。

汉 广

【原典】

南有乔木[①]，不可休思[②]。汉有游女[③]，不可求思。

汉之广矣，不可泳思[④]。江之永矣[⑤]，不可方思[⑥]。

翘翘错薪[⑦]，言刈其楚[⑧]。之子于归，言秣其马[⑨]。

汉之广矣，不可泳思。江之永矣，不可方思。

翘翘错薪，言刈其蒌[⑩]。之子于归。言秣其驹。

汉之广矣，不可泳思。江之永矣，不可方思。

【注释】

①乔木：高大的树木。②休：休息。思：语气助词，没有实际意义。③汉：指汉水。④泳：游泳过河。⑤江：指长江。永：水流很长。⑥方：这里指乘筏渡河。⑦翘翘：树枝高挺的样子。错薪：杂乱的柴草。⑧刈（yì）：用刀割。楚：即荆条。⑨秣（mò）：喂马。⑩蒌（lóu）：即蒌蒿。

【译文】

南方有高大树木，树下却不能休息。汉江之上有游女，却无法追求到手。

汉江之水广又宽，不可能游到对面。江水悠悠长又长，乘筏渡过也不行。

柴草高高而杂乱，用刀割取那荆条。姑娘赶快嫁给我，我来喂饱她的马。

汉江之水广又宽，不可能游到对面。江水悠悠长又长，乘筏渡过也不行。

柴草高高而杂乱，用刀割取那蒌蒿。姑娘赶快嫁给我，我来喂饱你的马。

汉江之水广又宽，不可能游到对面。江水悠悠长又长，乘筏渡过也不行。

【鉴赏】

这是一首山野樵夫唱的情歌。樵夫在山上砍柴的时候，看到高大的乔木和浩瀚的江水，想起了自己一直爱慕的姑娘，心情忧伤之下，就唱出这一首感人至深的情歌。樵夫对那位姑娘念念不忘，却始终难遂心愿，感到十分惆怅。他用汉水和江水的宽广难渡来比喻爱情之路的艰辛，倾吐了自己心中强烈的愁绪。

从这首诗的结构上来看，全篇分为三章，第一章相对独立，后两章则开始使用叠咏，这与《诗经》中其他重章叠句的民歌看似没什么差异。但从艺术意境来看，三章层层叠加，相互关联，其内在逻辑也颇具诗意。

汝　坟

【原典】

遵彼汝坟[①]，伐其条枚[②]。未见君子，惄如调饥[③]。

遵彼汝坟，伐其条肄[④]。既见君子，不我遐弃[⑤]。

鲂鱼赪尾[⑥]，王室如毁。虽则如毁[⑦]，父母孔迩。[⑧]

【注释】

①遵：沿着。汝：即汝水，是淮何的支流。坟：河流的堤岸。②条枚：即枝叶。③惄（nì）：忧愁。调（zhōu）：通“朝”，即早晨。④肄（yì）：树枝砍断后再长出来的小枝。⑤遐弃：远离。⑥鲂（fáng）鱼：即鳊鱼。赪（chēng）：浅红色。⑦毁（huǐ）：火，形容像火焚一样。⑧孔：甚。迩（ěr）：指穷困的境地。

【译文】

沿着汝河堤岸走，用刀砍下树枝叶。许久未见心上人，忧愁如早晨挨饿。

沿着汝河堤岸走，用刀砍下细树枝。已经见到心上人，请不要再远离我。

鳊鱼尾巴赤红色，王室召唤急如火。虽然召唤急如火，父母穷困难养活！

【鉴赏】

这首诗分三章，第一章写一位妇女在汝河岸上一边砍柴一边思念远征未归的丈夫，忧愁的心情难以排解；第二章写终于见到了久别归来的丈夫，央求丈夫不要再离开；第三章写王室的劳役政策又使他们无法相见，妇女感到仅凭自己难以支撑这个家，向丈夫哭诉自己的难处。

全诗用语简洁生动，比喻新奇有趣，将妇女心中的思念和哀怨渗透在字里行间，读来感人肺腑。

麟之趾

【原典】

麟之趾[1]。振振公子[2]，于嗟麟兮[3]。

麟之定。振振公姓，于嗟麟兮。

麟之角[4]。振振公族，于嗟麟兮。

【注释】

①麟：即麒麟，是一种传说中的动物，被古人看作至高至美的祥瑞之兽。趾：指麒麟的蹄。②振振（zhēn）：形容诚实仁厚的样子。公子：指贵族子孙，与后面的公姓、公族一样。③于（xū）：通“吁”，这里作叹词。④定：指额头。

【译文】

麟的蹄子啊。仁厚的公子，哎哟麟呵！

麟的额头啊。仁厚的公姓，哎哟麟呵！

麟的犄角啊。仁厚的公族，哎哟麟呵！

【鉴赏】

这首诗旨在赞美尊贵的诸侯公子。也许今天的读者会奇怪，古人为何以“麟”起兴，其实这在古代是一件异常庄重的事，因为麒麟被誉为一种兆示“天下太平”的仁义之兽，在古人的心目中有着非常尊崇的地位。所以，本诗以“麟”起兴，表达对诸侯公子的赞美之情也就理所当然了。

全诗分三章。开篇以“麟之趾”引出“振振公子”，让瑞兽麒麟与仁厚的公子交相辉映，传递出一种神圣的美感，令人情不自禁发出“于嗟麟兮”的赞叹。后面两章也只是稍微改了两个字而已，其含义并无多大变化，但如此三章回旋往复，视觉意象和听觉效果水乳交融，就制造出一种热情洋溢的情感氛围。

国风·召南

西周初年，召公奭居西部镐京，统治西方诸侯，范围包括今河南西南部、陕西南部及今四川一带。《召南》就是召公统治下的南方地区的民歌，共有14篇，与《周南》合称“二南”。

鹊 巢

【原典】

维鹊有巢[①]，维鸠居之[②]。之子于归，百两御之[③]。

维鹊有巢，维鸠方之[④]。之子于归，百两将之[⑤]。

维鹊有巢，维鸠盈之[⑥]。之子于归，百两成之[⑦]。

【注释】

①维：发语词，无实际意义。鹊：即喜鹊。②鸠：布谷鸟。传说布谷鸟不自己筑巢。③两：通“辆”。百两：形容很多车辆。御（yù）：迎接。④方：占据，占领。⑤将：护送。⑥盈：充满，占据。⑦成：完成仪式。

【译文】

喜鹊有巢在树上，布谷飞来就居住。姑娘就要出嫁了，百辆大车来迎她。

喜鹊筑巢在树上，布谷飞来占有它。姑娘就要出嫁了，百辆大车护送她。

喜鹊筑巢在树上，布谷飞来占满它。姑娘就要出嫁了，百辆大车迎娶她。

【鉴赏】

“之子于归”四字点明了本诗主旨，这是一首描写婚礼的诗。我们可以从诗中所描绘的送迎车辆之盛推测，这应该不是一般的民间婚礼，而是一场贵族的婚礼。

诗的三章都以鸠占鹊巢起兴，这没什么奇怪的，喜鹊将巢筑好，布谷鸟

住了进去，这是二鸟天性使然。同样，姑娘出嫁，住进夫家，这也是符合大自然规律的事情。全诗分三章，分别写了结婚的三个环节——迎亲、护送和礼成。因此，这首诗是选取了三个典型的场面加以概括，真实地传达出新婚的喜庆和热闹。

采　蘩

【原典】

于以采蘩[①]？于沼于沚[②]。于以用之？公侯之事。

于以采蘩？于涧之中。于以用之？公侯之宫。

被之僮僮[③]，夙夜在公[④]。被之祁祁[⑤]，薄言还归。

【注释】

①于以：到哪儿去。蘩（fán）：即白蒿。②沼：沼泽。沚：水中小洲。③被（bì）：女子的首饰。僮僮（tóng）：数量繁多。④夙夜：早晨和晚上。⑤祁祁：指首饰很多。

【译文】

到哪里去采白蒿？沼泽旁和沙洲上。采来白蒿做什么？公侯拿去祭祖用。

到哪里去采白蒿？在那深深的山涧。采来白蒿做什么？公侯宗庙祭祀用。

身上首饰戴齐整，白天黑夜去侍奉。佩戴首饰真华丽，侍奉结束回家去。

【鉴赏】

古代贵族常常进行宗庙祭祀，但并不直接从事采摘、洗煮等劳作，这些苦累的活儿均由“女宫”担任。诗的前两章描写的正是这样一些忙于“采蘩”的女宫人，她们往来于池沼、山涧之间，辛苦采集祭祀所需的白蒿，然后急急忙忙送去“公侯之宫”。第三章产生转折，从辛苦的野外采摘跳向了忙碌的宗庙供祭。女宫人发饰的变化记录着她们“夙夜在公”的酸苦。诗写得很妙，读来却只觉得悲凉。

草 虫

【原典】

喓喓草虫[①]，趯趯阜螽[②]。未见君子，忧心忡忡。亦既见止[③]，亦既觏止[④]，我心则降[⑤]。

陟彼南山，言采其蕨[⑥]。未见君子，忧心惙惙[⑦]。亦既见止，亦既觏止，我心则说[⑧]。

陟彼南山，言采其薇[⑨]。未见君子，我心伤悲。亦既见止，亦既觏止，我心则夷[⑩]。

【注释】

①喓喓（yāo）：昆虫的鸣叫声。草虫：指蝈蝈。②趯趯（tì）：跳跃的样子。阜螽：即蚱蜢。③止：语气助词，没有实义。④觏（gòu）：遇见。⑤降：放下，这里指安定。⑥言：语气助词，没有实义。蕨：一种可食用的野菜。⑦惙惙（chuò）：形容忧愁的样子。⑧说（yuè）：同“悦”，高兴，愉悦。⑨薇：一种可食用的野菜。⑩夷：平静，安定。

【译文】

蝈蝈在鸣叫，蚱蜢在蹦跳。

不见心上人，心中很忧愁。
见到心上人，终于相遇了，我心安宁了。
登上南山坡，采摘鲜蕨菜。
不见心上人，心中真忧愁。
见到心上人，终于相遇了，我心很喜悦。
登上南山坡，采摘青薇菜。
不见心上人，心中很悲伤。
见到心上人，终于相遇了，我心平静了。

【鉴赏】

这是一首思妇情怀的诗。头两句以蝈蝈鸣叫、蚱蜢蹦跳起兴，点明作者此时正处于秋风萧瑟的背景下，秋景最易勾起离情别绪，诗人埋藏在心底的相思之情被触动了，激起了心中无限的忧愁。然而，作者没有顺着“忧心忡忡”往下写，却采用想象的方法，假设自己思念的人突然出现在了自己的面前，那将是怎样的呢？这样以虚衬实，比起直接诉说内心的痛苦，显得新颖别致，又情味更浓，读来更加令人心酸。

后两章写登山采蕨、采薇，表明此时已经是第二年的春夏之交，作者“未见君子”不觉又过了一年，心中的相思之苦当然更甚，“惙惙”表明心情忧伤凝重；“伤悲”则更是悲痛难言，无以复加。

采　蘋

【原典】

于以采蘋①？南涧之滨。于以采藻②？于彼行潦③。
于以盛之？维筐及筥④。于以湘之⑤？维锜及釜⑥。
于以奠之⑦？宗室牖下⑧。谁其尸之⑨？有齐季女⑩。

【注释】

①蘋：一种可食用的水草。②藻：一种水生植物。③行潦（háng lǎo）：指沟中的积水。④筥（jǔ）：一种圆形的筐。⑤湘：烹煮供祭祀用的牛羊等。

⑥锜（qí）：有足的锅。釜：无足的锅。⑦奠：放置，摆放。⑧牖（yǒu）：天窗。⑨尸：古人祭祀时用人充当神的角色，称为尸。⑩齐（zhāi）：“斋”之省借，指美好而恭敬。季：少、小。

【译文】

哪里可以采蘋呢？就在南面涧水滨。哪里可以采蘋呢？就在积水沟壑处。

采下蘋放何处呢？有那圆篓和方筐。用什么来烹煮呢？就用各种锅来煮。

在哪里安置祭品？就在祠堂窗台下。谁来主持祭祀呢？有那虔诚的少女。

【鉴赏】

这首诗描写的是女仆们为其主人采办祭品以奉祭祀的诗篇。这些祭品和礼仪虽然简单，却表达出人们心中美好的寄托和希冀，所以围绕祭祀所展开的一切活动都非常虔诚和庄重。诗人用节奏明快的语言，井然有序地写出祭品、祭器、祭地、祭人，将这一劳动过程描绘得绘声绘色。

甘棠

【原典】

蔽芾甘棠[1]，勿剪勿伐[2]，召伯所茇[3]。
蔽芾甘棠，勿剪勿败[4]，召伯所憩[5]。
蔽芾甘棠，勿剪勿拜[6]，召伯所说[7]。

【注释】

①蔽芾（fèi）：形容树木茂盛。甘棠：即棠梨树。②剪：修剪的意思。③茇（bá）：草屋，这里指住在草屋中。④败：破坏，折断。⑤憩：歇息。⑥拜：用作“拔”，意思是拔下来。⑦说（shuì）：休息。

【译文】

梨棠树枝叶繁茂，不要修剪和伐倒，召伯曾在树下住。

梨棠树枝叶繁茂，不要修剪和损坏，召伯曾在此休息。

梨棠树枝叶繁茂，不要修剪和拔除，召伯曾在此歇脚。

【鉴赏】

这首诗中的召伯就是西周初期的政治家——姬奭，他曾辅佐周文王灭商，支持周公东征平乱，“成康之治”的形成也有他的功劳。许多民间传说和地方志的资料都证明召公听讼甘棠树下的故事是真实存在的：召伯南巡，所到之处不占用民房，就在甘棠树下搭个棚子听讼决狱，受到了当地老百姓的爱戴。全诗睹物思人，又由思人到爱物，这种深切的感情源于对召公德政教化的衷心感激。

行 露

【原典】

厌浥行露①，岂不夙夜②？谓行多露③！

谁谓雀无角④，何以穿我屋？谁谓女无家⑤，何以速我狱⑥？虽速我狱，室家不足⑦！

谁谓鼠无牙，何以穿我墉⑧？谁谓女无家，何以速我讼？虽速我讼，亦不女从！

【注释】

①厌浥（yì）：潮湿的样子。行（háng）：道路。②夙夜：这里指天亮之前。③谓：同“畏”，畏惧的意思。④角：鸟的啄。⑤女：同“汝”，你。无家：没有家室，尚未婚配。⑥速：招来，招致。狱：诉讼，官司。⑦不足：无法办到。⑧墉（yōng）：墙壁。

【译文】

路上露水湿漉漉，怎么不想早赶路？只怕露水阻道路！

谁说麻雀没有嘴，为何啄透我的屋？谁说你还没成家，为何让我进监狱？即使我进了监狱，我也不会嫁给你！

谁说老鼠没有牙，怎么咬穿我的墙？谁说你还没成家，为何让我吃官司？即使让我吃官司，我也决不屈服你！

【鉴赏】

这首诗写一个女子拒绝一个已有家室的男子的求爱。男方已经有了家室，却仍要强迫女子嫁给他，甚至不惜用刑狱诉讼的手段相逼，但这名女子却并未屈服，她用诗歌来表达自己的意志，这种宁为玉碎的气节非常令人钦佩。全诗风骨遒劲，格调高昂，充满了不畏强暴的抗争精神。

羔　羊

【原典】

羔羊之皮，素丝五纶[①]。退食自公，委蛇委蛇[②]。

羔羊之革，素丝五緎[③]。委蛇委蛇，自公退食。

羔羊之缝，素丝五总[④]。委蛇委蛇，退食自公。

【注释】

①纶（tuó）：丝制的纽扣。②委蛇（wēi yí）：大摇大摆的样子。③緎（yù）：同“纶”。④总：同“纶”。

【译文】

羔羊皮做成衣服，白丝带做成纽扣。公门出来吃饭去，大摇大摆好得意。

羔羊皮做成衣服，白丝带做成纽扣。大摇大摆好得意，公门出来吃饭去。

羔羊皮做成衣服，白丝带做成纽扣。大摇大摆好得意，公门出来吃饭去。

【鉴赏】

这是一首颇具讽刺意味的诗，全诗不用一个讥刺字眼儿，也没有慷慨的斥责之语，诗人只是客观截取了公门人日常生活中的一个小片断，用简单的粗线条写真，描绘出一个丑陋而滑稽的公门人形象。这个自命不凡的家伙，显然是个在公门混吃混喝的寄生虫！全诗分三章，如此回环咏叹，讥刺意味很深。

殷其靁

【原典】

殷其靁[①]，在南山之阳。何斯违斯？莫敢或遑[②]。振振君子，归哉归哉！

殷其靁，在南山之侧。何斯违斯？莫敢遑息。振振君子，归哉归哉！

殷其靁，在南山之下。何斯违斯？莫或遑处。振振君子，归哉归哉！

【注释】

①殷：声音。②遑：闲暇、悠闲。

【译文】

听那隆隆的雷声，在南山阳坡响起。
为何要离家出走？不敢有少许悠闲。
勤奋有为的君子，请你赶快回来吧！
听那隆隆的雷声，在南山一侧响起。
为何要离家出走？不敢有片刻休息。
勤奋有为的君子，请你赶快回来吧！
听那隆隆的雷声，在南山脚下轰鸣。
为何要离家出走？不敢有丝毫暂留。
勤奋有为的君子，请你赶快回来吧！

【鉴赏】

此诗以重章复叠的形式唱出了一位妻子对自己丈夫的思念之情。

全诗分三章，每章均以雷起兴，但雷声响起的地点却在不断变化，这样不仅写出了雷声飘忽不定的特点，还表现出妻子对丈夫行踪无定漂泊生活的牵挂。诗的每一章虽只寥寥数语，却转折跌宕，女主人公那抱怨、理解、期望等多种情感交织的复杂心态一览无遗。

摽有梅

【原典】

摽有梅[①]，其实七兮[②]。求我庶士[③]，迨其吉兮[④]。

摽有梅，其实三兮。求我庶士，迨其今兮。

摽有梅，顷筐塈之[⑤]。求我庶士，迨其谓之[⑥]。

【注释】

①摽（biào）：落下。梅：梅树的果实。②七：剩下七成。③求：追求。士：指年轻的未婚男子。④迨：及时。吉：好日子。今：今天，现在。⑤塈（jì）：拾取。⑥谓：告诉。

【译文】

梅子纷纷落在地，树上只剩下七成。

追求我的小伙子，不要错过好时辰。

梅子纷纷落在地，树上只剩下三成。

追求我的小伙子，今天正是好时机。

梅子纷纷落在地，手提浅筐来拾取。

追求我的小伙子，赶快向我开口吧。

【鉴赏】

暮春时节，梅子黄熟，纷纷坠落。一位姑娘在采摘梅子时，感觉到时光无情，青春流逝，自己却嫁娶无期，于是便以梅子兴比，唱出了这首怜惜青春、渴求爱情的诗歌。

本诗三章重唱，层层推进，生动有力地表现了主人公情急意迫的心理过程。诗中的女子敢于将自己内心的欲求表达出来，而不顾忌外来的压力，是非常值得赞赏的。

小 星

【原典】

嘒彼小星[①]，三五在东。肃肃宵征[②]，夙夜在公。寔命不同[③]！

嘒彼小星，维参与昴[④]。肃肃宵征，抱衾与裯[⑤]。寔命不犹[⑥]！

【注释】

①嘒（huì）：星星暗淡的样子。②肃肃：忙着赶路的样子。宵征：夜间行走。③寔：同“实”，确实，实在。④维参与昴：参和昴都是星宿名字。⑤衾（qīn）：被子。裯（chóu）：被单。⑥犹：相同，一样。

【译文】

微小昏暗的星光，三三五五在东方。
匆匆忙忙走夜路，一天到晚忙公事。
只因命运不一样。
微小昏暗的星光，还有参星和昴星。
匆匆忙忙走夜路，抱着被子和床单。
只因命运不相同。

【鉴赏】

这首诗描写一名忙于公差的小吏日夜为公事繁忙，疲于奔命，不禁自叹命薄，唱出这首幽怨、感伤的诗歌。全诗虽然只有短短十句，但却将作者的悲苦境遇描绘得十分生动传神，将一幅凄凉的孤身夜行图展现在了我们面前。

江有汜

【原典】

江有汜[①]，之子归，不我以[②]。不我以，其后也悔。

江有渚[③]，之子归，不我与[④]。不我与，其后也处[⑤]。

江有沱[⑥]，之子归，不我过[⑦]。不我过，其啸也歌[⑧]。

【注释】

①汜（sì）：江水决堤后又退回江里。②不我以：不需要我。③渚（zhǔ）：水中的小沙洲。④不我与：不和我交往。⑤处：忧愁、忧伤。⑥沱：江水的支流。⑦不我过：不到我这里来。⑧啸：哭泣。

【译文】

江水决堤又倒流，姑娘就要出嫁了，从此不再需要我。

从此不再需要我，她将来一定后悔。

江水之中有沙洲，姑娘就要出嫁了，从此不和我交往。

从此不和我交往，她将来一定忧伤。

江水滔滔有支流，姑娘就要出嫁了，从此不再来找我。

从此不再来找我，她将长歌来哭泣。

【赏析】

这是一首写男子失恋的诗。男子曾经在江边与一位姑娘相知相恋，但姑娘却要离开他嫁给别人，这令他非常痛苦，发出了“她一定会后悔”的嘶声呐喊。诗分三章，每章结尾都只改了一个字，表达的意思由后悔到忧伤，再到哭泣，层层推进，步步升级，表面是在想象姑娘将来的痛苦表现，实际是作者深陷痛苦不能自拔的真实写照。

野有死麕

【原典】

野有死麕[①]，白茅包之[②]。有女怀春，吉士诱之[③]。

林有朴樕[④]，野有死鹿。白茅纯束[⑤]，有女如玉。

“舒而脱脱兮[⑥]，无感我帨兮[⑦]，无使尨也吠[⑧]。”

【注释】

①麕（jūn）：獐子，鹿的一种，但没有角。②白茅：一种野草。③吉士：打猎的男子。诱：追求。④朴樕（sù）：小树。⑤纯（tún）束：包裹，捆绑。⑥舒：慢慢地。脱脱（tuì）：舒缓的样子。⑦感（hàn）：同“撼”，意思是动摇。帨（shuì）：女子的围裙。⑧尨（lóng）：一种多毛的狗。

【译文】

小鹿死在山野里，白茅将它包裹住。有个少女春心荡，英俊猎手来追求。

树林里面有小树，山野里有死野鹿。白茅包裹献给谁，有位少女美如玉。

慢慢来啊别慌张，不要碰我的围裙，别让狗儿乱叫嚷。

【鉴赏】

这是一首纯真的情歌，它以鲜明的主题直面讴歌美好的爱情，显得极其可贵。全诗分三章，前两章以叙事者的口吻描绘男女之情，猎手把刚打到的獐子小心翼翼用白茅包好，送给了心爱的女子，并称赞女孩的美丽。第三章通过女子的言语侧面表现了男子的情炽热烈和女子的含羞慎微，赞美了男女之间自然、纯真的爱情。

何彼秾矣

【原典】

何彼秾矣[①]？唐棣之华[②]。曷不肃雝[③]？王姬之车[④]。

何彼秾矣？华如桃李。平王之孙，齐侯之子[5]。

其钓维何？维丝伊缗[6]。齐侯之子，平王之孙。

【注释】

①秾（nóng）：形容花木繁茂。②唐棣（dì）：一种树木的名称。③曷（hé）：何。肃：庄严肃静。雍（yōng）：雍容华贵。④王姬：指周王的女儿。一说是美女的代称。⑤平王、齐侯：这里并非实指，而是夸美之词。⑥缗（mín）：合股丝绳，喻男女结婚。

【译文】

什么花如此美艳？如同唐棣花一般。

怎能不雍容庄重？那可是王姬的车。

什么花如此美艳？桃花李花般娇艳。

平王之孙容貌好，齐侯之子风度佳。

什么钓鱼最方便？撮合丝绳成钓线。

齐侯之子风度佳，平王之孙容貌好。

【鉴赏】

这首诗写王姬出嫁时车服的豪华奢侈和结婚场面的排场。第一章以唐棣花起兴，铺陈出嫁车辆的骄奢；次章以桃李为比，刻画新郎新娘的光彩照人；末章以钓具为兴，比喻男女双方门当户对、婚姻美满。

驺　虞

【原典】

彼茁者葭[1]，壹发五豝[2]，于嗟乎驺虞[3]！

彼茁者蓬，壹发五豵[4]，于嗟乎驺虞！

【注释】

①茁（zhuó）：草木茂盛。葭（jiā）：初生的芦苇。②发：驱赶。豝（bā）：雌性野猪。③驺（zōu）虞：指猎人。④豵（zōng）：小野猪。

【译文】

初生芦苇好茂盛，轰出五头母野猪，猎手箭法真神奇！

蓬蒿长势很茂盛，轰出五头小野猪，猎手本领真高强！

【鉴赏】

这是一首描写古代狩猎活动的诗。猎人们从长势茂盛的芦苇丛中轰出五头野猪，然后追逐射杀，表现了猎手们娴熟的射箭技术和生龙活虎的猎场风姿。作者截取了行猎过程中的两个场景，简笔淡墨，勾勒出猎人弯弓搭箭、射中猎物的生动画面。

国风·邶风

邶（bèi）是周代的诸侯国名，位于今河南淇县以北至河北南部一带，周武王灭商后，曾封殷纣之子武庚于此。后武庚叛乱被杀，邶并入卫国，所以春秋时人们认为《邶风》也是卫诗。《邶风》即邶地民歌，共有 19 篇，大多数是东周时期的作品。

柏　舟

【原典】

泛彼柏舟①，亦泛其流。耿耿不寐②，如有隐忧。微我无酒③，以敖以游④。

我心匪鉴⑤，不可以茹⑥。亦有兄弟，不可以据⑦。薄言往愬⑧，逢彼之怒。

我心匪石，不可转也。我心匪席，不可卷也。威仪棣棣⑨，不可选也⑩。

忧心悄悄⑪，愠于群小⑫。觏闵既多⑬，受侮不少。静言思之⑭，寤辟有摽⑮。

日居月诸！胡迭而微？心之忧矣，如匪浣衣。静言思之，不能奋飞。

【注释】

①柏舟：柏木刳成的舟。②耿耿：不安的样子。③微：非，不是。④以敖

以游：即遨游。⑤鉴：明镜。⑥茹：容纳。⑦据：依靠。⑧愬（sù）：告诉。⑨棣棣：指容貌雍容华贵。⑩选（xùn）：屈挠、退让。⑪悄悄：忧愁的样子。⑫群小：众小人。⑬觏（gòu）：遭遇。⑭静言：静静的。⑮寤：交互。辟：拍胸口。摽（biào）：捶击。

【译文】

柏木船顺水漂流，荡来荡去不能休。翻来覆去睡不着，忧愁痛苦在心头。并非是我没有酒，也非无处可遨游。

我的心不是镜子，什么影像都能容。我也有亲密兄弟，但却不能依靠他。我向他倾诉苦恼，却正逢他发脾气。

我的心不是石头，不能随便就转移。我的心不是草席，不能说卷就卷走。我的容貌很雍容，怎能任人来欺凌。

心中烦恼挥不去，因为小人而生气。遭逢苦难说不清，忍受欺凌数不尽。一个人静静思索，双手捶打我胸口。

天上的太阳月亮，为何要昏暗交替？心中的万千惆怅，像洗不净的衣服。一个人静静思索，恨不能展翅高飞。

【鉴赏】

这首诗满怀了作者对现实不公的控诉。作者被“群小”所制，想要逃离却不能，怀着满腔忧愤却无处倾诉，于是将心头的委屈融于这首诗歌之中。关于作者的身份和性别，历来有很多说法，比较主流的有三种：君子在朝失意，寡妇守志不嫁和妇人不得志于夫。但从诗中用语，像“如匪浣衣”这样的比喻来看，口吻似较适合女子。

绿　衣

【原典】

绿兮衣兮，绿衣黄里[①]。心之忧矣，曷维其已[②]！
绿兮衣兮，绿衣黄裳[③]。心之忧矣，曷维其亡[④]！
绿兮丝兮，女所治兮。我思古人[⑤]，俾无訧兮[⑥]。

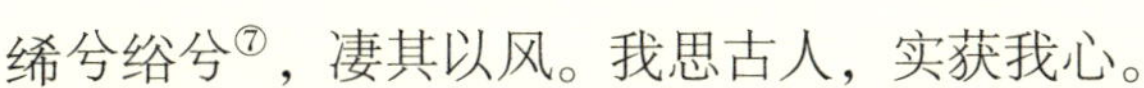

绨兮绤兮[7]，凄其以风。我思古人，实获我心。

【注释】

①里：在里面的衣服。②曷：同“何”，何时、怎样。已：停止。③裳：下衣。④亡：同“忘”，停下。⑤古人：故人，指故妻。⑥俾（bǐ）：使。訧（yí）：过失。⑦绨（chī）：细的葛布。绤（xì）：粗的葛布。

【译文】

这绿色的外衣啊，还有黄黄的里衣。我心里的忧伤啊，何时才能停下啊！
这绿色的外衣啊，还有黄黄的下衣。我心里的忧伤啊，怎样才能遗忘啊！
这绿色的丝缕啊，是你亲手理过的。想念我的故人啊，纠正我多少过失。
葛布啊有粗有细，穿上身凉风凄凄。想念啊我的故人，只有你懂我心意。

【鉴赏】

这是一首怀念亡故妻子的诗。作者睹物思人，看到妻子做的衣裳还穿在身上，而做衣裳的人却已经见不着了，陷入无尽的悲痛之中。这首诗有四章，和前面的很多诗篇一样，也采用了重章叠句的手法。鉴赏时要四章结合起来看，才能体味到诗人创作此诗时所融入的深厚感情。

燕　燕

【原典】

燕燕于飞，差池[1]其羽。之子于归，远送于野。瞻望弗及，泣涕如雨！
燕燕于飞，颉[2]之颃之。之子于归，远于将[3]之。瞻望弗及，伫立以泣！
燕燕于飞，下上其音[4]。之子于归，远送于南。瞻望弗及，实劳[5]我心！
仲氏[6]任只，其心塞渊[7]。终[8]温且惠，淑慎其身。“先君之思”，以勖[9]寡人！

【注释】

①差池：参差不齐。②颉（xié）：向下飞。颃（háng）：向上飞。③将：送。④下上其音：指鸟鸣声或上或下。⑤劳：忧伤。⑥仲氏：兄弟姊妹排行第二的称“仲氏”。只：语助词。⑦塞渊：诚实厚道。⑧终：既。惠：随和。

⑨勖（xù）：爱护。

【译文】

燕子飞来又飞去，其羽毛参差不齐。妹子要嫁到远方，我把她送到郊外。望着她渐渐远去，我的泪水像雨流。

燕子飞来又飞去，有时飞高有时低。妹子要嫁到远方，我把她送的很远。望着她渐渐远去，我待在原地哭泣。

燕子飞来又飞去，鸣叫声忽下忽上。妹子要嫁到远方，我把她送到南乡。望着她渐渐远去，我的心万分悲伤。

妹子能担当重任，她的心诚实厚道。性格慈爱又温顺，为人善良又谨慎。嘱咐我不忘先君，维护我这个兄长。

【鉴赏】

这首诗是《诗经》中极优美的抒情篇章，是中国诗史上最早的送别之作。全诗四章，前三章渲染惜别情境，充满了离别的伤感气氛；后一章深情回忆被送者的美德，抒情而深婉，写得非常传神。从诗的最后一章来看，这可能是一场政治婚姻，诗中女子深明大义，甘愿牺牲自己换取国家安宁。

日　月

【原典】

日居月诸①！照临下土②。乃如之人兮③，逝不古处④。胡能有定？宁不我顾⑤？

日居月诸！下土是冒⑥。乃如之人兮，逝不相好。胡能有定？宁不我报？

日居月诸！出自东方。乃如之人兮，德音无良⑦。胡能有定？俾也可忘。

日居月诸！东方自出。父兮母兮！畜我不卒⑧。胡能有定？报我不述⑨！

【注释】

①居、诸：二者都是语气词。②照临：照耀着。③乃：竟然。④古处：像从前那样。⑤宁：竟然。⑥冒：覆盖。⑦德音：声誉、德行。⑧畜：喜欢。⑨不述：不成。

【译文】

天上太阳和月亮，光芒照耀着大地。竟然还有这种人，对我不像从前好。心里怎么能安定？竟然不再顾忌我。

天上太阳和月亮，把大地照个透彻。竟然还有这种人，不肯继续和我好。心里怎么能安定？竟然不把音讯捎。

天上太阳和月亮，光辉出来自东方。竟然还有这种人，德行如此的败坏。心里怎么能安定？已经完全忘记我。

天上太阳和月亮，出自东方照大地。叫声爹爹叫声娘，丈夫爱我不到底。心里怎么能安定？娶了我却又反悔。

【鉴赏】

这是一首弃妇怨丈夫变心的诗。各章都以“日居月诸”作为起兴，被遗弃的妇女对着天上的日月发出自己内心的忧愤：日月能如常照耀大地，为何我的丈夫就不能一如既往地顾念我！最后一章，作者的心情悲痛已极，只有自呼父母而叹其生之不辰了，前面感情的回旋到这里突然一纵，扣人心弦。

终　风

【原典】

终风且暴[①]，顾我则笑[②]。谑浪笑敖[③]，中心是悼！

终风且霾[④]，惠然肯来？莫往莫来，悠悠我思！

终风且曀，不日有曀[⑤]。寤言不寐，愿言则嚏。

曀曀其阴，虺虺其靁[⑥]。寤言不寐，愿言则怀。

【注释】

①终：既。②顾：回头看。③笑敖：调笑。④霾（mái）：阴霾。⑤曀（yì）：阴暗昏沉。⑥虺虺（huī）：打雷声。

【译文】

风刮得猛烈狂暴，你回首对我一笑。神情戏谑而调笑，我的心惶惑不安。

风刮得尘土飞扬，你若爱我自会来。如今不来又不往，让我整日心惆怅。

风刮得昏天暗地，乌云遮住了太阳。翻来覆去睡不着，思念让我打喷嚏。

天气越来越昏暗，隆隆雷声震天响。翻来覆去睡不着，思念让我心忧伤。

【鉴赏】

这是写一位妇女被丈夫玩弄嘲笑后遭遗弃的诗。全诗以女子的口吻，写她因丈夫的肆意调戏而嗔怒惶惑，但丈夫离开后，她又开始思念，希望丈夫能理解她内心的悲伤。诗中展示出狂风疾走、尘土飞扬、日月无光、雷声隐隐等惊心动魄的画面，衬托出女主人公悲惨的命运，有强烈的艺术震撼力。

击　鼓

【原典】

击鼓其镗①，踊跃用兵②。土国城漕，我独南行③。

从孙子仲，平陈与宋。不我以归，忧心有忡④！

爰居爰处⑤？爰丧其马？于以求之？于林之下。

“死生契阔⑥”，与子成说。执子之手，与子偕老。

于嗟阔兮⑦，不我活兮⑧！于嗟洵兮⑨，不我信兮！

【注释】

①镗（tāng）：鼓声。②踊跃：操练武术时的动作。③南行：指出兵往陈、宋。④忡（chōng）：心中不安宁。⑤爰（yuán）：于是。⑥契阔：离合。⑦阔：言两地距离阔远。⑧活：相会、会合。⑨洵（xún）：久远。

【译文】

战鼓擂得响咚咚，战士舞刀又弄枪。别人修路筑漕城，我独出征去南方。

跟着统帅孙子仲，平定陈宋之纷争。不让我跟随回家，我的心忧愁烦闷。

在一个地方驻扎，丢失了我的战马，哪里能够找到它？在那深深丛林下。

同生共死不分离，当初我们说好的。紧紧握住你的手，与你相爱到白头。

如今分离在两地，不让相聚在一起。离别不要太久啊，我的誓言要遵守。

【鉴赏】

这是一首久经战场的士兵思念家乡的诗。诗分五章，前三章写出征时的情景，格调忧伤。后两章转到夫妻离别时的誓言，说好的永不分离，现在却相隔万里、归期难望，许下的誓言也无法兑现，词情非常激烈。

凯　风

【原典】

凯风自南[①]，吹彼棘心[②]。棘心夭夭[③]，母氏劬劳[④]。

凯风自南，吹彼棘薪[⑤]。母氏圣善，我无令人。

爰有寒泉，在浚之下[⑥]。有子七人，母氏劳苦。

睍睆黄鸟[⑦]，载好其音。有子七人，莫慰母心。

【注释】

①凯风：指南风。②棘心：指未长成的棘。③夭夭：旺盛的样子。④劬（qú）：劳苦。⑤棘薪：已经长成可以做柴薪的棘。⑥浚：卫国地名，在楚丘之东。⑦睍睆（xiàn huǎn）：黄鸟的鸣叫声。

【译文】

南风暖暖地吹来，吹拂小小的棘树。小棘树长势繁茂，累坏了我的娘亲。

南风暖暖地吹来，小棘树慢慢长大。母亲睿智又和善，我们却难成大器。

哪儿泉水透骨寒？就在浚城的边上。我娘有七个儿子，累坏了我的娘亲。

黄雀欢快地鸣叫，声音多么的悦耳。我娘有七个儿子，不能安慰娘的心。

【鉴赏】

这是一首儿子歌颂母亲并作自责的诗。全诗四章，前两章用凯风来比喻母亲。棘心喻儿子初生，棘薪喻儿子成长，后两句极言母亲抚养儿子的辛劳，表达了作者深深的自责。诗的后两章用寒泉、黄鸟作比兴，反衬自己兄弟不能安慰母亲，心里感到非常内疚。

雄雉

【原典】

雄雉于飞，泄泄其羽①。我之怀矣，自诒伊阻②！

雄雉于飞，下上其音。展矣君子③，实劳我心！

瞻彼日月，悠悠我思！道之云远，曷云能来④？

百尔君子⑤，不知德行？不忮不求⑥，何用不臧⑦？

【注释】

①泄泄（yì）：飞翔缓慢的样子。②诒（yí）：遗留。伊：此。阻：艰难，忧患。③展：诚实、实在。④曷：何时。⑤百尔：所有的。⑥忮（zhì）：忌恨。⑦臧（zāng）：善良。

【译文】

雄野鸡空中飞舞，鼓动翅膀慢慢飞。我的心情很沉重，思念带给我忧伤。

雄野鸡空中飞舞，鸣叫声上下起伏。我那诚实的夫君，真让我难过伤神。

日子一天天过去，思念越来越强烈。那道路如此漫长，何日归来重相见？

你们这些大夫啊，为何没有好德行？我丈夫不忌不贪，为何没有好运道？

【鉴赏】

此诗为妇人思念远役丈夫的诗。诗的前两章都是以雄雉起兴，作者能见到雄雉振翅飞舞，能听到它的叫声，却看不见丈夫，也听不见丈夫的声音，很是伤感；第三章写日子渐久，丈夫却还没有回来，不知何时才能相见，心里的忧思更加深沉；第四章语气一转，变成对当权者的控诉，点明那些当权者为了一己之私，发动战争，让老实的丈夫遭受这种苦难。

匏有苦叶

【原典】

匏有苦叶①，济有深涉②。深则厉③浅则揭④。

有弥济盈⑤，有鷕雉鸣⑥。济盈不濡轨⑦。雉鸣求其牡⑧。

雍雍鸣雁⑨，旭日始旦。士如归妻⑩，迨冰未泮⑪。

招招舟子⑫，人涉卬否⑬。人涉卬否，卬须我友。

【注释】

①匏（páo）：葫芦。②济：水名。③厉：连衣下水渡河。④揭（qì）：撩起衣裳。⑤弥（mǐ）：水势浩大，茫茫一片。⑥鷕（yáo）：雉鸣声。⑦濡：湿。⑧牡：雄性动物。⑨雍雍（yōng）：群雁的鸣叫声。⑩归妻：即娶妻。⑪迨（dài）：趁着。⑫招招：摇摆，号召的样子。⑬卬（áng）：我。

【译文】

枯叶葫芦绑腰上，不再怕济河水深。水深连衣趟过去，水浅过河提衣裳。

大水茫茫济水涨，有只山鸡在鸣叫。河水虽涨不湿轴，野鸡召唤雄配偶。

大雁声声叫得欢，太阳刚刚升起来。恋人若想娶我走，河水未冻时机好。

船上艄公来召唤，别人渡河我偏留。别人渡河我偏留，我要等着心上人。

【鉴赏】

这首诗所歌咏的是一位年轻女子对心上人的又喜悦、又焦躁的等候。一个秋天的早晨，一个女子在岸边徘徊，她惦记着自己的心上人，希望他趁着河里还不曾结冰，赶快过来迎娶她。这种对爱情的期盼充满了喜悦和兴奋，而对爱情的等待却又令人焦躁不安。

谷风

【原典】

习习谷风[①]，以阴以雨。黾勉同心[②]，不宜有怒。采葑采菲[③]，无以下体[④]。德音莫违[⑤]：“及尔同死。”

行道迟迟，中心有违[⑥]。不远伊迩[⑦]，薄送我畿[⑧]。谁谓荼苦？其甘如荠。宴尔新昏[⑨]，如兄如弟。

泾以渭浊，湜湜其沚[⑩]。宴尔新昏，不我屑以。毋逝我梁，毋发我笱[⑪]。我躬不阅，遑恤我后[⑫]。

就其深矣[⑬]，方之舟之。就其浅矣，泳之游之。何有何亡，黾勉求之。凡民有丧，匍匐救之。

不我能慉，反以我为雠[⑭]。既阻我德，贾用不售[⑮]。昔育恐育鞫[⑯]，及尔颠覆[⑰]。既生既育，比予于毒。

我有旨蓄[⑱]，亦以御冬。宴尔新昏，以我御穷。有洸有溃[⑲]，既诒我肄[⑳]。不念昔者，伊余来塈！

【注释】

①习习：风声。②黾（mǐn）勉：努力、尽力。③葑（fēng）：蔓菁。菲（fēi）：芦菔。④以：用。下体：指根茎。⑤莫违：不要违背。⑥中心：即心中。⑦迩（ěr）：近。⑧畿（jī）：门槛。⑨宴：乐。⑩湜湜（shí）：水清见底貌。沚（zhǐ）：水底。⑪笱（gǒu）：竹器，承对梁的缺口，用来捉顺水游出的鱼。发：打开。⑫遑：何。恤：爱惜。⑬就：遇见。⑭雠（chóu）：同“仇”，冤仇。⑮贾（gǔ）：卖。用：货物。⑯鞫（jú）：穷困。⑰颠覆：颠沛流离。⑱旨：甘美。蓄：收藏过冬的菜，如干菜、腌菜之类。⑲洸（guāng）：水势激荡。⑳既：尽。诒：给。肄（yì）：劳苦之事。

【译文】

谷风习习地吹着，有时阴天有时雨。我们同心到如今，不应该如此恼怒。蔓菁芦菔都要采，根茎难道能放弃？那些美德莫放弃，本应同死心相连。

路上行人步履缓，心有愁怨难消散。远近都该送送我，却只送到大门坎。
谁说苦菜味最苦，跟我比甜如荠菜。你们新婚燕尔时，亲亲密密如兄弟。
泾水搅得渭水浊，河湾见底水清澈。你和他新婚燕尔，不认可我的芳洁。
别到我的鱼梁上，别用我的竹鱼筐。可我此刻难容身，哪还顾得上以后。
过河遇见水深处，我来撑船把河渡。过河遇见水浅时，我就下水游过去。
家中有任何缺漏，我都尽力去争取。邻人有时遇灾难，我都尽力去帮助。
不再细心爱护我，反而视我为仇敌。种种美德看不见，有如旧货无处卖。
从前惊恐又贫困，与你共同渡艰难。如今生儿又育女，却将我来比毒痈。
备了干菜一坛坛，抵御冬天的困境。你和她新婚快乐，用我积蓄挡贫穷。
你对我又打又骂，家务活异常繁重。不念往昔日柔情，曾对我情有独钟。

【鉴赏】

这首诗写一位妇女遭受丈夫遗弃后，诉说丈夫的绝情绝义和自己的悲惨处境。从诗中的叙说来看，这位妇女的丈夫本是贫穷的农民，婚后在妻子的辛劳操持下，日子才慢慢好过了起来。但这个负心汉不但不顾念患难中的糟糠之妻，却喜新厌旧，另结新欢，对她拳脚相加，肆意欺凌，最后终于在迎亲再婚之日将她赶出了家门。诗中的弃妇就是在这种情形下，如泣如诉地倾吐了心中的满腔委屈，读来令人心痛。

式　微

【原典】

式微式微①，胡不归？微君之故②，胡为乎中露③？
式微式微，胡不归，微君之躬④，胡为乎泥中？

【注释】

①式：发语词，无意义。式微：光线昏暗。②微：非。故：事。③中露：就是露中。④躬：身体。

【译文】

天色已经很晚啦！为何不能回家住？若不是为君王事，哪会露中吃尽苦！

天色已经很晚啦！为何不能回家住？若不是为君王事，哪会泥中服劳务！

【鉴赏】

这首诗是苦于劳役的人所发的怨声。他到天黑时还不得回家，为王侯干活，在野露里、泥水里受罪，自然要倾吐心中的不平。诗只有短短两章，却把受奴役者的处境以及他们对统治者的满腔愤懑表达得淋漓尽致，给读者留下了极其深刻的印象。

旄　丘

【原典】

旄丘之葛兮[①]，何诞之节兮？叔兮伯兮[②]！何多日也？

何其处也？必有与也[③]。何其久也？必有以也。

狐裘蒙戎[④]，匪车不东[⑤]。叔兮伯兮！靡所与同。

琐兮尾兮[⑥]！流离之子[⑦]。叔兮伯兮！褎如充耳[⑧]。

【注释】

①旄（mào）丘：前高后低的土丘。②叔、伯：作者称卫国诸臣为叔伯。③与：关系交好。④蒙戎：蓬松的样子。⑤匪：彼。⑥琐：细小。尾：卑微。⑦流离：转徙离散。⑧褎（yòu）：服饰华丽繁盛。

【译文】

葛藤长在高丘上，枝节蔓延多么长。叫声叔叔和伯伯，为啥多日不帮忙？

为啥安心在家住？一定在等待援助。为啥拖延这么久？其中必然有缘故。

狐皮袍子毛蓬松，他们车子不向东。叫声叔叔和伯伯，心情和我不相同。

细小卑微真可怜，不得不转徙离散。叫声叔叔和伯伯，故意装作听不见。

【鉴赏】

这是一首写流亡到卫国的人希望得到救助而不得的诗。全诗以一个流亡异国他乡的贵族之口，道出了当时社会的人情冷漠，世态炎凉。诗虽以叙事开篇，但贯穿其中的却始终是一个情字，作者借物抒怀，又寓情于物，悲凉凄怆的气氛溢于言表。全诗结构明晰，艺术手法巧妙，是一篇不可多得的佳作。

简 兮

【原典】

简兮简兮[①]，方将万舞[②]。日之方中，在前上处[③]。

硕人俣俣[④]，公庭万舞。有力如虎，执辔如组[⑤]。

左手执籥[⑥]，右手秉翟[⑦]。赫如渥赭[⑧]，公言锡爵[⑨]。

山有榛[⑩]，隰有苓[⑪]。云谁之思？西方美人[⑫]。彼美人兮，西方之人兮！

【注释】

①简：鼓声。②方：正。将：率领。③在前上处：这里指舞师的位置。④硕人：指身材高大的人。俣俣（yù）：魁梧有力。⑤组：编织中的一排丝线。⑥籥（yuè）：古时候的一种乐器，似笛，有三个孔洞。⑦翟（dí）：一种长尾雉鸡的羽。⑧赫：大红色。渥（wò）：浸湿。赭（zhě）：红色的土。⑨公：这里指卫君。锡：赏赐。爵：指酒杯。⑩榛：一种灌木的名称，其果实形状像栗子。⑪隰（xí）：低湿的地方。苓：通“莲”，指荷花。⑫西方：即西周地区。美人：指上文称为“硕人”的那位舞师。

【译文】

鼓声擂得震天响，他正率领万人舞。太阳高高挂中天，他在舞队最前列。

身材高大又健硕，公庭之上正献舞。力大无穷赛猛虎，挥动辔绳好功夫。

左手握着三孔笛，右手拿着山鸡羽。满面红光如赤土，公侯发话赐他酒。

高山之上有榛树，湿地里面荷花生。心底窃窃思念谁？只为西方美男子。那英俊的美男子，是西周地区的人。

【鉴赏】

这首诗描写了卫国公庭上的一场万人舞，热情赞美了那高大的舞师。全诗共四章，第一章交代了这场大型舞蹈的表演时间、地点和领舞者的位置；第二章写舞师起舞时的姿态；第三章写舞师的多才多艺受到了公侯的赏赐；第四章是这位女性情感发展的高潮，倾诉了她对舞师的深切慕悦和刻骨相思。

泉 水

【原典】

毖彼泉水[1]，亦流于淇。有怀于卫，靡日不思。娈彼诸姬[2]，聊与之谋。

出宿于泲[3]，饮饯于祢[4]。女子有行[5]，远父母兄弟。问我诸姑[6]，遂及伯姊。

出宿于干，饮饯于言。载脂载辖[7]，还车言迈。遄臻于卫[8]，不瑕有害[9]？

我思肥泉，兹之永叹。思须与漕，我心悠悠。驾言出游，以写我忧[10]。

【注释】

①毖（bì）：泉水涌出来。②娈（luán）：美好。③泲（jǐ）：即济水。④祢（nǐ）：地名，即祢沟。⑤有行：出嫁。⑥姑：父亲的姐妹。⑦辖：车轴两头的金属键子。⑧遄（chuán）：快速，迅疾。⑨不瑕：不至于。⑩写（xiè）：通“泻”，宣泄，排遣。

【译文】

泉水汩汩涌出来，注入滔滔淇水中。想到卫国的家乡，没有一刻不思念。那些美好的姐妹，我与她们诉衷肠。

济水边上可住宿，在祢沟为我践行。出嫁已经很多年，远离兄弟和父母。问候我的亲姑母，再找大姐们聚聚。

干山旁边可住宿，在言地为我践行。刷好油插紧健子，试好马车就回去。迅速赶车到卫都，不至于招来祸害。

思念肥泉在故国，为此长叹不能休。想念须城与漕邑，我的忧伤无尽头。驾驶马车快出城，借此排除心中忧。

【鉴赏】

这是一首出嫁女子思念家乡的诗，她出嫁到了很远的地方，非常思念卫国家乡的亲人朋友，但却没法回去，只好借助想象，反复设想自己回家的路径，稍作心理安慰，但这种幻想只能让自己更加忧伤。

北　门

【原典】

出自北门，忧心殷殷①。终窭且贫②，莫知我艰。已焉哉，天实为之，谓之何哉！

王事适我③，政事一埤益我④。我入自外，室人交遍谪我⑤。已焉哉，天实为之，谓之何哉！

王事敦我⑥，政事一埤遗我⑦。我入自外，室人交遍摧我⑧。已焉哉，天实为之，谓之何哉！

【注释】

①殷殷：忧伤的样子。②窭（jù）：本义是房屋迫窄简陋的意思，引申开来便和“贫”同义。③适：投掷。④一：犹“皆”，整个，全部。埤（pí）益：增益，此处有强加的意思。⑤谪（zhé）：谴责，责怪。⑥敦：逼迫。⑦埤遗：即埤益。⑧摧：逼迫。

【译文】

迈步走出北门口，忧心忡忡苦难言。家境贫寒又窘迫，没人知道我艰难。算了吧！天意如此，叫我还能怎么办？

王家差事推给我，政事也都加给我。当我从外回到家，家人却来责备我。算了吧！天意如此，叫我还能怎么说？

王家差事催迫我，政事全部留给我。当我从外回到家，家人却来逼迫我。算了吧！天意如此，叫我还能怎么说？

【鉴赏】

这首诗的主人公是一名官吏，他每天的公事繁重苛细，虽辛勤应付，但依然改变不了生活清贫的现状。他的上司给他分派各种任务，使他不堪重负，回到家中却还要遭受家人的责备。种种不顺使他深感到仕路崎岖，人情冷漠，却又无可奈何，只好归之于天，安之若命。

北 风

【原典】

北风其凉，雨雪其雱[①]。惠而好我[②]，携手同行。其虚其邪[③]？既亟只且[④]！

北风其喈[⑤]，雨雪其霏[⑥]。惠而好我，携手同归。其虚其邪？既亟只且！

莫赤匪狐，莫黑匪乌[⑦]。惠而好我，携手同车。其虚其邪？既亟只且！

【注释】

①雱（pāng）：形容雪下得很大。②好我：与我交好。③其：可。虚、邪：都是舒缓的意思。④亟：着急。只且（jū）：语尾助词，无意义。⑤喈（jiē）：迅猛的样子。⑥霏：雪下得很大。⑦匪：非。

【译文】

北风吹来阵阵凉，雪下得纷纷扬扬。既然你与我交好，我们携手一起走。岂能再慢慢等待？形势已经很紧急！

北风呼呼透骨寒，纷纷扬扬雪满天。既然你与我交好，携手一起回家乡。岂能再慢慢等待？形势已经很紧急！

没有狐狸色不红，没有乌鸦色不

黑。既然你与我交好，携手一起上马车。岂能再慢慢等待？形势已经很紧急！

【鉴赏】

这是一首反映贵族逃亡的诗。诗中反复写北风与雨雪，这不只是在简单描写逃亡时的恶劣环境，更是在比喻当时的残酷的政治气候。后面赤狐、黑乌则是在暗示执政者为恶如一，奉劝朋友不要心存幻想，早日脱身方为上策。全诗节奏明快，气氛紧张，意蕴丰富，读起来耐人玩味。

静　女

【原典】

静[①]女其姝，俟[②]我于城隅。爱[③]而不见，搔首踟蹰。

静女其娈[④]，贻[⑤]我彤管。彤管有炜[⑥]，说怿[⑦]女美。

自牧[⑧]归荑，洵[⑨]美且异。匪女之为美，美人之贻。

【注释】

①静：安详、文静。姝（shū）：漂亮。②俟（sì）：等待。城隅：城上的角楼。③爱：隐藏起来。④娈：美丽。⑤贻：赠送。彤（tóng）：红色。⑥炜（wěi）：红润的光泽。⑦说怿（yuè yì）：从心底喜欢。⑧牧：野外。归：赠送。荑（tí）：初生的茅草。⑨洵（xún）：诚然，确实。

【译文】

姑娘文静又漂亮，在城楼上等待我。隐藏起来找不见，手抓头皮心发慌。

姑娘文静又美丽，赠送我一支彤管。彤管光泽很红润，我从心底里喜欢。

野外采茅送给我，真是漂亮又奇妙。不是茅草多多美，美人赠送价值高。

【鉴赏】

这首诗写一名男子与心爱女子约会的场景。那位美丽的姑娘本来在城楼上等他，却又把自己隐藏起来逗他，正当他急得“搔首踟蹰”时，那位姑娘出现了，而且还情意深长地送给他两件礼物。那礼物只不过是一支彤管和几根茅草，但在他看来却是无价之宝，因为这是他心爱姑娘送的，他“爱屋及乌”之下自然也觉得美好。

新台

【原典】

新台有泚[①]，河水弥弥[②]。燕婉之求[③]，蘧篨不鲜[④]。

新台有洒[⑤]，河水浼浼[⑥]。燕婉之求，蘧篨不殄[⑦]。

鱼网之设，鸿则离之。燕婉之求，得此戚施[⑧]。

【注释】

①泚（cǐ）：颜色鲜明的样子。②弥弥（mǐ）：水盛满的样子。③燕婉：柔顺美好的样子。④蘧篨（qú chú）：鸡胸。⑤洒（cuǐ）：高峻。⑥浼浼（miǎn）：水势大。⑦殄（tiǎn）：美丽。⑧戚施：蟾蜍，这里比喻驼背。

【译文】

新台华丽又明亮，河水上涨东流去。本想嫁个美少年，却遇上鸡胸公侯。

新台高峻又宽敞，河水平静无波浪。本想嫁个美少年，遇个鸡胸丑模样。

张开渔网想捕鱼，偏偏野雁来碰上。本想嫁个美少年，却遇到只癞蛤蟆。

【鉴赏】

这首诗是卫国人民为讽刺卫宣公强娶儿媳的丑事而作。卫宣公曾与其后母乱伦，生子名伋。伋长大成人后，卫宣公本想为他聘娶齐女为妻，不料他看到新娘子是个大美人之后，色欲昏心之下竟不顾廉耻地霸为己有，就是后来的宣姜。卫国人对宣公所作所为实在看不惯，便编了这首歌挖苦他，把他比喻成丑陋的癞蛤蟆。

二子乘舟

【原典】

二子乘舟，泛泛其景[①]。愿言思子[②]，中心养养[③]。

二子乘舟，泛泛其逝。愿言思子，不瑕有害[④]？

【注释】

①泛泛（fàn）：漂流的样子。景：影子。②愿言：思念的样子。③养养：忧虑的样子。④不瑕：不至于。

【译文】

两个朋友乘小船，那帆影漂向远方。这思念如此沉重，心中充满了忧愁。

两个朋友乘小船，漂流得越来越远。这思念如此沉重，希望别遇到意外。

【鉴赏】

这是一首送别友人的诗。诗人在岸边目送友人渐行渐远，心中感到怅然若失，朋友这一去，不知何时才能再见，但愿他们此行一路顺风，不要遇到任何意外。虽然只有短短两章，但其中的情景搭配非常和谐，表现了朋友之间深厚的友谊。

国风·鄘风

鄘是周代的诸侯国名，今河南新乡县西南的鄘城即古鄘国。《鄘风》即鄘地民歌，共有10篇。大多数是东周作品。春秋时人们认为《邶风》、《鄘风》也都是卫诗。

柏　舟

【原典】

泛彼柏舟，在彼中河[①]。髧彼两髦[②]，实维我仪[③]；之死矢靡他[④]。母也天只[⑤]！不谅人只！

泛彼柏舟，在彼河侧。髧彼两髦，实维我特[⑥]；之死矢靡慝[⑦]。母也天只！不谅人只！

【注释】

①中河：即河中。②髧（dàn）：头发下垂的样子。髦（máo）：齐眉短

发。③仪：匹配。④之：到。矢靡他：绝无二心。⑤母也天只：指人在痛苦之极时唤母呼天。⑥特：匹配。⑦靡慝（tè）：无所改变。

【译文】

划着小小柏木船，漂浮在河水中间。双髦齐眉好少年，真是我的好伴侣，对他至死不变心。我的娘亲和老天，就是不知我心愿！

划着小小柏木船，漂浮在河水之畔。双髦齐眉好少年，真是我的好配偶，对他至死不放手。我的娘亲与老天，就是不知我心愿！

【鉴赏】

这是一首少女追求自由爱情的诗。主人公是一个待嫁的姑娘，她爱恋的对象是一个年轻俊朗的美少年，而姑娘的选择却未能得到母亲的同意，所以她满腔怨恨，决定要誓死捍卫自己的爱情。诗中表现了青年男女为了争取婚恋自由而产生的反抗意识。

墙有茨

【原典】

墙有茨①，不可埽也②。中冓之言③，不可道也。所可道也，言之丑也。

墙有茨，不可襄也④。中冓之言，不可详也。所可详也，言之长也。

墙有茨，不可束也。中冓之言，不可读也⑤。所可读也，言之辱也。

【注释】

①茨（cí）：蒺藜。②埽：同“扫”，扫除。③中冓（gòu）：宫中淫乱之事。④襄：除掉。⑤读：反复说。

【译文】

墙上长蒺藜，没办法扫净。宫中淫乱事，不能道分明。若要道分明，污秽不可听。

墙上长蒺藜，没犯法去除。宫中淫乱事，无法细细讲。若要细细讲，说来话可长。

墙上长蒺藜，没办法约束。宫中淫乱事，不能乱开口。若要说出去，言

语使人羞。

【鉴赏】

这是一首讽刺卫国统治者荒淫无耻的诗。全诗三章，每章都以墙头蒺藜扫不尽开篇，暗示宫闱中淫乱的丑事掩盖不住，接着诗人故弄玄虚，大卖关子，宣称宫中的秘闻是“不可道”、“不可详”、“不可读”的，后面的丑、长、辱三字妙在藏头露尾，欲言还止，起到了欲盖而弥彰的讽刺效果。

君子偕老

【原典】

君子偕老，副笄六珈[1]。委委佗佗[2]，如山如河，象服是宜[3]。子之不淑，云如之何？

玼兮玼兮[4]，其之翟也[5]。鬒发如云[6]，不屑髢也[7]。玉之瑱也[8]，象之揥也[9]。扬且之皙也[10]。胡然而天也？胡然而帝也？

瑳兮瑳兮，其之展也[11]。蒙彼绉絺[12]，是绁袢也[13]。子之清扬，扬且之颜也。展如之人兮，邦之媛也？

【注释】

①副：又称步摇，是古代女子的一种头饰。笄（jī）：簪。珈（jiā）：饰玉。②委委佗佗（tuó）：形容走路姿态雍容。③象服：指古代贵妇所穿礼服，绘有图形彩饰。④玼（cǐ）：颜色鲜亮。⑤翟（dí）：山鸡，这里指山鸡羽毛纹理的服饰。⑥鬒（zhěn）：指又长又密的黑发。⑦髢（dí）：假发。⑧瑱（tiàn）：耳坠。⑨揥（tì）：搔首簪子。⑩扬：额角。⑪展：上衣。⑫绉絺（chī）：中衣。⑬绁袢（xiè bàn）：内衣。

【译文】

与君子白头偕老，头上有各种发饰。姿态雍容好举止，如山如河不可侵，华服鲜艳正合身。这女子如此不幸，未来日子如何过？

锦衣彩纹艳如花，山鸡图案似云霞。黑亮头发长又密，不屑用假发装扮。双耳坠子尽珠玉，象牙劈为别发针，前额光洁又白净。就像天上的仙女，天帝之女降凡尘。

艳丽服装美如花，洁白礼服多耀眼。细葛绉纱内里穿，添上夏日白内衫。一双眼睛多明亮，光洁额头多美丽。竟然有如此美女，倾国倾城好美丽。

【鉴赏】

这是齐姜嫁到卫国后，人们对她的不幸表示同情所做的诗。齐姜是当时有名的美女，没有嫁给中意的翩翩少年，却被一个糟老头子霸占了，作者在诗中用一句“子之不淑”点明了诗的主旨，表达了对齐姜不幸遭遇的同情。后两章着重写了齐姜的美丽风姿，她的姿态仪表越是倾国倾城，就越是显得她的遭遇可怜。

桑　中

【原典】

爰采唐矣①？沬之乡矣。云谁之思？美孟姜矣②。期我乎桑中，要我乎上宫，送我乎淇之上矣。

爰采麦矣？沬之北矣。云谁之思？美孟弋矣③。期我乎桑中，要我乎上宫，送我乎淇之上矣。

爰采葑矣④？沬之东矣。云谁之思？美孟庸矣⑤。期我乎桑中，要我乎上宫，送我乎淇之上矣。

【注释】

①爰（yuán）：何，这里指何地。唐：菟丝子，药草。②孟姜：姜姓的姑娘，兄弟姐妹中的长者称“孟”。③弋：夏后之姓。④葑（fēng）：蔓菁。⑤庸：姓氏。

【译文】

菟丝子哪里去采？长在沬乡城邑边。心中想念哪个人？姜家有个大美女。约我到桑林深处，邀我同到城楼旁，淇水之滨送我还。

麦穗子哪里去采？长在沬乡城邑北。心中想念哪个人？弋家有个大美女。约我到桑林深处，邀我同到城楼旁，淇水之滨送我还。

蔓菁菜哪里去采？长在沫乡城邑东。心中想念哪个人？庸家有个大美女。约我到桑林深处，邀我同到城楼旁，淇水之滨送我还。

【鉴赏】

这首诗描写的是男女约会的场景。男子收到了心爱姑娘的约会信息，心情欢畅地前去赴约，之后姑娘依依不舍把他送走，展现了男女热恋时的甜蜜和快乐。诗中的孟姜、孟弋、孟庸指的其实是同一个人，是男子对自己心爱姑娘的美称，男子列举这些远近闻名的美人，正是要表达“情人眼里出西施”的感触。

鹑之奔奔

【原典】

鹑之奔奔①，鹊之彊彊②。人之无良③，我以为兄。

鹊之彊彊，鹑之奔奔。人之无良，我以为君④？

【注释】

①鹑（chún）：鹌鹑。奔奔：毛色斑驳。②彊彊：喜鹊嘈杂的鸣叫声。③无良：品行不良。④君：小君。

【译文】

鹌鹑羽毛色斑驳，喜鹊鸣叫喳喳响。这个人没有良心，我当初视他如兄。

喜鹊鸣叫喳喳响，鹌鹑羽毛色斑驳。这个人没有良心，我以为他是君子。

【鉴赏】

这首诗是一位女子在义正词严地驳斥一个“无良”的男人。诗中女子本来对男子非常尊重，视他为兄长、君子，没想到他却是一个乱伦无道、肆意妄为的人，这令她感到非常痛心，鹌鹑杂乱的毛色和喜鹊嘈杂的鸣叫正是主人公复杂、烦躁心情的写照。

定之方中

【原典】

定之方中[①]，作于楚宫。揆之以日[②]，作于楚室。树之榛栗，椅桐梓漆，爰伐琴瑟。

升彼虚矣，以望楚矣。望楚与堂，景山与京。降观于桑。卜云其吉，终然允臧[③]。

灵雨既零，命彼倌人。星言夙驾[④]，说于桑田[⑤]。匪直也人，秉心塞渊，騋牝三千[⑥]。

【注释】

①定：又叫“营室”，是二十八星宿之一。②揆（kuí）：测量、测度。③允：诚然、确实。臧：好。④星（qíng）：晴。⑤说（shuì）：通“税”。止，到。⑥騋（lái）：指七尺以上的马。牝（pìn）：指母马。

【译文】

营室星在天正中，正是吉时建楚宫。测量方位凭日影，打好地基建宫廷。先种榛树和栗树，再种梓漆和梧桐，制作琴瑟好木材。

登上漕邑旧城墟，眺望着楚丘地形。先看楚城河堂邑，大山高丘观仔细。下山考察到桑中，卦辞结果真吉利，确实是块好地皮。

及时春雨下不停，管车官吏传命令。天气晴了把车驾，文公要到桑田里。他是多么正直啊，为民深谋更远虑，且养马儿三千匹。

【鉴赏】

这篇风诗意在歌功颂德，称颂的对象是卫文公，卫国的中兴之君。该诗作于卫文公晚年或死后，通篇虽然只描绘文公在建造公室时的忙碌情形，充分强调了他对这个工程的尽心尽力，把一个古代贤君的形象写得非常传神。

蝃 蝀

【原典】

蝃蝀在东[①]，莫之敢指。女子有行，远父母兄弟。

朝隮于西[②]，崇朝其雨[③]。女子有行，远兄弟父母。

乃如之人也，怀昏姻也。大无信也[④]，不知命也。

【注释】

①蝃蝀（dì dōng）：彩虹。②隮（jì）：云。③崇朝：指上午。④信：信誉。

【译文】

彩虹出现在东边，没人敢指手画脚。女子应该懂妇道，父母兄弟离得远。

彩虹一道在西边，大雨下了一上午。女子应该懂妇道，父母兄弟此后见。

说起眼前这个人，破坏婚姻好礼仪。真是太没有信用，不听父母的教导。

【鉴赏】

这首诗表达的是对某个私奔女子的讽刺。如果以现代人的眼光来看，这个反抗父母之命、媒妁之言的私奔女子，其实是一个敢于争取婚姻自由的勇敢女性。但在封建社会，婚事就得听父母的，男女都无权自主选择。所以，她尽管走出了这反抗的一步，但其悲惨的结局也是不难想象的。

相 鼠

【原典】

相鼠有皮[①]，人而无仪[②]。人而无仪，不死何为？

相鼠有齿，人而无止[③]。人而无止，不死何俟[④]？

相鼠有体，人而无礼。人而无礼，胡不遄死[⑤]？

【注释】

①相鼠：即黄鼠，老鼠中的一个种类。②仪：礼仪。③止：廉耻。④俟

(sì)：等待。⑤遄（chuán）：快速、赶紧。

【译文】

老鼠尚且有毛皮，人却丝毫没礼仪。人若是不讲礼仪，为什么还不去死？

老鼠尚且有牙齿，人却是不知廉耻。人若是不知廉耻，不死还等什么呢？

老鼠尚且有肢体，人却是不懂礼教。人若是不懂礼教，为何不赶快死掉？

【鉴赏】

这首诗是对丧失廉耻、不成体统的统治者的痛骂，说他连老鼠都不如。春秋时代卫国宫廷荒淫无耻的事很多，诗中嘲骂的对象可能不是个别的。诗分三章，每章开篇均以鼠起兴，意思虽然差不多，但却各有侧重，第一章“无仪”，指的是外表；第二章“无止（耻）”，指的是内心；第三章“无礼”，指的是行为，这样反复类比，层层递进，充满了尖锐的讽刺意味。

干旄

【原典】

孑孑干旄[①]，在浚之郊。素丝纰之[②]，良马四之。彼姝者子[③]，何以畀之[④]？

孑孑干旟[⑤]，在浚之都。素丝组之，良马五之。彼姝者子，何以予之？

孑孑干旌[⑥]，在浚之城。素丝祝之[⑦]，良马六之。彼姝者子，何以告之[⑧]？

【注释】

①孑孑（jié）：高扬的样子。旄（máo）：指旗杆上用牦牛尾做装饰的旗子。②纰（pí）：纹理清晰。③姝（shū）：容貌美丽。④畀（bì）：给予、赠送。⑤旟（yú）：古代一种军旗，上面有鹰的纹饰。⑥旌（jīng）：古代一种用彩色羽毛做装饰的旗子。⑦祝：厚积的样子。⑧告：这里指赠予。

【译文】

牦牛旗高高飘荡，仪仗来到浚城旁。成捆布帛纹理密，骏马四匹向前奔。美丽动人好姑娘，我拿什么送给你？

鸟隼旗高高飘荡，仪仗来到浚城头。成捆布帛堆起来，骏马五匹向前奔。

美丽动人好姑娘，我拿什么赠予你？

羽毛旗高高飘荡，仪仗来到浚城里。成捆布帛堆满车，骏马六匹向前奔。美丽动人好姑娘，我拿什么聘娶你？

【鉴赏】

这是一首描写贵族阶层求婚的诗。从诗中所描绘的场景来看，这不是普通老百姓能够承担得起的排场，干旄、素丝、良马，这都是贵族求婚时才会出现的聘礼，三章通过“在浚之郊”、“在浚之都”和“在浚之城”的描述，由远及近，让我们感受到了求婚队伍浩浩荡荡的宏大场面，读起来非常有画面感。

载　驰

【原典】

载驰载驱，归唁卫侯①。驱马悠悠②，言至于漕。大夫跋涉，我心则忧。

既不我嘉，不能旋反③。视尔不臧④，我思不远。既不我嘉，不能旋济？视尔不臧，我思不閟⑤。

陟彼阿丘，言采其蝱⑥。女子善怀，亦各有行⑦。许人尤之⑧，众稚且狂。

我行其野，芃芃其麦⑨。控于大邦，谁因谁极？大夫君子，无我有尤！百尔所思，不如我所之！

【注释】

①唁（yàn）：凡有丧事向生者吊问叫做“唁”，吊人失国也叫做“唁”。②悠悠：形容道路之远。③旋反：回转，指回到卫国。④臧：好。⑤閟（bì）：谨慎。⑥蝱：今名贝母，一种药用植物。⑦行：道理。⑧尤：埋怨、责怪。⑨芃芃（péng）：草木茂盛的样子。

【译文】

驱马前进不停蹄，赶回去慰问文侯。策马奔腾在路上，来到漕邑土地上。大夫赶来不辞辛苦，我的心满怀忧愁。

即使都说我不好，也不能把我扭转。看看你们的过失，我的眼光不长远？

即使都说我不好，也不能阻我前进。看看你们的过失，我的考虑不谨慎？

爬到阿丘山坡上，采些贝母来解忧。女人家多愁善感，但各有各的道理。许国人总埋怨我，说我幼稚又狂妄。

走在祖国的郊原，绿稠稠一片麦田。把国难告知大国，不知道该依靠谁。

诸位大夫和君子，不要尽埋我荒唐！你们千百个主意，不如我亲走一趟。

【鉴赏】

这首诗是许穆夫人所作，许穆夫人是中国文学史上第一位女诗人，也是世界文学史上第一位女诗人。她听闻自己的祖国卫国被狄人所灭，感到万分悲痛，一心想要回到卫国慰问自己的亲人，诗中抒发了她对祖国和文侯的深切关怀，表达了极端痛苦的情绪。

国风·卫风

卫是周代的诸侯国名，开国君主是周武王弟康叔。周公平定武庚叛乱，把原属邶、鄘的地区都划给卫国，卫成为当时的诸侯大国。《卫风》是卫地民歌，共有10篇，大致说来西周末东周初的诗居多。

淇奥

【原典】

瞻彼淇奥[①]，绿竹猗猗[②]。有匪君子[③]，如切如磋，如琢如磨。瑟兮僩兮[④]，赫兮咺兮[⑤]。有匪君子，终不可谖兮[⑥]。

瞻彼淇奥，绿竹青青。有匪君子，充耳琇莹，会弁如星[⑦]。瑟兮僩兮，赫兮咺兮。有匪君子，终不可谖兮。

瞻彼淇奥，绿竹如箦[⑧]。有匪君子，如金如锡，如圭如璧。宽兮绰兮，猗重较兮[⑨]。善戏谑兮，不为虐兮。

【注释】

①奥（yù）：水流回转的地方。②猗猗（yī）：美丽茂盛的样子。③匪：通“斐”。形容很有文采。④瑟：庄重的样子。僩（xiàn）：娴雅的举止。⑤赫：光明正大。咺（xuān）：心胸开阔。⑥谖（xuān）：忘记。⑦弁（biàn）：镶有玉石的皮帽。⑧箦（zé）：形容茂盛。⑨重较（chóng jué）：卿士所乘之车。

【译文】

看那淇水河湾处，翠竹挺立又修长。有位美貌的君子，就像切磋的象牙，就像雕琢的美玉。气宇庄重又轩昂，举止威武又大方。有此英俊的君子，叫我如何不想他！

看那淇水河湾处，翠竹长势真茂密。有位美貌的君子，耳嵌美珠亮晶晶，帽缝宝石灿如星。气宇庄重又轩昂，举止威武又大方。有此英俊的君子，叫我如何不想他！

看那淇水河湾处，翠竹长得多茂盛。有位美貌的君子，好似金银般璀璨，有如圭璧般温润。气宇旷达又宏大，倚乘卿士的华车。妙语如珠般活跃，真是体贴又温和！

【鉴赏】

这首诗写的是一个女子对自己倾慕的一名贵族男子的赞美。与《诗经》中其他恋爱诗不同的是，这首诗里面不但描述了这位男子俊朗的外貌，显赫的地位和财势，还强调了他温厚娴雅的谈吐举止，显得比其他恋爱诗格调更高，反映了当时人们身上理性精神的萌发。

考　槃

【原典】

考[①]槃在涧，硕人之宽。独寐寤言，永矢[②]弗谖。
考槃在阿，硕人之薖[③]。独寐寤歌，永矢弗过[④]。
考槃在陆，硕人之轴[⑤]。独寐寤宿，永矢弗告。

【注释】

①考：敲打。槃：同“盘”。②矢：发誓。③薖（kē）：平和。④过：过

问。⑤轴：愉悦。

【译文】

敲打盘子在山涧，身材高大胸襟宽。独自睡醒独自言，发誓不欺世盗名。

敲打盘子山腰中，身材高大宽心胸。独自睡醒独自歌，发誓不过问世事。

敲打盘子高原上，身材高大自来往。独自睡醒独自躺，发誓永远不张扬。

【鉴赏】

这是一首隐士的赞歌，描写了一位隐士隐居山间，不问世事，自得其乐的超脱情怀。全诗分三章，各章之间变化不大，如此反复吟咏，强烈地表达出隐居的快乐。

硕　人

【原典】

硕人其颀①，衣锦褧衣②。齐侯之子③，卫侯之妻。东宫之妹④，邢侯之姨，谭公维私⑤。

手如柔荑，肤如凝脂，领如蝤蛴⑥，齿如瓠犀⑦。螓首蛾眉⑧，巧笑倩兮，美目盼兮⑨。

硕人敖敖⑩，说于农郊。四牡有骄⑪，朱幩镳镳⑫。翟茀以朝⑬。大夫夙退，无使君劳。

河水洋洋，北流活活⑭。施罛濊濊⑮，鳣鲔发发⑯。葭菼揭揭⑰，庶姜孽孽⑱，庶士有朅⑲。

【注释】

①颀（qí）：修长的样子。②褧（jiǒng）衣：女子嫁时在途中所穿的外衣。③子：这里指女儿。④东宫：指齐国太子。⑤私：女子称谓姊妹的丈夫为"私"。⑥蝤蛴（qiú qí）：天牛之幼虫，身体白色。⑦瓠（hù）：葫芦类。犀（xī）：瓠中的子。⑧螓（qín）：一种昆虫的名称，似蝉但比蝉小，额宽广而方正。⑨盼：黑白分明。⑩敖敖：高大的样子。⑪骄：健壮的样子。⑫朱幩（fén）：马口铁上用红绸缠缚做的装饰。镳镳（biāo）：茂盛的样子。⑬翟茀

(dí fú)：用山鸡羽毛装饰车子。⑭活活（kuò）：水流声。⑮施罛（gū）：撒渔网。濊濊（huò）：拟声词，指撒网入水的声音。⑯鳣（zhān）：黄鱼。鲔（wěi）：鳝鱼。发发（bō）：鱼碰网时的动静。⑰葭菼（jiā tǎn）：芦荻。⑱孽孽（niè）：高大的样子。⑲朅（jié）：威武雄壮。

【译文】

身材修长又苗条，锦绣嫁衣多美丽。她是齐侯娇女儿，如今嫁做卫侯妻。齐国太子亲妹子，邢侯子女称小姨，谭公是她的妹婿。

手指纤细像柔荑，皮肤白皙如凝脂。颈如蝤蛴白生生，齿似瓠瓜子整齐。丰润前额弯眉毛，浅笑盈盈酒靥俏，黑白分明眼波妙。

女子高挑又美貌，车马停留在城郊。四匹宝马昂首立，朱红马饰风中飘，山鸡羽毛覆车盖。今日大夫早退朝，莫使国君太操劳。

黄河之水浪滔滔，一路北流哗哗响。撒下渔网声濊濊，鳣鲔游来似钻网，葭葭芦荻高又壮。陪嫁姑娘皆盛妆，随行武士真雄壮。

【鉴赏】

这首诗旨在赞美卫庄公夫人庄姜，也是题咏美人文学作品的“千古之祖”。全诗共四章，第一章写出了她的出身高贵，第二章将她的美丽刻画得细致生动，第三章写她初嫁到卫国时礼仪之盛，第四章写她的随从众多而威武。

氓

【原典】

氓之蚩蚩[①]，抱布贸丝[②]。匪来贸丝，来即我谋[③]。送子涉淇，至于顿丘。匪我愆期[④]，子无良媒。将子无怒[⑤]，秋以为期。

乘彼垝垣[⑥]，以望复关[⑦]。不见复关，泣涕涟涟。既见复关，载笑载言。尔卜尔筮[⑧]，体无咎言[⑨]。以尔车来，以我贿迁[⑩]。

桑之未落，其叶沃若。于嗟鸠兮，无食桑葚。于嗟女兮，无与士耽[⑪]。士之耽兮，犹可说也[⑫]。女之耽兮，不可说也。

桑之落矣，其黄而陨[⑬]。自我徂尔[⑭]，三岁食贫。淇水汤汤，渐车帷裳[⑮]。

女也不爽[16]，士贰其行。士也罔极[17]，二三其德。

三岁为妇，靡室劳矣。夙兴夜寐，靡有朝矣。言既遂矣，至于暴矣。兄弟不知，咥其笑矣[18]。静言思之，躬自悼矣。

及尔偕老，老使我怨。淇则有岸，隰则有泮。总角之宴[19]，言笑晏晏[20]，信誓旦旦，不思其反。反是不思，亦已焉哉！

【注释】

①氓（méng）：民，这里是男子的代称。蚩蚩（chī）：同“嗤嗤”，嬉笑的样子。②贸：交易。③谋：商量婚事。④愆（qiān）：拖延。⑤将（qiāng）：请求。⑥垝垣（guǐ yuán）：高墙。⑦复：返回。⑧卜筮（shì）：烧灼龟甲的裂纹以判吉凶，叫做“卜”。用蓍（shī）草占卦叫做“筮”。⑨体：即卜筮的结果。⑩贿：财物，这里指嫁妆。⑪耽（dān）：沉溺其中。⑫说：读为“脱”，解脱。⑬陨（yǔn）：落下。⑭徂（cú）尔：嫁的意思。⑮渐：浸湿。⑯爽：差错、过失。⑰罔极：形容变化无常。⑱咥（xì）：耻笑的样子。⑲总角：男女未成年时结发成两角，称总

角。⑳晏晏：和悦的样子。

【译文】

男人满脸笑嘻嘻，抱着布匹来换丝。他哪是来真换丝，是来跟我议婚事。那天送你过淇水，送到顿丘才转回。不是我又要反悔，只怨你缺少媒人。我求你不要生气，就定在秋天就行。

爬到城上来等待，盼你在关门出现。左盼右盼不见你，眼泪滚滚掉下来。终于等到你出现，心里乐得开了花。问过神灵卜过卦，卦中全是吉祥话。你把马车赶过来，把我嫁妆一齐带。

桑树叶儿不曾落，又绿又嫩真新鲜。傻乎乎的斑鸠啊，见着桑葚别嘴馋。痴情不改的姑娘，莫和男人苦纠缠。男子沉浸在爱河，说要甩手很方便；女人一旦陷进去，却怎么也甩不开。

桑树叶儿随风落，枯黄憔悴真可怜。自我嫁到你家去，三年挨穷没怨言。一条淇河水滔滔，车儿过河湿车帷。媳妇没有半点错，男子却口是心非。反复无常到极点，三心二意把我骗。

嫁你三年做媳妇，劳苦家务肩上担，起早睡迟真辛苦，朝朝日日都如此。你的目的已达到，残暴心肠就暴露。我的兄弟不知情，反而过来取笑我。静下心来想一想，独自承受着悲伤。

曾说一起到白头，这样到老真够冤。淇水虽宽总有岸，漯河虽阔也有边。记得当年小时候，说说笑笑俱欢颜，记得一起许下愿，没有想到会违反。违背誓言不反思，这还有什么好谈！

【鉴赏】

这是一首弃妇诗，诉述了她错误的爱情，不幸的婚姻。全诗以一个女子的口吻，率真地述说了其情变经历和深切体验，为后人留下了当时风俗民情的宝贵资料。全诗共六章，第一、二章写男子求亲和结婚的经过；第三章追悔自己深陷情网，不能自拔；第四、五章写男方负情背德；第六章表达了对男方的深恨和与之决裂的决心。

竹竿

【原典】

籊籊竹竿[1]，以钓于淇。岂不尔思？远莫致之。

泉源在左，淇水在右。女子有行，远兄弟父母。

淇水在右，泉源在左。巧笑之瑳[2]，佩玉之傩[3]。

淇水滺滺[4]，桧楫松舟。驾言出游，以写我忧。

【注释】

①籊籊（tì）：形容竹竿长而尖锐。②瑳（cuō）：以玉形容齿白光洁。③傩（nuó）：形容击打玉石的声音。④滺滺（yōu）：河水流淌的样子。

【译文】

小小竹竿长又尖，用它垂钓淇水边。心中哪能不想你，只因路远难相见。

泉水清清在左边，淇河滔滔在右方。女子无奈出了嫁，父母兄弟隔天涯。

淇河滚滚在右方，泉水清清流左边。嫣然一笑皓齿美，玉佩叮叮风姿柔。

淇水悠悠向东流，桧木作桨松作舟。驾着小船水中游，抒发我心中忧愁。

【鉴赏】

这是一位远嫁的卫国姑娘思念家乡的诗歌。姑娘远嫁别国，不能回故乡探望，心中烦闷，只好借助出游来消除内心的烦闷。全诗四章，从回忆与推想两个角度，写一位远嫁的女子思乡怀亲的感情，这种感情虽然不是大悲大痛，却也缠绵往复，深沉地蕴藉于心怀之间，读起来令人伤感。

芄兰

【原典】

芄[1]兰之支，童子佩觿[2]。虽则佩觿，能不我知。容兮遂兮，垂带悸[3]兮。

芄兰之叶，童子佩韘④。虽则佩韘，能不我甲⑤。容兮遂兮，垂带悸兮。

【注释】

①芄（wán）兰：一种蔓生植物。②觿（xī）：古时解结的用具，也被用作装饰品。③悸：这里有摆荡的意思。④韘（shè）：扳指。⑤甲（xiá）：同“狎”，嬉戏。

【译文】

芄兰枝条弯又弯，男孩佩觿在腰间。虽说佩觿在腰间，却不来和我玩耍。瞧你走路慢悠悠，垂带摇摆好神气。

芄兰树叶飘又飘，男孩佩韘在指间。虽说佩韘在指间，却不来和我嬉戏。瞧你走路慢悠悠，垂带摇摆好神气。

【鉴赏】

这首诗是一个女孩在埋怨一个刚刚成人的男孩。男孩刚刚成人，佩戴上了成人所带的解结锥，就以为自己是个大人了，不再和女孩嬉戏打闹，结果遭到了女孩的嘲笑。女孩说他是假正经，语气虽然戏谑，但却隐藏着一种微妙的感情。

河　广

【原典】

谁谓河广？一苇杭之。谁谓宋远？跂予望之①。

谁谓河广？曾不容刀②。谁谓宋远？曾不崇朝③。

【注释】

①跂（qì）：悬起脚跟。②刀：小舟。③崇：终。

【译文】

谁说河水很宽广？一根芦苇就渡过。谁说宋国非常远？抬起脚跟就望见。

谁说河水很宽广？还容不下一小船。谁说宋国非常远？过去只许一清早。

【鉴赏】

这首诗应该是客居卫国的宋人表达自己还乡心情急迫的思乡诗作。诗的最大特色是夸张修辞手法的运用，用奇特夸张的答语构成全诗，来抒写客旅之人不可遏制的思乡之情，起到了意想不到的艺术效果。

伯兮

【原典】

伯兮朅兮[①]，邦之桀兮[②]。伯也执殳[③]，为王前驱。

自伯之东，首如飞蓬。岂无膏沐[④]？谁适为容？

其雨其雨，杲杲出日[⑤]。愿言思伯[⑥]，甘心首疾！

焉得谖草[⑦]？言树之背。愿言思伯。使我心痗[⑧]！

【注释】

①伯：女子对自己丈夫的爱称。朅（qiè）：勇武的样子。②桀（jié）：英杰。③殳（shū）：一种杖类兵器。④膏沐：一种润发的油。⑤杲杲（gǎo）：形容日光高照。⑥愿言：思念的样子。⑦谖（xuān）草：忘忧草。⑧痗（mèi）：病痛，忧伤。

【译文】

我的丈夫多勇武，保卫国家真英雄。手上持着大殳杖，为王打仗做先锋。

自从丈夫去东征，我的头发乱蓬蓬。不是洗发精油少，我打扮为谁高兴？

总是盼着天下雨，天天太阳像火盆。非常思念我丈夫，哪怕想得脑袋疼。

何处去找忘忧草？为我移到北堂栽。非常思念我丈夫，病在心头化不开。

【鉴赏】

这诗写一个妇人思念她从军远征的丈夫。在诗中，妇女表达了两种不同的情感：开篇写了她为自己丈夫能够为国家出征而骄傲，但从第二章开始，就转为对远征丈夫的深切思念，到最后这份思念更是成了她的感情寄托。两种感情交织在一起，拓宽了诗的内涵。

有　狐

【原典】

有狐绥绥[①]，在彼淇梁。心之忧矣，之子无裳。

有狐绥绥，在彼淇厉[②]。心之忧矣，之子无带。

有狐绥绥，在彼淇侧。心之忧矣，之子无服[③]。

【注释】

①绥绥：形容毛色顺滑。②厉：渡水时踩的石头。③服：衣服。

【译文】

狐狸毛色真柔亮，徘徊在淇水边上。心中忧虑无法解，因你没有好衣裳。

狐狸毛色真柔亮，徘徊在淇水岸旁。心中忧虑无法解，因你没有宽腰带。

狐狸毛色真柔亮，徘徊在淇水之畔。心中忧虑无法解，因你没有衣服穿。

【鉴赏】

这是一首爱情诗，写得热烈大胆。一位姑娘爱上一个小伙子，小伙子家境贫寒，身上连一件像样的衣服都没有，姑娘非常心疼，她想要早点嫁给他，好给他做身整洁的新衣服，体现了女性细腻体贴的心理特征。

木　瓜

【原典】

投我以木瓜，报之以琼琚[①]。匪报也，永以为好也。

投我以木桃，报之以琼瑶。匪报也，永以为好也。

投我以木李，报之以琼玖。匪报也，永以为好也。

【注释】

①琼：美玉的通称。琚（jū）：一种佩玉。“琼琚”、“琼瑶”、“琼玖”都泛指佩玉。

【译文】

她把木瓜送给我，我拿佩玉来报答。不是来报答，表示永远爱着她。

她把鲜桃送给我，我拿佩玉来还报。不是来还报，表示和她长相好。

她把李子送给我，我拿佩玉做回礼。不是做回礼，表示和她好到底。

【鉴赏】

这是一首恋人之间相互赠答的诗。男女聚会，女子采集果实投给她中意的男子，男子回赠她美的玉佩，这其实是一种定情信物，表示两人确定了恋爱关系。另外，赠送美玉在古代有着特别的意义，表示把自己的心交给了对方，要对恋人忠贞不渝。

国风·王风

王，是“王畿”的简称，即东周王朝的直接统治的地区，大致包括今河南的洛阳、偃师、巩县、温县、沁阳、济源、孟津一带。《王风》共10篇，都是东周时期的作品。

黍　离

【原典】

彼黍离离①，彼稷之苗②。行迈靡靡③，中心摇摇④。知我者谓我心忧，不知我者谓我何求。悠悠苍天，此何人哉！

彼黍离离，彼稷之穗。行迈靡靡，中心如醉。知我者谓我心忧，不知我者谓我何求。悠悠苍天，此何人哉！

彼黍离离，彼稷之实。行迈靡靡，中心如噎⑤。知我者谓我心忧，不知我者谓我何求。悠悠苍天，此何人哉！

【注释】

①黍：黄米。离离：整齐的样子。②稷：高粱。③靡靡：脚步缓慢的样

子。④摇摇：心里忧伤，无处诉说。⑤噎（yē）：因忧伤而呼吸不畅。

【译文】

那黍子整整齐齐，高粱苗长势茂盛。路走得这么缓慢，心中忧伤向谁说。有的人很了解我，知道我内心煎熬，有些人不了解我，不知我为何烦恼。我好想质问苍天，是谁让我这么惨？

那黍子整整齐齐，高粱苗长出了穗。路走得这么缓慢，心里好像喝酒醉。有的人很了解我，知道我内心煎熬，有些人不了解我，不知我为何烦恼。我好想质问苍天，是谁让我这么惨？

那黍子整整齐齐，高粱苗长足了米。路走得这么缓慢，心里好像噎着气。有的人很了解我，知道我内心煎熬，有些人不了解我，不知我为何烦恼。我好想质问苍天，是谁让我这么惨？

【鉴赏】

这首诗以凄婉哀伤的语调，写出了一个长期流亡在外的落魄者的遭遇，将他那悲凉苦楚的心境刻画的非常生动。流浪者颠沛流离，从广阔的田野经过，万籁俱寂之下，心情感到非常沉重，于是借助歌声来释放。诗写得沉郁悲怆，从中不难体会到流浪者内心的刻骨之痛。

君子于役

【原典】

君子于役[①]，不知其期。曷至哉[②]？鸡栖于埘[③]，日之夕矣，羊牛下来。君子于役，如之何勿思！

君子于役，不日不月。曷其有佸[④]？鸡栖于桀[⑤]，日之夕矣，羊牛下括[⑥]。君子于役，苟无饥渴！

【注释】

①役：指遣戍远地。②曷至哉：言何时归来。③埘（shí）：凿墙做成的鸡窝。④佸（huó）：相会，这里指夫妻团聚。⑤桀（jié）：鸡栖息的横木。⑥括：汇聚。

【译文】

丈夫服役去远方，不知何时是期限，此刻他身在何方？鸡儿栖息在窝里，太阳落在西山上，羊儿牛儿下了冈。丈夫当兵去远方，叫我怎能不忧伤！

丈夫服役去远方，去了多久没法算，何时才能再团聚？鸡儿栖息横木上，太阳落在西山上，羊儿牛儿进了栏。丈夫当兵去得远，愿他不会有饥渴。

【鉴赏】

这是一首写妻子怀念远出服役的丈夫的诗。丈夫在外服役，很久没有回家了，妻子在家日思夜盼，每当家禽和牛羊归来的黄昏便是她想念最切的时候。全诗两章，内容大同小异，这是歌谣最常用的手段，以重叠的章句来推进抒情。

君子阳阳

【原典】

君子阳阳①，左执簧②，右招我由房。其乐只且！

君子陶陶③，左执翿④，右招我由敖⑤，其乐只且！

【注释】

①阳阳：喜气洋洋的样子。②簧：大笙。③陶陶：欢乐的样子。④翿(dào)：羽旄制成的舞具。⑤敖：舞位。

【译文】

美少年得意洋洋，左手拿着大笙簧，右手招我来跳舞。尽情歌舞真欢畅！

君子得意乐陶陶，左手拿着野鸡毛，右手招我去跳舞。尽情歌舞真逍遥！

【鉴赏】

这是一首情人相约共舞的诗篇。全诗是以女子的视角来写，她所心仪的男子在跳舞，场面热烈而欢快，表现了跳舞男子那兴奋、愉悦的情绪。从女子对跳舞男子舞姿的描述来看，女子心中的愉悦也是显而易见的。

扬之水

【原典】

扬之水，不流束薪。彼其之子[①]，不与我戍申[②]。怀哉怀哉！曷月予还归哉[③]？

扬之水，不流束楚。彼其之子，不与我戍甫。怀哉怀哉！曷月予还归哉？

扬之水，不流束蒲。彼其之子，不与我戍许。怀哉怀哉！曷月予还归哉？

【注释】

①彼其之子：那个人。②戍（shù）：守卫。③予：我。

【译文】

滔滔河水向东流，一捆柴草漂不走。想起我的意中人，不能同把申地守。日思夜想无时休，何时我能回家中？

滔滔河水流向东，一捆黄荆漂不动。想起我的意中人，不能同把甫地守。日思夜想情难控，何时我能回家中？

滔滔河水流不已，一捆蒲草漂不起。想起我的意中人，不能同把许地守。日思夜想愁无比，何时我能回家中？

【鉴赏】

这是一首戍边战士思念家中妻子的诗歌。士兵长期服役在外，与妻子长久分离，心中非常思念，却又没有办法回去，于是他只能默默地哀伤，忍受这无尽的折磨。诗中的句子比较口语化，能够朴实、真切地表达出下层人民出身的士兵的口吻，读之令人感到亲切。

中谷有蓷

【原典】

中谷有蓷[①]，暵[②]其干矣。有女仳[③]离，嘅[④]其叹矣。嘅其叹矣，遇人之艰难矣！

中谷有蓷，暵其脩[⑤]矣。有女仳离，条其啸[⑥]矣。条其啸矣，遇人之不淑矣！

中谷有蓷，暵其湿矣。有女仳离，啜其泣矣。啜其泣矣，何嗟及矣。

【注释】

①蓷（tuī）：益母草。②暵（hàn）：枯萎的样子。③仳（pǐ）离：流离失所。④嘅（kǎi）：感慨叹息。⑤脩（xiū）：干枯。⑥啸（xiào）：吹气的声音。

【译文】

山谷中有益母草，蔫巴巴快要枯萎。有个女子遭离弃，唉声长叹心里烦。唉声长叹心里烦，嫁人苦痛谁知道。

山谷中有益母草，蔫巴巴即将凋落。有个女子遭离弃，唉声长叹心烦恼。唉声长叹心烦恼，嫁给恶人真懊恼。

山谷中有益母草，蔫巴巴快要焦枯。有个女子遭离弃，愁苦无诉暗抽泣。愁苦无诉暗抽泣，追悔莫及向谁告。

【鉴赏】

这是一首被离弃妇女自哀自悼的怨歌。全诗三章，各章之间意思都差不多，反复吟咏，是为了突出“女子遇人不淑”的主题。每章的最后一句都是主人公自己抒发的感叹，显然主人公并不是一味地怨天尤人，而是痛定思痛，对自己过去的生活做出总结，是对今后生活的警戒。

兔　爰

【原典】

有兔爰爰[①]，雉离于罗[②]。我生之初，尚无为。我生之后，逢此百罹[③]。尚寐无吪[④]！

有兔爰爰，雉离于罦[⑤]。我生之初，尚无造。我生之后，逢此百忧。尚寐无觉！

有兔爰爰，雉离于罿[⑥]。我生之初，尚无庸[⑦]。我生之后，逢此百凶。尚寐无聪[⑧]！

【注释】

①爰爰：舒缓的样子。②罗：网。③罹（luō）：忧患。④吪（é）：动。⑤罦（fú）：一种附设机轮的网。⑥罿（chōng）：鸟网的一种。⑦庸：劳苦。⑧聪：听闻。

【译文】

兔子行动慢腾腾，野鸡落进罗网里。当我刚刚出生时，日子多么悠闲啊。看看后面的岁月，百种忧患都遇齐。但愿长眠身不起！

兔子行动慢腾腾，野鸡不幸落进网。当我刚刚出生时，日子多么安逸啊。看看后面的岁月，百种忧患都碰上。但愿长眠眼不张！

兔子行动慢腾腾，野鸡落网遭了难。当我刚刚出生时，日子多么稳定啊。看看后面的岁月，凶险齐生不得安。但愿长眠听不见！

【鉴赏】

这是一首伤时感事的诗。诗共三章，各章首二句都以兔、雉作比兴。兔性狡猾，比喻小人；雉性耿介，比喻君子。兔子悠哉，野鸡落网，意在指小人可以逍遥自在，而君子无故遭难。通过这一形象的比喻，揭示出当时社会的黑暗。在各章的最后一句，诗人发出沉重的哀叹：生活这么艰难，不如长睡不醒。

葛藟

【原典】

绵绵葛藟[①]，在河之浒[②]。终远兄弟，谓他人父。谓他人父，亦莫我顾！

绵绵葛藟，在河之涘。终远兄弟，谓他人母。谓他人母，亦莫我有[③]！

绵绵葛藟，在河之漘。终远兄弟，谓他人昆。谓他人昆，亦莫我闻！

【注释】

①藟（lěi）：即千岁藤。②浒：水边。后面的涘（sì）、漘（chún）与此意义相同。③有：相亲。

【译文】

连绵不断千岁藤，蔓延生长在水边。远离兄弟别亲人，却把他人叫父亲。就把他人叫父亲，人家也不关心我。

连绵不断千岁藤，蔓延生长在河畔。远离兄弟别亲人，却把他人叫亲娘。就把他人叫亲娘，人家也不爱护我。

连绵不断千岁藤，蔓延生长在岸上。远离兄弟别亲人，对着他人把哥喊。对着他人把哥喊，人家也不体恤我。

【鉴赏】

这是一首感怀身世的诗。诗人流落到黄河边上，看到河边葛藤茂盛，一派盎然，不禁触景伤情，想到了自己漂泊异乡的身世。长期流落他乡，无依无靠，不得不乞求于人，但却得不到人家的怜悯。诗人直抒情事，语句简质，写出了飘零的凄苦和世情的冷漠。

采　葛

【原典】

彼采葛兮。一日不见，如三月兮。

彼采萧兮。一日不见，如三秋兮。

彼采艾兮。一日不见，如三岁兮。

【注释】

①萧：植物名，即香蒿。②艾：即香艾，一种菊科植物。

【译文】

那个采葛的姑娘，一整天没有看见，就像相隔三月长。

那个采蒿的姑娘，一整天没有看见，就像相隔已三秋。

那个采艾的姑娘，一整天没有看见，就像相隔已三年。

【鉴赏】

这是对热恋中的心上人所写的思念之诗。全诗没有卿卿我我的爱之呓语，只是直接地表达自己思念的情绪，然而却能拨动读者的心弦，并将这一情感浓缩为“一日三秋”的成语，一直沿用至今。

大　车

【原典】

大车槛槛[①]，毳衣如菼[②]。岂不尔思？畏子不敢。

大车啍啍[③]，毳衣如璊[④]，岂不尔思？畏子不奔。

“穀则异室[⑤]，死则同穴。谓予不信，有如皦日[⑥]！”

【注释】

①槛槛：车行走的声音。②毳（cuì）衣：车上的帷帐。菼，初生的芦苇。③啍啍（tūn）:车行缓慢的样子。④璊（mén）：赤色的玉。⑤穀（gǔ）：生

长。⑥皦（jiǎo）：同“皎”。明亮的样子。

【译文】

大车槛槛行驶急，帷帐青绿像芦苇。难道我不想念你？怕你心里有顾忌。

大车驶过响哼哼，帷帐赤红像玉璊。难道我不想念你？怕你不敢来私奔。

活着不能在一起，但求死后同穴葬。怕我说话不算数，天上太阳来作证！

【鉴赏】

这是一首爱情诗，写出了少女坚贞不移的爱。少女爱上了一个男子，想要冲破枷锁和他在一起，但又怕男子不敢抛开一切和她相守，心中患得患失。诗分三章，前两章内容差不多，最后一章是少女对爱情的誓词：生不能同室，死也要同穴。这样言辞激烈的誓言，表现了少女对爱的热烈、大胆和执著。

丘中有麻

【原典】

丘中有麻，彼留子嗟。彼留子嗟，将其来施施①。

丘中有麦，彼留子国。彼留子国，将其来食。

丘中有李，彼留之子。彼留之子，贻我佩玖②。

【注释】

①施施：惠泽。②贻（yí）：赠送。

【译文】

山丘上面有大麻，谁把子嗟来留下？谁把子嗟来留下，希望他好好爱我。

山丘上面有小麦，谁把子国来留下？谁把子国来留下，希望他快来找我。

山丘上面有李树，谁能留下小伙子？谁能留下小伙子，赠我佩玉黑宝石。

【鉴赏】

这是一首恋爱的情歌。女子在山丘上等待情郎的到来，希望情郎能明白她的心意，好好地爱她，并送给她定情的玉佩。在那个年代，男子赠送玉佩给心爱姑娘是爱情永久的象征。

国风·郑风

春秋时代郑国的统治区域大致包括今河南的郑州、荥阳、登封、新密、新郑一带地方，《郑风》就是这个区域的诗。《郑风》共21篇，除《缁衣》产生于东周初年郑武公时代之外，大多出现于郑庄公至郑文公这大约一百年间，其中又以众公子争位的二十年间产生最多。

缁　衣

【原典】

缁衣之宜兮①，敝，予又改为兮②。适子之馆兮；还，予授子之粲兮③。

缁衣之好兮，敝，予又改造兮。适子之馆兮；还，予授子之粲兮。

缁衣之席兮④，敝，予又改作兮。适子之馆兮；还，予授子之粲兮。

【注释】

①缁（zī）：黑色的。②予：而。改为：另作新衣服。③粲：衣着鲜亮的样子。④席：宽大。

【译文】

你穿黑衣真合适，破了我再做一件。你到馆舍去办事，回来我送你新衣。

你穿黑衣真美好，破了我再来制造。你到馆舍去办事，回来我送你新袍。

黑色衣服宽又长，破了我再重新做。你到馆舍去办事，回来送你新衣裳。

【鉴赏】

仔细玩味这首诗，能从中感受到一种温馨的亲情，所以，这应该是一首

写家庭亲情的诗。全诗用的是夫妻之间日常所说的话语，一唱而三叹，把主人公对丈夫无微不至的关怀刻画得淋漓尽致。

将仲子

【原典】

将仲子兮[①]！无逾我里[②]，无折我树杞。岂敢爱之？畏我父母。仲可怀也，父母之言，亦可畏也！

将仲子兮！无逾我墙，无折我树桑[③]。岂敢爱之[④]？畏我诸兄。仲可怀也，诸兄之言，亦可畏也！

将仲子兮！无逾我园，无折我树檀。岂敢爱之？畏人之多言。仲可怀也，人之多言，亦可畏也！

【注释】

①将（qiāng）：请。仲子：人名。②逾里：越过里墙。③无（wù）：不要。④爱：吝惜，不舍。

【译文】

求求我的仲子哥，不要翻我家庭院，院中杞树莫压断。压断杞树岂足惜，就怕惊动我父母。非常想念仲子哥，只是爹妈埋怨多，令人害怕心不安。

求求我的仲子哥，不要翻我家围墙，不要压断墙边桑。压断桑树岂足惜，就怕惊动我哥哥。非常想念仲子哥，只是哥哥说的话，令人害怕心发慌。

求求我的仲子哥，不要翻我家园子，不要压断园中檀。压断檀树岂足惜，就怕旁人多闲言。非常想念仲子哥，只是邻居闲话多，令人害怕心发颤。

【鉴赏】

这是一首写男女私情的诗。女子劝男子别翻过墙头到她的家里来，是怕父兄知道了不依，虽然想见他，却又怕别人说闲话，表现了人类理性意识觉醒后的矛盾心理，在爱情和礼教之间做心理挣扎。

叔于田

【原典】

叔于田[①]，巷无居人。岂无居人？不如叔也，洵美且仁[②]！

叔于狩，巷无饮酒。岂无饮酒？不如叔也，洵美且好！

叔适野，巷无服马。岂无服马[③]？不如叔也，洵美且武！

【注释】

①叔：男子。田：打猎。②洵：确实。③服：驾驭。

【译文】

心爱的人去打猎，巷里变得空荡荡。难道真的没有人？谁都不能和他比，真是英俊又仁厚。

心爱的人去狩猎，巷里没有人饮酒。难道真没人饮酒？谁都不能和他比，真是英俊好猎手。

心爱的人打野味，巷里没人驾车马。难道真的无人驾？谁都不能和他比，真是威武又潇洒。

【鉴赏】

这首诗是以一个女子的口吻，赞美她所心仪的青年猎手仁爱、英俊而勇武，没有人比得上。值得一提的是，这首诗不是从猎手的狩猎技术上去赞美他，而是从他走后所造成的空虚心境着手，来追想猎手的飒爽英姿，写作手法上有独到之处。

大叔于田

【原典】

叔于田，乘乘马。执辔如组，两骖如舞[①]。叔在薮[②]，火烈具举。袒裼暴虎[③]，献于公所。“将叔无狃[④]，戒其伤女。”

叔于田，乘乘黄。两服上襄，两骖雁行。叔在薮，火烈具扬。叔善射忌，又良御忌[5]。抑罄控忌[6]，抑纵送忌[7]。

叔于田，乘乘鸨[8]。两服齐首，两骖如手。叔在薮，火烈具阜[9]。叔马慢忌，叔发罕忌。抑释掤忌[10]，抑鬯弓忌[11]。

【注释】

①两骖（cān）：四马驾车，外边的两匹马叫骖。②薮（sǒu）：多草木的低地。③襢裼（tǎn xī）：脱去衣服露出肉体。④狃（niǔ）：习以为常。⑤忌：语气助词。⑥抑：发语词。罄控：勒马的意思。⑦纵送：纵马奔腾。⑧鸨（bǎo）：毛色混杂的马。⑨阜：旺盛的样子。⑩掤（bīng）：箭筒的盖。⑪鬯：（chàng）弓：将弓放进囊中。

【译文】

他到围场去打猎，驾驭着四马战车。一把缰绳像丝组，两匹骖马像舞蹈。他在湖边草地上，几处野火一齐烧。赤手空拳搏猛虎，搏杀猛虎献公爵。不要常常这样做，小心它把你伤到！

他到围场去打猎，驾驭着四匹黄马。中央两马领前奔，两旁马儿像雁行。他在湖边草地上，几处野火一齐烧。他非常善于射箭，驾车本领又高强。时而勒马不前进，时而又任意驰骋。

他到围场去打猎，驾驭着四匹花马。中央两马头并头，两旁马似左右手。他在湖边草地上，几处野火一齐烧。马蹄越跑越悠闲，箭杆越飞越稀疏。打开箭筒箭收起，拉过弓袋弓放好。

【鉴赏】

这是一首女子赞美心上人打猎时英勇姿态的诗。从诗中所述来看，这位

骁勇的猎手应该是一名贵族男子，他精于射箭和御车。第一章写初猎搏虎，表现了男子的剽悍过人。第二章写驱车逐兽，表现男子的高超的驾车技巧。第三章写猎后的收场，表现他从容洒脱的姿态。

清　人

【原典】

清人在彭①，驷介旁旁②。二矛重英，河上乎翱翔③。

清人在消，驷介麃麃④。二矛重乔⑤，河上乎逍遥。

清人在轴，驷介陶陶⑥。左旋右抽，中军作好⑦。

【注释】

①清人：清邑的人。②驷：驾车的四马。介：甲。旁旁：强壮。③翱翔：闲散的样子。④麃麃（biāo）：雄壮威武的样子。⑤重乔：装饰矛用的羽毛。⑥陶陶：纵马驱驰的样子。⑦作好：做样子。

【译文】

清人驻扎在彭地，四马披甲真健壮。两矛上饰两层缨，黄河边上自闲逛。

清人驻防到消地，四马披甲气势豪。两矛缀上野鸡毛，黄河岸边好逍遥。

清人驻守在轴地，四马披甲奔跑急。左手挥旗右抽刀，将军练武好神气。

【鉴赏】

这是一首辛辣的讽刺诗。讽刺的对象是驻扎在清邑的部队和统帅高克，而最终也是在斥责郑文公的昏庸。全诗共三章，写清邑士兵在黄河边上的彭地、消地、轴地驻防时的种种表现，表面上是在称颂他们，实际上每章的最后一句都用画龙点睛的字眼让他们现出了本相，其讽刺的手法较为含蓄。

羔 裘

【原典】

羔裘如濡[①]，洵直且侯[②]。彼其之子，舍命不渝[③]。

羔裘豹饰，孔武有力。彼其之子，邦之司直。

羔裘晏兮[④]，三英粲兮[⑤]。彼其之子，邦之彦兮。

【注释】

①羔裘：羊羔皮制成的皮衣。濡：润泽。②洵：确实。③渝：改变。④晏（yàn）：鲜艳茂盛的样子。⑤粲：色彩艳丽。

【译文】

身穿羔裘很润滑，确实挺拔又壮美。他是这样一个人，舍身忘命守善道。

羔裘袖口镶豹皮，显得孔武有力量。他是这样一个人，国家司直很公平。

羔皮袍子多鲜亮，三行缨饰多艳丽。他是这样一个人，国家贤能的人才。

【鉴赏】

这是一首女子赞美自己恋人或者丈夫的诗。全诗三章，第一章赞美其形貌俊朗，恪守善道；第二章赞美他勇武有力，公平正义；第三章赞美他是国家贤能的人才，爱慕之情溢于言表。

遵大路

【原典】

遵大路兮，掺执子之袪兮[①]！无我恶兮，不寁故也[②]！

遵大路兮，掺执子之手兮！无我魗兮[③]，不寁好也！

【注释】

①掺（shǎn）：握住，牵着。袪（qū）：指衣袖。②寁（zǎn）：丢弃。③魗（chǒu）：同“丑”。

【译文】

沿着大路走向前，用力拉住你袖口。千万不要讨厌我，别忘了往日情分！

沿着大路走忙忙，紧紧握住你的手。千万不要嫌我丑，别忘了相恋时光！

【鉴赏】

关于这首诗的主旨，历来有很多争议。诗人只是截取了男子离家出走，女子拽住他苦苦哀求的一个小镜头来诉述这一场离别，至于这是夫妻之间的暂时别离，还是女子遭到了男子的遗弃，诗中并没有提。然而，诗人描绘的这幅平常而习见的画面却是活灵活现的，给人留下难以磨灭的印象。

女曰鸡鸣

【原典】

女曰："鸡鸣。"士曰："昧旦①。""子兴视夜②，明星有烂。""将翱将翔，弋凫与雁。"

"弋言加之③，与子宜之。宜言饮酒，与子偕老。琴瑟在御，莫不静好。"

"知子之来之，杂佩以赠之！知子之顺之，杂佩以问之④！知子之好之，杂佩以报之！"

【注释】

①昧旦：天将明未明的时候。②视夜：观察夜色。③弋（yì）：用生丝做绳，系在箭上来射鸟。④问：赠送。

【译文】

女说耳听鸡叫唤。男说天亮才一半。你且起来看看天，启明星儿亮闪闪。水鸭就要起飞了，生丝做绳射大雁。

快把大雁射下来，和你烹调做好菜。有了美肴好下酒，从此和我到白头。你弹琴来我鼓瑟，多么安静美好啊。

知道你很体贴我，我把杂佩送给你。知道你总顺着我，送你杂佩表谢意。知道你有多爱我，送你杂佩表同心。

【鉴赏】

这是一首写家庭和睦的诗，通过夫妻之间简单的对话，表现出一个美满家庭应有的和谐氛围。妻子催促丈夫起床，射来大雁给她做菜肴，两个人琴瑟和鸣，一起白头到老。丈夫对妻子的体贴也很感动，送她杂佩表达爱意，真是其乐融融。

有女同车

【原典】

有女同车，颜如舜华①。将翱将翔，佩玉琼琚。彼美孟姜②，洵美且都③。

有女同行，颜如舜英。将翱将翔，佩玉将将④。彼美孟姜，德音不忘。

【注释】

①舜华：指木槿花。②孟姜：姜家长女。③都（dū）：娴雅优美。④将将（qiāng）：即“锵锵”，玉石相击之声。

【译文】

姑娘与我同车逛，脸像木槿花一样。步履轻盈如飞鸟，美玉佩带泛红光。那位姜家大姑娘，真是漂亮又大方。

姑娘与我同路逛，脸如木槿花一样。步履轻盈像飞鸟，身上佩玉响叮当。那位姜家大姑娘，品德高尚不能忘。

【鉴赏】

这首诗以男子的语气，赞美了心爱女子美丽的容貌和美好的品德。诗中的男女一同出外游览，他们一会儿赶着车子，在乡间道路上飞快地奔驰；一会儿又下车行走，健步如飞，处处洋溢着欢乐的情绪，读起来让人心旷神怡。

山有扶苏

【原典】

山有扶苏①，隰有荷华②。不见子都③，乃见狂且④。

山有桥松，隰有游龙⑤。不见子充，乃见狡童。

【注释】

①扶苏：一种枝叶四布的大树。②隰（xí）：沼泽地。③子都：和下章的“子充”都是古代美男子的名。④狂且（jū）：狂行拙钝的人。⑤游龙：一种草的名称。

【译文】

高高山上有大树，荷花长在低洼处。不见子都美男子，却是狂妄笨东西。

高高山上有青松，荭草长在洼地中。不见子充美男子，却是狡猾小顽童。

【鉴赏】

这首诗是写一对恋人在约会时，女子对男子戏谑调笑的诗，就是后世所谓的打情骂俏。诗中所描写的那种俏骂，不但不会影响两人的关系，还更能表现他们的亲密无间。诗的字数不多，却把女孩子的情态刻画得入木三分。

萚　兮

【原典】

萚兮萚兮①，风其吹女！叔兮伯兮，倡予和女②！

萚兮萚兮，风其漂女③。叔兮伯兮，倡予要女④！

【注释】

①萚（tuò）：指落叶。②倡：带头唱歌。③漂：同“飘”，吹动。④要（yào）：会合。

【译文】

树叶落下满地黄，风儿吹在你身上。我的哥哥好情郎，你来领歌我和唱。

树叶落下满地黄，风儿送你到四方。我的哥哥好情郎，你来领歌我伴唱。

【鉴赏】

在《诗经》中，《萚兮》是最短小的诗篇之一，它的文辞也极为简单，但表达的感情却极为丰富。这是一首古代男女选择配偶所唱的诗歌，就像现在少数民族男女对歌一样，处处洋溢着欢快的气氛。

狡　童

【原典】

彼狡童兮，不与我言兮。维子之故[①]，使我不能餐兮！

彼狡童兮，不与我食兮。维子之故，使我不能息兮[②]！

【注释】

①维：因为。②息：休息。

【译文】

那个傻小子，不和我说话。都是因为你，饭也吃不下。

那个傻小子，不和我吃饭。都是因为你，让我睡不着。

【鉴赏】

这是一首表现情侣之间感情风波的诗。这对情侣闹了矛盾，小伙子对姑娘不理不睬，害得姑娘食不下咽。这首诗通过直言痛呼的人物语言，刻画了一个对恋人一往情深的少女形象。

褰　裳

【原典】

子惠思我[①]，褰裳涉溱[②]。子不我思，岂无他人。狂童之狂也且！

子惠思我，褰裳涉洧。子不我思，岂无他士[③]。狂童之狂也且！

【注释】

①惠：见爱。②褰（qiān）：撩起。③他士：其他小伙子。

【译文】

你要真想把我爱，提衣蹚过溱水来。要是你不再想我，难道没有别人来？你真是个傻小子！

你要真想把我爱，提衣蹚过洧水河。要是你不再想我，难道没有别人来？

你真是个傻小子！

【鉴赏】

这是女子戏谑意中人的诗。姑娘相中了河对岸的小伙子，但小伙子太老实，察觉不到姑娘的心意，于是姑娘就用歌声来挑逗他，说他是个小傻瓜，表现出少女特有的天真烂漫和对爱情的向往！

丰

【原典】

子之丰兮[①]，俟我乎巷兮，悔予不送兮。

子之昌兮[②]，俟我乎堂兮，悔予不将兮[③]。

衣锦褧衣，裳锦褧裳。叔兮伯兮，驾予与行。

裳锦褧裳，衣锦褧衣[④]。叔兮伯兮，驾予与归。

【注释】

①丰：丰满。②昌：形容强壮，有精神。③将：一起走。④褧（jiǒng）：用麻纱做的罩衣。

【译文】

你的面容好丰润，迎亲等我在巷中。后悔我家没有送。

你的体魄多强壮，迎亲等我在堂上。后悔没有跟你往。

身穿锦缎新衣裳，麻纱罩衫披身上。情哥哥啊美男子，驾车载我一起走。

锦缎新裳多华美，麻纱罩衣多鲜亮。情哥哥啊美男子，驾车接我回家去。

【鉴赏】

这首诗是写一名女子因为错失良缘而悔恨万分。当初由于某种原因，女子未能与相爱的人结婚，现在感到非常悔恨，迫切希望男方驾车来接她。诗中对人物形象的描写和人物心理的刻画都极其成功，给人留下了深刻的印象。

东门之墠

【原典】

东门之墠①，茹藘在阪②。其室则迩，其人甚远。

东门之栗，有践家室③。岂不尔思？子不我即④。

【注释】

①墠（shàn）：平整的土地。②茹藘（rú lǘ）：一种多年生的蔓草，可以做染料。阪（bǎn）：斜坡。③践：排列整齐。④即：接触。

【译文】

东门之外有平地，茜草长在山坡上。两座房屋虽接近，屋里人却离得远。

东门之外有栗树，房屋栋栋排得齐。难道我不想念你，你不找我我心急。

【鉴赏】

这是一首男女对唱的情歌。全诗两章，第一章语气似乎在抱怨，是小伙子的唱词，他以茜草起兴，表达了对姑娘的爱意；第二章语气却有些戏谑，是姑娘的唱词，她也正期待着小伙子来找她。

风　雨

【原典】

风雨凄凄①，鸡鸣喈喈②，既见君子。云胡不夷！

风雨潇潇③，鸡鸣胶胶④。既见君子，云胡不瘳⑤！

风雨如晦⑥，鸡鸣不已。既见君子，云胡不喜！

【注释】

①凄凄：寒凉的意思。②喈喈（jiē）：鸡鸣声。③潇潇：风雨交加的样子。④胶胶：鸡鸣声。⑤瘳（chōu）：指病愈。⑥晦：昏暗。

【译文】

风吹雨打冷清清，喈喈鸡鸣不住声。盼得君子来到了，心里怎会不平静。

疾风骤雨冷飕飕，胶胶鸡鸣不停声。盼得君子来到了，病情怎会不好转。

风风雨雨天地暗，这群鸡儿叫不停。盼得君子来到了，心里怎会不高兴。

【鉴赏】

这是一首风雨怀人的名作。写的是在一个“风雨如晦，鸡鸣不已”的早晨，一个女子正想念她的“君子”，就在这时候，她所盼望的人来到了，那种喜出望外之情真可谓溢于言表。全诗三章叠咏，诗境单纯，而艺术的辩证法恰恰在于愈单纯而愈丰富。

子衿

【原典】

青青子衿①，悠悠我心②。纵我不往，子宁不嗣音③？

青青子佩④，悠悠我思。纵我不往，子宁不来？

挑兮达兮⑤，在城阙兮。一日不见，如三月兮！

【注释】

①衿：佩衿。②悠悠：忧思怀念。③嗣（sì）：寄。④佩：佩玉的绶带。⑤挑、达：即往和来。

【译文】

青青的你那佩衿，思念你我心忧伤。纵然我不去找你，你不能捎个口信？

青青的你那佩带，怀念你让我忧伤。纵然我不去找你，你就不能来一趟？

来来回回多少趟，在这高城望楼上。一天不见你的面，好像三月那么长！

【鉴赏】

这首诗写一个女子在城楼上等候她的恋人。全诗三章，前两章以“我”

的口气自述怀人，“子衿”和“子佩”是以恋人的衣饰借代恋人。第三章写久等不见他来，急得女子来回走个不停，一天不见面就像隔了三个月似的，写出了她的烦乱情绪。

扬之水

【原典】

扬之水[1]，不流束楚[2]。终鲜兄弟，维予与女。无信人之言，人实迋女[3]。

扬之水，不流束薪。终鲜兄弟，维予二人。无信人之言，人实不信。

【注释】

①扬：国名。②楚：一种落叶小乔木，又名荆。③迋（kuàng）：同“诳”，欺骗。

【译文】

悠悠扬水东流去，一捆荆条漂不起。家里没有亲兄弟，只有你我常相依。不要轻易相信人，他们都想欺骗你。

悠悠扬水东流去，不能漂起一捆柴。家里没有亲兄弟，只有你我两个人。不要轻易相信人，他们实在不可信。

【鉴赏】

这是一首女子告诫丈夫不要听信他人离间的诗。女主人公和丈夫有着很深的感情，但有些人却故意制造出一些流言蜚语，使他们平静的生活出现了波澜，这首诗就是在这种情况下妻子对误听流言蜚语的丈夫所作的诚挚的表白。

出其东门

【原典】

出其东门，有女如云。虽则如云。匪我思存。缟衣綦巾，聊乐我员。

出其闉阇，有女如荼。虽则如荼，匪我思且。缟衣茹藘，聊可与娱。

【注释】

①思存：思念的人。②缟（gǎo）：白色。綦（qí）：暗绿色。③闉阇（yīn dū）：城门。④茹藘：茜草。

【译文】

漫步走出城东门，漂亮姑娘多如云。虽然姑娘多如云，不是我思念的人。那个白衣青巾女，让我快乐又沉醉。

漫步走出城门外，漂亮姑娘非常多。虽然姑娘有很多，不是我心所牵挂。只有白衣红巾女，和她一起真快乐。

【鉴赏】

本篇也是写爱情的诗。一位青年来到郑国都城东门外，看到如云如荼的美女，却丝毫没有动心，原来他所情有独钟的，竟是一位素衣绿巾的贫贱之女！青年以坚定的语气，表达了对心上人的忠贞，足见他对伊人感情之深。

野有蔓草

【原典】

野有蔓草，零露漙兮。有美一人，清扬婉兮。邂逅相遇，适我愿兮。

野有蔓草，零露瀼瀼。有美一人，婉如清扬。邂逅相遇，与子偕臧。

【注释】

①漙（tuán）：露珠很多。②邂逅（xiè hòu）：不期而遇。③适我愿：称心如意。④瀼瀼（ráng）：露珠很多。⑤臧（zàng）：藏起来。

【译文】

野地蔓草多又长，团团露珠落叶上。有个漂亮的姑娘，眉清目秀好模样。不期路上巧相遇，真是称心又如意。

野地蔓草绿成片，草叶上露珠闪闪。有个漂亮的姑娘，眉清目秀多娇艳。不期路上巧相遇，与你牵手藏起来。

【鉴赏】

这首诗描写的是浪漫自由的爱情。清晨时分，草露未干，一对情人在田野间不期而遇，彼此都感到无比欢喜，男子用歌声记录下了这个美妙的时刻。这牧歌般的自由爱情，是美好心愿的诗意想象，也是先民婚恋的真实写照。

溱洧

【原典】

溱与洧，方涣涣兮。士与女，方秉蕑兮。女曰："观乎[①]？"士曰："既且。""且往观乎！"洧之外，洵訏且乐[②]。维士与女，伊其相谑，赠之以勺药[③]。

溱与洧，浏其清矣[④]。士与女，殷其盈矣[⑤]。女曰："观乎？"士曰："既且。""且往观乎！"洧之外，洵訏且乐。维士与女，伊其将谑，赠之以勺药。

【注释】

①观：四处看看。②訏（xū）：大。③勺药：香草名。④浏：形容水很清。⑤殷：众多。

【译文】

溱水洧水向东流，那水流欢快荡漾。小伙姑娘来春游，手握兰草求吉祥。姑娘说四处看看，小伙说要歇一歇。姑娘坚持要去看，看那洧水河滩外，实在宽大又舒畅。小伙姑娘来春游，尽情嬉笑真欢畅，互赠芍药情意长。

溱水洧水向东流，那水流有多清凉。小伙姑娘来春游，熙熙攘攘在河边。姑娘要四处看看，小伙回说已逛完。姑娘还要再去看，瞧那洧水河滩外，实在宽大又舒畅。小伙姑娘来春游，尽情嬉笑喜洋洋，互赠芍药情意长。

【鉴赏】

这诗写的是郑国溱洧两河春水涣涣，男男女女在岸边欢乐聚会的盛况，讴歌了这个春天的节日，并充分赞美了纯真的爱情，诗意明朗，清新，充满了欢快的气氛。全诗属旁观者语气，不是诗中人物自作。

国风·齐风

齐是周代的诸侯国名，周武王曾封大臣吕望（即姜太公）于此，疆土包括今山东中部和北部。春秋时期，齐桓公任管仲为相，国势逐渐变得强大起来。《齐风》即齐地民歌，共11篇，大约是东周初年到春秋时期的作品。

鸡　鸣

【原典】

鸡既鸣矣，朝既盈矣[①]。匪鸡则鸣，苍蝇之声。

东方明矣，朝既昌矣。匪东方则明，月出之光。

虫飞薨薨[②]，甘与子同梦。会且归矣，无庶予子憎[③]！

【注释】

①朝：朝堂，即君臣聚会的地方。②薨薨（hōng）：蚊虫飞的声音。③庶：众人。

【译文】

雄鸡开始打鸣了，上朝的人都去了。那不是鸡在打鸣，那是苍蝇在闹腾。

东方已经放亮啦，人们都去上朝啦。那不是东方亮白，而是明月的亮光。

苍蝇嗡嗡招瞌睡，我愿和你同床睡。可是会都要散啦，别叫人家憎恶你！

【鉴赏】

这首诗写的是一夫一妇早晨的对话。丈夫早晨困乏，不愿起床上朝，妻怕他误了早朝，让同僚们说闲话，就屡次催他起身。全诗以夫妇间对话展开，构思新颖，别开生面，表现了一对贵族夫妇私生活的情趣。

还

【原典】

子之还兮[①]，遭我乎猺之间兮[②]。并驱从两肩兮[③]，揖我谓我儇兮[④]。

子之茂兮，遭我乎猺之道兮。并驱从两牡兮[⑤]，揖我谓我好兮。

子之昌兮，遭我乎猺之阳兮。并驱从两狼兮，揖我谓我臧兮[⑥]。

【注释】

①还（xuán）：敏捷的样子。②猺（náo）：山名，在今山东临缁县南。③肩：通“豜”（jiān），指大兽。④儇（xuán）：灵巧，机敏。⑤牡：指雄兽。⑥臧（zāng）：善，好。

【译文】

你的身手真敏捷，与我相遇猺山间。一起追赶两大兽，拱手赞我多灵便。

你的骑射多精湛，与我相遇猺山道。一起追赶两雄兽，拱手赞我技艺高。

你的身姿真健壮，与我相遇猺山阳。一起追赶两条狼，拱手赞我技艺强。

【鉴赏】

这是一首两位猎人在山间相遇，互相赞美的诗歌。全诗三章，第一章赞美其敏捷，第二章赞美其技术高超，第三章赞美其身姿壮硕。全诗情调欢快，语言朴实，表现了猎人们的自由豪放和对生活的乐观态度。

著

【原典】

俟我于著乎而[①]，充耳以素乎而[②]，尚之以琼华乎而！

俟我于庭乎而，充耳以青乎而，尚之以琼莹乎而[③]！

俟我于堂乎而，充耳以黄乎而，尚之以琼英乎而！

【注释】

①俟（sì）：等待。著（zhù）：古代正门内两侧屋之间。乎而：语气词连

用。②素：与下文“青”、“黄”皆指美玉的颜色。③尚：加在上面。

【译文】

他在门屏间等我，充耳白丝垂帽边，帽上宝石亮闪闪。

他在院庭里等我，帽旁充耳丝线青，帽上宝石亮晶晶。

他在中堂上等我，充耳黄丝垂帽旁，帽上宝石红光闪。

【鉴赏】

这首诗把一场古老的结婚仪式写得饶有情趣。全诗一共三章九句，都是从新娘的眼中所见来写，巧妙之处在于九句诗中全不用主语，而且突如其来，这种独特的句法，细腻而传神地表现了新娘的心理活动。

东方之日

【原典】

东方之日兮，彼姝者子，在我室兮。在我室兮，履我即兮[①]。

东方之月兮，彼姝者子，在我闼兮[②]。在我闼兮，履我发兮[③]。

【注释】

①履（lǚ）：踩到。即：通“膝”。②闼（tà）：内室。③发：足，脚。

【译文】

太阳初升在东方，有位姑娘真漂亮，进我家门在我房。进我家门在我房，踩在我的膝头上。

月亮升起在东方。有位姑娘真漂亮，走进我房进内室。走进我房进内室，踩在我的脚跟上。

【鉴赏】

这首诗是写热恋中的女子到男子家中幽会的情景。诗以“日”、“月”代表白天、黑夜，既显示出时间的久长，也体现了情意的深长。二人调笑嬉乐，你碰我的膝，我踩你的脚，着墨不多，却是点睛之笔，既是感情的大胆碰撞，也表达出两人的愉悦之情。

东方未明

【原典】

东方未明，颠倒衣裳。颠之倒之，自公召之。

东方未晞[①]，颠倒裳衣。倒之颠之，自公令之。

折柳樊圃[②]，狂夫瞿瞿[③]。不能辰夜，不夙则莫。

【注释】

①晞（xī）：明，这里指太阳的光辉。②樊：即藩，篱笆。③狂夫：对监工的称呼。瞿瞿：凶巴巴的样子。

【译文】

东方还没放光亮，朦胧中穿反衣裳。黑暗中手忙脚乱，只因公爷来宣召。

东方不见半点光，朦胧中穿反衣裳。黑暗中手忙脚乱，只因公爷催得忙。

编篱砍下柳树条，疯汉瞪着眼儿瞧。哪能好好过一宵？早起晚睡不公道。

【鉴赏】

这是一首反映劳动者劳役繁重的怨愤诗。全诗三章，前两章诗人巧妙地抓住“颠倒衣裳”这一瞬间出现的难堪局面来写，既刻画出了劳工们慑于淫威的惧怕心理，又写出了他们所受的非人待遇。第三章具体描述了劳工们繁重的劳

动，不但要起早贪黑，还要忍受监工的刁难，表现了劳工们胸中的不满与反抗。

南　山

【原典】

南山崔崔[①]，雄狐绥绥[②]。鲁道有荡，齐子由归。既曰归止，曷又怀止？

葛屦五两，冠緌双止[③]。鲁道有荡，齐子庸止[④]。既曰庸止，曷又从止？

蓺麻如之何[⑤]？衡从其亩[⑥]。取妻如之何？必告父母。既曰告止，曷又鞠止[⑦]？

析薪如之何？匪斧不克。取妻如之何？匪媒不得。既曰得止，曷又极止？

【注释】

①崔崔：山势高大。②绥绥：行走缓慢。③冠緌（ruí）：帽穗。④庸：由。⑤蓺（yì）：种植。⑥衡从：即横纵。⑦鞠：放纵。

【译文】

齐南山高大险峻，雄狐在山坡徘徊。鲁国道路多平坦，齐女出嫁经此间。既然已经出嫁了，为何还要把她念？

葛鞋成对并排放，帽上带子结成双。鲁国道路多平坦，齐女出嫁经此往。既然已经出嫁了，为何还暗中幽会？

种大麻有啥诀窍？或横或直开成垄。想要娶妻怎么办？一定要禀告父母。既然已经告父母，为啥任由他放纵？

砍柴薪有何高招？没有斧头办不到。想要娶妻怎么办？没有媒人娶不成。既然已经娶到了，为啥还让她胡闹？

【鉴赏】

这首诗旨在揭露齐襄公和文姜兄妹通奸的丑行，也讽刺了鲁桓公不敢约束妻子的无能。第一章谴责齐襄公不该有非分之想；第二章写文姜回国探亲中和齐襄公再度苟合，真是伤风败俗；第三、四章借种麻、劈柴比喻婚姻家庭处理事宜，讽刺鲁桓公放纵妻子，懦弱无能。

甫　田

【原典】

无田甫田[①]，维莠骄骄[②]。无思远人，劳心忉忉[③]！

无田甫田，维莠桀桀[④]。无思远人，劳心怛怛[⑤]！

婉兮娈兮。总角丱兮[⑥]。未几见兮，突而弁兮[⑦]！

【注释】

①甫：大。②莠（yǒu）：杂草。骄骄：通“乔乔”，形容草木茂盛。③忉忉（dāo）：忧思的样子。④桀桀：非常茂盛。⑤怛怛（dá）：忧劳的样子。⑥丱（guàn）：旧时儿童束发如两角之貌。⑦弁（biàn）：帽子。

【译文】

大田广袤不可耕，是因为杂草丛生。不要想念远方人，心里忧伤很煎熬。

大田广袤不可耕，杂草茂密难处理。不要想念远方人，心里忧伤太烦闷。

小孩子俊俏温顺，发结两角多天真。没过好久再相见，突然戴冠成大人。

【鉴赏】

这首诗写的是妻子对远方丈夫的思念。丈夫去了远方，家中没有劳力，导致庄稼田里野草丛生，诗人面对如此荒芜的大田，内心非常焦虑，不禁讲出了气话：“无思远人，劳心怛怛！”这其实是思念到极点的心理反应。第三章诗人想象丈夫归来，见到离家时还是扎着丫角的小儿子已经长大成人了。这一自我构造的虚幻境界，是对丈夫早日平安归来的渴望。

卢　令

【原典】

卢令令[①]，其人美且仁。

卢重环，其人美且鬈[②]。

卢重鋂[③]，其人美且偲[④]。

【注释】

①卢：指黑毛的猎犬。②鬈：(quán)：强壮。③鋂（méi)：大环。④偲(cāi)：有才智。

【译文】

猎狗颈上铃儿响，那人漂亮好心肠。

猎狗颈上子母环，那人漂亮又强健。

猎狗颈上两个环，那人漂亮又聪明。

【鉴赏】

这首诗赞美了一个英武的猎人。从诗中的语气来看，作者应是一名女性，她听到狗儿铃铛的响声，顺声看去，看到了一个年轻雄壮的猎人，她被男子那健美的身姿所吸引，所以做歌赞之。全诗共三章，每章的第一句均以实写手法写犬，第二句均以虚写手法写人。

敝笱

【原典】

敝笱在梁[①]，其鱼鲂鳏。齐子归止，其从如云。

敝笱在梁，其鱼鲂鱮[②]。齐子归止，其从如雨。

敝笱在梁，其鱼唯唯[③]。齐子归止，其从如水。

【注释】

①笱（gǒu)：捕鱼的网。②鱮（xù)：鲢鱼。③唯唯：形容鱼多。

【译文】

破鱼篓儿在鱼梁，捕到好鱼鲂和鳏。齐国女子回齐国，她的随从多如云。

破鱼篓儿在鱼梁，捕到好鱼鲂和鱮。齐国女子回齐国，她的随从多如雨。

破鱼篓儿搁鱼梁，好多鱼儿游进来。齐国女子回齐国，她的随从多如水。

【鉴赏】

这首诗旨在惋惜齐姜本是美人，却嫁给了一个并不般配的丈夫。诗中所述的鱼儿是美女的象征，然而这样好看的鱼却遭遇了破旧的竹笼，暗喻齐姜所嫁非人。全诗三章，每章的后两句都在写随从的数量多，越是写婚礼的盛况，就越能表达诗人的惋惜之情。

载驱

【原典】

载驱薄薄①，簟茀朱鞹②。鲁道有荡，齐子发夕③。

四骊济济④，垂辔沵沵⑤。鲁道有荡，齐子岂弟⑥。

汶水汤汤，行人彭彭⑦。鲁道有荡，齐子翱翔。

汶水滔滔，行人儦儦⑧。鲁道有荡，齐子游遨。

【注释】

①薄薄：马奔跑的声音。②簟茀（diàn fú）：竹席。鞹（kuò）：动物的皮。③发夕：朝发夕宿。④骊：黑马。济济：整齐的样子。⑤沵沵（mǐ）：轻柔貌。⑥岂弟：快乐的样子。⑦彭彭：盛多貌。⑧儦儦（biāo）：形容众多。

【译文】

马车奔跑响不断，红革饰车多鲜亮。鲁国道路多平坦，齐女启程天明前。

四匹黑马步伐齐，缰绳垂下软又光。鲁国道路多平坦，齐女启程多快乐。

浩浩汶水在奔流，行人熙熙往来忙。鲁国道路多平坦，齐女一路好游逛。

汶水奔流浪滔滔，行人熙熙多如潮。鲁国道路多平坦，齐女一路真逍遥。

【鉴赏】

这首诗旨在讽刺文姜与齐襄公淫乱，还敢大摇大摆招摇过市，肆无忌惮。诗人只是客观地描写自己的所见所闻，并无一字触及他们之间的丑事，但却在字里行间透露出人们对这一丑闻的厌恶和鄙夷。

猗嗟

【原典】

猗嗟昌兮①！颀而长兮，抑若扬兮②。美目扬兮，巧趋跄兮③。射则臧兮！

猗嗟名兮！美目清兮，仪既成兮。终日射侯[4]，不出正兮。展我甥兮[5]！

猗嗟娈兮[6]！清扬婉兮，舞则选兮。射则贯兮，四矢反兮。以御乱兮！

【注释】

①猗（yī）嗟：赞叹的话语。②抑（yì）：美好的样子。扬：指前额开阔。③跄（qiāng）：步伐矫健有力。④侯：箭靶。⑤甥：古代女子也称丈夫为甥。⑥娈（luán）：美好。

【译文】

他是如此的强壮，身材高大又颀长。前额方正容颜好，双目有神多漂亮。进退奔走动作巧，射箭技术真精良。

他是多么的精神，眼睛美丽又清明。一切仪式已完成，终日射靶不曾停。箭无虚发中靶心，真是我的好丈夫。

他是多么的英俊，眼睛清澈又明亮。舞姿端正节奏强，箭出穿靶不空放。四矢同中靶中央，抵御外患有力量。

【鉴赏】

这是一首赞美一位少年射手的诗作。诗分三章，每章内容分为两个部分，一是赞美其形象之美，二是赞美其技艺之高。最后以“以御乱兮”一语作为全诗的结束语，是对这位少年猎手的总体评价：具有这种高超射技的少年，自然是国家的栋梁之才。

国风·魏风

魏是周代的诸侯国名，故城在今山西芮城县，公元前 661 年为晋献公所灭。《魏风》是魏国境内民歌，共有 7 篇，大多产生于魏亡以前，内容以讽刺揭露统治阶级的黑暗为主。

葛屦

【原典】

纠纠葛屦[①]，可以履霜[②]？掺掺女手[③]，可以缝裳？要之襋之[④]，好人服之[⑤]。

好人提提[⑥]，宛然左辟[⑦]，佩其象揥[⑧]。维是褊心，是以为刺。

【注释】

①屦（jù）：鞋。②可以：何以。履：践踏。③掺掺（xiān）：形容女人手指纤细。④襋（jí）：衣领。⑤好人：女奴的主人。⑥提提：形容细腰。⑦宛然：回转的样子。⑧象揥（tì）：象牙所制的发饰。

【译文】

葛绳凉鞋脚上穿，葛鞋怎会不怕霜？可怜十指纤纤细，怎能缝制好衣裳？提腰捏领撑起来，请那美人穿身上。

那美人身材纤细，腰肢一转不搭理，象牙簪子插头上。心胸真是太狭隘，所以我来讽刺她。

【鉴赏】

这首诗写出了一个缝衣女仆为主人家缝制衣服所体现出的贫富不均。女仆对女主人傲慢的姿态非常不满，于是作此诗讽刺之，通过女仆与女主人之间的对比，一穷一富，一仆一主，形成鲜明的对照，给人留下了十分强烈而又深刻的印象。

汾沮洳

【原典】

彼汾沮洳[①]，言采其莫[②]。彼其之子，美无度。美无度，殊异乎公路[③]。

彼汾一方，言采其桑。彼其之子，美如英。美如英，殊异乎公行[④]。

彼汾一曲，言采其荬[5]。彼其之子，美如玉。美如玉，殊异乎公族[6]。

【注释】

①汾（fén）：汾水。沮洳（jū rú）：低洼潮湿的地方。②莫：野菜名，其味酸。③公路：掌管王公车驾的官吏。④公行：掌管王公军队的官吏。⑤荬（xù）：一种野菜。⑥公族：掌管王公宗族事务的官吏。

【译文】

在那汾河低湿地，采来酸莫装筐里。瞧我那位意中人，英俊潇洒无人及。英俊潇洒无人及，公路哪能和他比。

在那汾河另一边，采来桑叶装筐里。瞧我那位意中人，俊美得像花一样。俊美得像花一样，公行哪能和他比。

在那汾河水湾边，采来泽泻多新鲜。瞧我那位意中人，俊雅得像玉一样。俊雅得像玉一样，公族哪能和他比。

【鉴赏】

这是一首女子赞美自己情郎的诗歌。从诗中所述来看，这名女子显然是处于社会下层的，但在她的心中，她的情郎比那些所谓的贵族子弟强多了。全诗三章，每章的最后一句都写到了王公贵族，这既是为了凸显自己情郎的美，也是对这类寄生虫一样的贵族的讽刺。

园有桃

【原典】

园有桃，其实之肴。心之忧矣，我歌且谣[1]。不我知者，谓我士也骄。彼人是哉，子曰何其[2]？心之忧矣，其谁知之？其谁知之，盖亦勿思。

园有棘[3]，其实之食。心之忧矣，聊以行国[4]。不我知者，谓我士也罔极[5]。彼人是哉，子曰何其？心之忧矣，其谁知之？其谁知之，盖亦勿思。

【注释】

①谣：唱歌。②子：你。③棘：酸枣。④行国：周游列国。⑤罔极：无常。

【译文】

园子里面有桃树，果实能供我充饥。我心里塞着烦恼，嘴里却哼着歌谣。都说我狂傲无礼，我本就是这样啊。你说我该怎么做？我的心里好烦恼，有谁知道我的苦！有谁知道我的忧！不如统统都忘掉！

园子里长着酸枣，酸枣足够让我饱。心里满满是忧伤，就在城中闲游荡。都说我反复无常，我本就是这样啊。你说我该怎么做？我的心里好烦恼，有谁知道我的苦！有谁知道我的忧！不如统统都忘掉！

【鉴赏】

这是一首古代士大夫忧时伤己的诗。全诗两章，每章首二句都以园中果树起兴，果树的果实尚可供人食用，而自己却无所可用，诗人有感于此，因而表达出心中的郁愤不平。总的来说，全诗给人一种“欲说还休”的感觉，风格沉郁顿挫。

陟　岵

【原典】

陟彼岵兮[①]，瞻望父兮。父曰嗟，予子行役，夙夜无已。上慎旃哉[②]，犹来无止[③]！

陟彼屺兮[④]，瞻望母兮。母曰嗟，予季行役[⑤]，夙夜无寐。上慎旃哉，犹来无弃！

陟彼冈兮，瞻望兄兮。兄曰嗟，予弟行役，夙夜必偕。上慎旃哉，犹来无死！

【注释】

①岵（hù）：有草木的山。②旃（zhān）：犹“之”。③止：逗留在外。④屺（qǐ）：秃山。⑤季：最小的儿子。

【译文】

登上绿油油的山，遥想家中老父亲。父亲说：“咳！我儿当差出远门，早沾露水晚披星。记得千万要保重，能回来就别逗留。”

登上光秃秃的山，遥想家中老母亲。母亲说："咳！我儿当差奔他乡，早晚奔走不休息。记得千万多保重，能回来就别自弃。"

登上高高的山冈，遥想家中我哥哥。哥哥说："咳！我弟弟东奔西走，早晚与伙伴同行。记得千万多保重，能回来就别战死。"

【鉴赏】

这是一首征夫望乡思亲的诗，抒发了远离家乡的征夫对父母和兄长的思念之情。诗的妙处和独创性在于，开首正面直写己之思亲之情后，接下来却是设想亲人如何想念自己。当然，这并非诗人主观的刻意造作，而是情至深处的自然表现。

十亩之间

【原典】

十亩之间兮，桑者闲闲兮①。行与子还兮！

十亩之外兮，桑者泄泄兮②。行与子逝兮！

【注释】

①桑者：采桑者。闲闲：从容悠闲的样子。②泄泄：形容人多。

【译文】

这里有十亩桑间，采桑姑娘多悠闲，走吧咱们回家园。

这里有十亩桑林，采桑姑娘人数多，走吧咱们回村落。

【鉴赏】

这是一首采桑姑娘劳动结束时呼伴同归的歌唱，勾画出一派清新恬淡

的田园风光，抒写了采桑女轻松愉快的劳动心情。全诗字数不多，营造出欢快轻松的氛围，表达了采桑姑娘们的愉悦心情，向人们展示了一幅唯美的桑园晚归图。

伐檀

【原典】

坎坎伐檀兮[①]，寘之河之干兮[②]，河水清且涟猗[③]。不稼不穑[④]，胡取禾三百廛兮[⑤]？不狩不猎，胡瞻尔庭有县貆兮[⑥]？彼君子兮，不素餐兮[⑦]！

坎坎伐辐兮，寘之河之侧兮，河水清且直猗。不稼不穑，胡取禾三百亿兮？不狩不猎，胡瞻尔庭有县特兮[⑧]？彼君子兮，不素食兮！

坎坎伐轮兮，寘之河之漘兮[⑨]，河水清且沦猗。不稼不穑，胡取禾三百囷兮[⑩]？不狩不猎，胡瞻尔庭有县鹑兮？彼君子兮，不素飧兮[⑪]！

【注释】

①坎坎：伐木的声音。②寘（zhì）：即“置”，放置。干：河岸。③猗（yī）：语气助词，犹“兮”。④稼、穑（jià、sè）：稼，耕种。穑，收获。⑤廛（chén）：古代一家之居，即二亩半。⑥貆（huán）：一种野兽的名字。⑦素餐：指吃白饭。⑧特：三岁之兽曰“特”。⑨漘（chún）：水边。⑩囷（qūn）：一种圆形的粮仓。⑪飧（sūn）：指熟透的食物。

【译文】

叮叮咚咚伐檀树，砍下檀树放河边，河水清清泛波澜。栽秧割稻你不管，凭啥要税收粮产？上山打猎你不管，凭啥你家挂野貆？那些贵族老爷啊，不能白吃闲饭啊！

做车辐斧声霍霍，砍来放在河埠头，河水直流泛涟漪。栽秧割稻你不管，凭啥来收割粮食？上山打猎你不去，凭啥你家挂野兽？那些贵族老爷啊，不能白吃闲饭啊！

做车轮伐木咚咚，砍来放在大河旁，河水清清打旋涡。栽秧割稻你不管，凭啥粮食进你仓？上山打猎你不帮，凭啥你家挂鹌鹑？那些贵族老爷啊，不

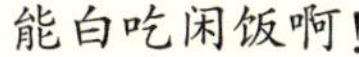
能白吃闲饭啊！

【鉴赏】

这是一首反映被剥削者对统治者不满情绪的诗。每章开始写劳动者伐木的场景，到第四句转入写伐木者对不劳而食者的冷嘲热骂。全诗直抒胸臆，叙事中饱含愤怒情感，读起来真实可信，非常具有感染力。

硕　鼠

【原典】

硕鼠硕鼠[①]，无食我黍！三岁贯女[②]，莫我肯顾。逝将去女，适彼乐土。乐土乐土，爰得我所[③]。

硕鼠硕鼠，无食我麦！三岁贯女，莫我肯德。逝将去女，适彼乐国。乐国乐国，爰得我直[④]。

硕鼠硕鼠，无食我苗！三岁贯女，莫我肯劳[⑤]。

逝将去女，适彼乐郊。乐郊乐郊，谁之永号[⑥]。

【注释】

①硕鼠：又名田鼠，即北方俗称的耗子。这里用来比剥削无厌的统治者。②贯：侍奉。女：汝，这里指统治者。③爰：犹“乃”。④直：通“职”，职务。⑤劳：慰问、慰劳。⑥永号：犹“长叹”。

【译文】

大老鼠啊大老鼠，不要吃我家黄黍！三年小心服侍你，却不肯把我照顾。

我发誓要离开你，去那遥远的乐土。新乐土啊新乐土，那儿是我好住处。

大老鼠啊大老鼠，不要吃我家麦子！三年小心服侍你，我的恩德谁记起。

我发誓要离开你，去那遥远的乐地。新乐地啊新乐地，那里有我的职务。

大老鼠啊大老鼠，不要吃我家禾苗！三年小心服侍你，无人肯把我慰劳。

我发誓要离开你，去那遥远新乐郊。新乐郊啊新乐郊，谁还会长吁短叹。

【鉴赏】

这首诗表现的是农民对统治者沉重剥削的怨恨与控诉。诗人将剥削者比喻为祸害庄稼的大老鼠，指出他们受农民供养，贪得无厌，农民年年为剥削者劳动，得不到他们的丝毫恩惠，只得远寻“乐土”，另觅生路，而所谓的“乐土”，却只是空想罢了。

国风·唐风

唐是周代的诸侯国名，周成王曾封其弟姬叔虞于此，位于今山西汾水流域一带。《唐风》共12篇，都是春秋前期的作品，大约产生于公元前八世纪到公元前六世纪的二百年间。

蟋　蟀

【原典】

蟋蟀在堂，岁聿其莫①。今我不乐，日月其除②。无已大康，职思其居③。好乐无荒，良士瞿瞿④。

蟋蟀在堂，岁聿其逝。今我不乐，日月其迈⑤。无已大康，职思其外。好乐无荒，良士蹶蹶⑥。

蟋蟀在堂，役车其休。今我不乐，日月其慆⑦。无以大康，职思其忧。好乐无荒，良士休休⑧。

【注释】

①聿（yù）：语气助词。莫：即“暮”。②除：过去。③居：谓所处的地位。④瞿瞿：警惕的样子。⑤迈：这里指时光老去。⑥蹶蹶：行动勤勉的样子。⑦慆：过去。⑧休休：勤劳的样子。

【译文】

蟋蟀在屋里鸣叫，这一年快要结束。如果不及时行乐，时光就悄然而去。不要高兴过了头，本分职责不能忘！寻乐不能荒正业，良士应时刻警惕。

蟋蟀在屋里鸣叫，这一年即将过去。如果不及时行乐，光阴就匆匆而去。但不要过分安逸，别忘了其他责任！寻乐不能荒正业，良士要保持勤奋。

蟋蟀在屋里鸣叫，往来牛车快要休。如果不及时行乐，日月更换如飞逝。也不要太过安逸，忧患意识不能忘！寻乐不能荒正业，良士就应该勤勉。

【鉴赏】

这是一篇是感时之作。岁暮时节，诗人感到时光易逝，产生了及时行乐的想法，又因“乐”字而想到“无已”、“无荒”，以警戒自己，因而以“思居”、“思外”、“思忧”和效法“良士”自勉，感情表达坦率而真挚。

山有枢

【原典】

山有枢，隰有榆。子有衣裳，弗曳弗娄[①]。子有车马，弗驰弗驱。宛其死矣[②]，他人是愉。

山有栲，隰有杻。子有廷内[③]，弗洒弗埽[④]。子有钟鼓，弗鼓弗考[⑤]。宛其死矣，他人是保。

山有漆，隰有栗。子有酒食，何不日鼓瑟？且以喜乐，且以永日。宛其死矣，他人入室。

【注释】

①曳（yè）：拖。娄：即“搂”，用手把衣服拢着提起来。②宛：通“菀”，枯萎倒下的样子。③廷：指官室。④埽（sào）：通“扫”。⑤考：敲打。

【译文】

山坡之上有刺榆，洼地中间长白榆。你有漂亮的衣裳，不穿不戴箱里装。你有车来又有马，不驾不骑放一旁。一旦不幸离人世，别人却能把福享。

山坡之上有椿树，菩提长在低洼处。你有庭院和房屋，不洒水也不扫除。你家有钟又有鼓，不敲不打放起来。一朝不幸离人世，却会被别人占有。

山坡上面有漆树，低洼地里生榛栗。你有美酒和佳肴，怎不日日奏乐器。

且用它来寻欢喜，且用它来度时日。一朝不幸离人世，别人就会住进来。

【鉴赏】

这是一首写没落贵族及时行乐的诗歌，可以说是他们的内心自白。诗中表现了这些没落贵族对即将到来的命运的恐惧，抒发了他们无可奈何的心态。

扬之水

【原典】

扬之水，白石凿凿①。素衣朱襮②，从子于沃。既见君子，云何不乐。

扬之水，白石皓皓。素衣朱绣，从子于鹄③。既见君子，云何其忧。

扬之水，白石粼粼④。我闻有命，不敢以告人。

【注释】

①凿凿：鲜明的样子。②襮（bó）：绣有花纹的衣领。③鹄（hú）：地名。④粼粼：水清澈。

【译文】

悠悠河水流不停，水中白石更鲜明。白色衣服红绣领，随你一道到沃城。恒叔已经得拜见，心中怎不乐盈盈。

悠悠河水流不息，水中白石洁无比。红色绣领白色衣，随你一道到鹄邑。恒叔已经得拜见，心中还有啥抑郁？

悠悠河水流不停，水中白石真晶莹。我已听得政变令，不敢向人说真情！

【鉴赏】

晋昭侯五年（前738年），大夫潘义与晋昭侯的叔父恒叔密谋发动政变，一位随恒叔去曲沃的贵族写了这首诗，揭发了政变的情况。诗以“扬之水”开篇，是一种起兴，并以此引出人物，暗示当时的形势与政局，颇为巧妙。

椒　聊

【原典】

椒聊之实，蕃衍盈升[①]。彼其之子，硕大无朋[②]。椒聊且，远条且[③]！

椒聊之实，蕃衍盈匊。彼其之子，硕大且笃。椒聊且，远条且！

【注释】

①蕃衍：即繁衍。②朋：比。③远条：长枝条。④且（jū）：语气词。⑤匊（jū）：两手合捧。⑥笃：忠厚诚实。

【译文】

花椒串串生树上，椒子繁盛满升装。快看那边的小伙，身材高大世无双。花椒子儿一串串，香气阵阵向上扬。

花椒串串生树巅，累累椒子满手捧。快看那边的小伙，身材高大又壮健。花椒子儿一串串，香气阵阵散满天。

【鉴赏】

关于这首诗的主题，历来争议较多。有人说是赞美女子硕大丰腴，健康多子，但通观全篇，却并不存在一处描写妇女某种特征的字句，“硕大无朋”、“硕大且笃”都不是描绘妇女的词语。而且《诗经》所产生的时代属于父系社会，所以这应是一首赞美男子的诗。

绸　缪

【原典】

绸缪束薪[①]，三星在天[②]。今夕何夕？见此良人[③]。子兮子兮，如此良人何！

绸缪束刍[④]，三星在隅。今夕何夕？见此邂逅[⑤]。子兮子兮，如此邂逅何！

绸缪束楚，三星在户。今夕何夕？见此粲者。子兮子兮，如此粲者何[6]！

【注释】

①绸缪（chóu móu）：紧紧缠绕的样子。②三星：指参星，二十八星宿之一。③良人：好人，这里指新郎。④刍：草。⑤邂逅：不期而遇，这里指志趣相投的人。⑥粲：鲜明，美好。

【译文】

一把柴火扎得紧，天上参星亮晶晶。今夜为何很特殊？终于见到我郎君。要问你啊要问你，要把郎君怎么办？

一捆牧草扎得多，东南参星正闪烁。今夜为何很特殊？终于见到我知音。要问你啊要问你，要把知音怎么办？

一束荆条紧紧捆，天边参星照在门。今夜为何很特殊？终于见到美少年。要问你啊要问你，要把新郎怎么办？

【鉴赏】

从诗中戏谑、喜庆的口吻来看，这应当是一首贺新婚时闹新房所唱的歌。全诗语言活脱风趣，极富有生活气息，使人感到身临其境，充分显示了民间诗人的创造力。

杕　杜

【原典】

有杕之杜[1]，其叶湑湑[2]。独行踽踽[3]，岂无他人？不如我同父。嗟行之人，胡不比焉[4]？人无兄弟，胡不佽焉[5]？

有杕之杜，其叶菁菁[6]。独行睘睘[7]。岂无他人？不如我同姓。嗟行之人，胡不比焉？人无兄弟，胡不佽焉？

【注释】

①杕（dì）：独立。杜：赤棠树。②湑湑（xǔ）：草木茂盛的样子。③踽踽（jǔ）：孤独凄凉。④比：亲近。⑤佽（cì）：帮助。⑥菁菁：枝叶繁茂的样子。⑦睘睘（qióng）：孤零零的样子。

【译文】

路旁赤棠孤零零，树上枝叶多茂盛。只身行走多孤苦，难道路上没别人？不如同胞亲手足。可叹路上来往客，为啥不肯照顾我？我是无兄又无弟，为何得不到帮助？

路旁赤棠孤零零，树上枝叶多又密。只身行走多凄凉，岂是路上没别人？不如骨肉亲兄长。可叹路上来往客，为啥不肯照顾我？我是无兄又无弟，为何得不到帮助？

【鉴赏】

这是一首流浪者之歌。诗的创作背景或是战乱，或是饥荒，通过一个人的命运，向我们展示了一幅真实的古代难民流亡图，其艺术视角十分独特，给人以深刻的启迪。

羔　裘

【原典】

羔裘豹祛[①]，自我人居居[②]。岂无他人？维子之故。

羔裘豹褎[③]，自我人究究[④]。岂无他人？维子之好。

【注释】

①祛（qū）：衣袖。②居居：同“倨倨”，傲慢的样子。③褎（xiù）：同“袖”。④究究（qiú）：同“仇仇”，也是傲慢的样子。

【译文】

豹皮袖口羔皮裘，骄横待我好神气。难道就没别的人，只有你我是故旧？

羔裘袖口饰豹毛，对我傲慢又无礼。难道就没别的人，非要同你相处好？

【鉴赏】

这首诗所写的是一位卿大夫。从这首诗的内容来看，那个卿大夫自恃位高权重，待人接物就显得极其傲慢，引起了一位故友的不满，于是写诗讽刺他。

鸨羽

【原典】

肃肃鸨羽①，集于苞栩②。王事靡盬③，不能蓺稷黍④。父母何怙⑤？悠悠苍天，曷其有所！

肃肃鸨翼，集于苞棘。王事靡盬，不能蓺黍稷。父母何食？悠悠苍天，曷其有极！

肃肃鸨行，集于苞桑。王事靡盬，不能蓺稻粱⑥。父母何尝？悠悠苍天，曷其有常！

【注释】

①肃肃：鸟儿扇动翅膀的声音。鸨（bǎo）：一种大鸟。②栩：栎树。③盬（gǔ）：停息。④蓺（yì）：通“艺”，种植。⑤怙（hù）：依靠。⑥粱：谷子的一种。

【译文】

大雁簌簌拍翅膀，成群落在柞树上。王家差事做不完，田里庄稼没人耕！饿死爹妈谁来问？苍天在上请开眼！劳役何时能结束。

大雁簌簌拍翅膀，成群落在枣树上。王家差事做不完，田里庄稼没人耕！我爹我妈准饿饭！苍天在上请开眼！做到何时是个头。

大雁簌簌拍翅膀，成群落在桑树上。王家差事做不完，田里庄稼没人耕！爹妈拿啥来糊口？苍天在上请开眼！生活何时能正常。

【鉴赏】

这诗写的是劳动人民在徭役重压下的呻吟。农民因为劳于“王事”，不能兼顾耕种，使父母的生活失掉保障。而所谓王事又是永远没有完的，什么时候才能安居乐业，只能去问那“悠悠苍天”。

无 衣

【原典】

岂曰无衣七兮！不如子之衣，安且吉兮[①]！

岂曰无衣六兮？不如子之衣，安且燠兮[②]！

【注释】

①安：妥善，合适。吉：美好。②燠（yù）：温暖。

【译文】

谁说我没有衣服？我的衣服有七件。但都不如你赠的，真是舒适又漂亮。

谁说我没有衣服？我的衣服有六件。但都不如你赠的，真是舒适又暖和。

【鉴赏】

从诗意中看，这应是一首睹物思人的诗。妻子不幸早亡，丈夫看到妻子给自己缝制的衣服，不禁悲从中来，写下了这首肺腑之语。全诗语言自然流畅，感情真挚，读之令人凄然伤怀。

有杕之杜

【原典】

有杕之杜，生于道左。彼君子兮，噬肯适我[①]？中心好之[②]，曷饮食之[③]？

有杕之杜，生于道周[④]。彼君子兮，噬肯来游？中心好之，曷饮食之？

【注释】

①噬（shì）：语气助词。②中心：即心中。③曷：何不。④周：道路拐弯的地方。

【译文】

那棵杜梨真孤单，独自长在路左边。那位翩翩美少年，可肯来和我相伴？心里实在爱恋他，何不来与我缠绵？

那棵杜梨真孤单，独自长在路右边。那位翩翩美少年，可肯和我去游览？心里实在爱恋他，何不来与我缠绵？

【鉴赏】

这首诗写的是一位少女爱慕一位男子，非常希望和他相好，表现了少女对爱情的坦率和大胆。诗的章法结构带有民歌反复咏唱的特点，各章的句数、字数相同，读起来很有节奏感。

葛 生

【原典】

葛生蒙楚[①]，蔹蔓于野[②]。予美亡此[③]，谁与独处？

葛生蒙棘，蔹蔓于域[④]。予美亡此，谁与独息？

角枕粲兮，锦衾烂兮。予美亡此，谁与独旦[⑤]？

夏之日，冬之夜。百岁之后，归于其居[⑥]。

冬之夜，夏之日。百岁之后，归于其室[⑦]。

【注释】

①蒙：覆盖。②蔹（liǎn）：一种蔓生植物。③予美：我的爱人。④域：墓地。⑤独旦：独自睡到天明。⑥其居：指死者的坟墓。⑦其室：同“其居”。

【译文】

葛藤藤把荆树盖，蔹草蔓生在野外。心爱的人葬在此，无伴独居真难熬。

酸枣树上葛藤披，蔹草爬满坟园地。心爱的人葬在此，无伴独寝意凄凄。

漆亮的牛角枕啊，锦绣被子色斑斓。心爱的人葬在此，无伴独自夜待旦。

夏季白日烈炎炎，冬季黑夜长漫漫。待到百年熬到头，我会与你再相聚。

冬季黑夜长漫漫，夏季白日烈炎炎。待到百年熬到头，你我相聚在坟墓。

【鉴赏】

这是一首女子悼念或哭亡夫的诗。诗人悲悼死者，想象他在荒野蔓草之下独自长眠的凄苦情景；后两章又感伤未来的漫长岁月是多么可悲，盼望百年之后和良人同穴，读起来令人心酸。

采　苓

【原典】

采苓采苓①，首阳之巅。人之为言②，苟亦无信！舍旃舍旃③，苟亦无然④！人之为言，胡得焉！

采苦采苦⑤，首阳之下。人之为言，苟亦无与⑥！舍旃舍旃，苟亦无然！人之为言，胡得焉！

采葑采葑⑦，首阳之东。人之为言，苟亦无从！舍旃舍旃，苟亦无然！人之为言，胡得焉！

【注释】

①苓：甘草。②为言：即虚伪的话。③旃（zhān）：之，代词。④然：是，对。⑤苦：一种苦菜。⑥无与：不要理会。⑦葑：芜菁，大头菜之类的蔬菜。

【译文】

采甘草啊采甘草，在那首阳山顶上。有人凭空说假话，千万不要胡乱听。别信它呀别信它，流言蜚语不可靠。有人专爱说假话，到头什么能捞到？

采苦草啊采苦草，在那首阳山脚下。有人凭空说假话，千万不要胡乱信。别信它呀别信它，流言蜚语不可靠。有人专爱说假话，到头什么能捞到？

采蔓菁啊采蔓菁，一直采到首阳东。有人专爱说假话，千万不能乱听从。别信它呀别信它，流言蜚语不可靠。有人专爱说假话，到头什么能捞到？

【鉴赏】

这首诗旨在劝人不要听信谗言，那些挑拨离间的人终究没有好下场。诗在艺术表现上采用重章叠句、反复咏唱的手法，制造出一种回环复沓的旋律美，给人以很高的艺术享受。

国风·秦风

秦是周代的诸侯国名，位于今陕西中部和甘肃东南部。周孝王曾封伯益的后裔非子为附庸，与以秦邑。东周初，周平王封秦襄公为诸侯，秦国开始建立并逐渐强大。《秦风》共有10首，是自春秋初至秦穆公这段时间的诗，与其他国风不同的是，《秦风》中有一种少见的尚武精神和悲壮慷慨的情调。

车　邻

【原典】

有车邻邻[①]，有马白颠[②]。未见君子，寺人之令[③]。

阪有漆，隰有栗[④]。既见君子，并坐鼓瑟。今者不乐，逝者其耋[⑤]。

阪有桑，隰有杨。既见君子，并坐鼓簧[⑥]。今者不乐，逝者其亡。

【注释】

①邻邻：车行声。②颠（zhēn）：额头。③寺人：即侍人。④隰（xí）：低湿的地方。⑤耋（dié）：八十岁为耋。⑥簧：即大笙。

【译文】

大车辚辚响不停，白额骏马齐嘶鸣。还未见到君子时，先叫侍人传命令。

高坡有个漆树园，洼地栗树长成片。我今见到君子面，同坐奏乐弹丝弦。今日行乐不及时，等到老去已太迟。

高坡有个桑树林，低洼之处有白杨。我今见到君子面，同坐奏乐吹笙簧。今日行乐不及时，待到老去多凄凉。

【鉴赏】

这是一首写贵族朋友间相互劝乐的诗。全诗三章皆为自述，表现了友人欢聚作乐的情景。在后两章的末尾，诗人一再强调今日会面要尽情欢乐，因为转眼间就会老去，表达了及时行乐的思想。

驷　驖

【原典】

驷驖孔阜①，六辔在手。公之媚子②，从公于狩。

奉时辰牡③，辰牡孔硕。公曰左之，舍拔则获④。

游于北园，四马既闲。輶车鸾镳⑤，载猃歇骄⑥。

【注释】

①驖（tiě）：又作“铁”，黑色。孔：甚。阜（fù）：肥硕。②公：秦君。媚子：秦君喜爱的儿子。③辰牡：指较大的野兽。④舍拔：即放箭。⑤輶（yóu）车：轻车。鸾镳（luán biāo）：马口两端的銮铃。⑥猃（xiǎn）：长喙猎犬。

【译文】

四匹壮马黑如铁，六根缰绳手中捏。秦君心爱的儿子，跟着秦君去打猎。

猎官驱出应时兽，膘肥肉壮满地走。秦君下令赶左边，一箭离弦牡兽倒。

秦君归来游北园，四马跑得好悠闲。一辆轻车响镳铃，车上息着众猎犬。

【鉴赏】

这是一首记秦襄公田间狩猎的诗。这首诗妙在以简驭繁，以少胜多，全诗仅三章，每章四句，却已写尽狩猎全过程，使人觉得威武雄壮，韵味无穷。

小　戎

【原典】

小戎俴收①，五楘梁辀②。游环胁驱，阴靷鋈续③。文茵畅毂④，驾我骐馵⑤。言念君子，温其如玉。在其板屋，乱我心曲。

四牡孔阜，六辔在手。骐骝是中，䯄骊是骖[⑥]。龙盾之合，鋈以觼軜[⑦]。言念君子，温其在邑。方何为期？胡然我念之。

俴驷孔群[⑧]，厹矛鋈錞[⑨]。蒙伐有苑[⑩]，虎韔镂膺[⑪]。交韔二弓，竹闭绲縢[⑫]。言念君子，载寝载兴。厌厌良人[⑬]，秩秩德音。

【注释】

①小戎：指小兵车。俴（jiàn）：浅。收：车厢板。②五楘（mù）：五条花皮革。后面的梁辀（zhōu）、胁驱、觼軜（jué nà）皆为马具。③阴靷（yǐn）、鋈（wò）续：都是车上的饰物。④文茵：虎皮垫子。毂（gǔ）：车轮中心的圆木，用以插轴。⑤骐（qí）、馵（zhù）、骝（liú）、䯄（guā）：分指黑、白、赤、黄等马。⑥䯄：黄马黑嘴。骊：黑马。骖：车辕外侧二马称骖。⑦觼（jué）：有舌的环。軜（nà）：内侧二马的辔绳。以舌穿过皮带，使骖马内辔绳固定。⑧俴驷：披薄金甲的四马。孔群：群马很协调。⑨厹（qiú）矛：三隅矛。錞（duì）：矛戟柄末的平底金属套。⑩蒙：杂色。伐：盾。苑（yūn）：花纹。⑪韔（chàng）：弓囊。镂膺：马的镂金胸带。⑫闭：弓架。绲（gǔn）：绳。縢（téng）：缠束。⑬厌厌（yān）：安静的样子。

【译文】

轻型战车浅车厢，五条皮带扎辕上。游动环儿控骖马，银环皮条系稳当。虎皮垫褥车轴长，驾上花马真雄壮。想起我的好夫君，温和如玉多贤良。他去从军住板屋，使我心乱真惆怅。

四匹公马壮又高，手中缰绳攥六条。青马红马在中间，黄马黑马驾两边。画龙盾牌合一处，缰绳套住白铜环。想起我的好夫君，性情温和住边关。几时才能回家来？怎能想他不心焦。

四马合群披甲轻，三棱矛柄套铜镦。杂色盾牌画羽毛，虎皮弓袋雕花巧。两弓交叉放袋中，竹制弓架绳缠牢。想起我的好夫君，起卧不宁思如潮。温良文静我夫君，明慧有礼传美名。

【鉴赏】

这是一首妻子怀念征夫的诗，字里行间充满着仰慕之心和思念之情。此诗采用了先实后虚的写法，即先写女子所见，后写女子所想。队伍出发后的情景是女子的联想，其中既有对征夫在外情景的设想，又有自己对征夫的思念。

蒹 葭

【原典】

蒹葭苍苍①，白露为霜。所谓伊人，在水一方，溯洄从之②，道阻且长。溯游从之③，宛在水中央。

蒹葭萋萋，白露未晞④。所谓伊人，在水之湄⑤。溯洄从之，道阻且跻⑥。溯游从之，宛在水中坻⑦。

蒹葭采采，白露未已。所谓伊人，在水之涘⑧。溯洄从之，道阻且右⑨。溯游从之，宛在水中沚⑩。

【注释】

①蒹葭（jiān jiā）：即芦苇。②溯（sù）：逆水而行。洄：回曲盘纡的水道。③游：通“流”，直流的水道。④晞（xī）：晒干。⑤湄（méi）：水草交接之处。⑥跻（jī）：升高的意思。⑦坻（chí）：指水中高地。⑧涘（sì）：水边。⑨右：迂回。⑩沚（zhǐ）：水中间的小块陆地。

【译文】

岸上芦苇白苍苍，清早白露变成霜。我心里思念的人，在那水的另一方。逆着曲水去找她，绕来绕去路好长。逆着直水去找她，她就像在水中央。

岸上芦苇白翻翻，露水珠儿不曾干。我心里思念的人，在那水的另一边。逆着曲水去找她，越走越高不好走。逆着直水去找她，她就像在绿洲上。

岸上芦苇亮又白，太阳不出露水新。我心里思念的人，在那水的另一头。逆着曲水去找她，曲曲弯弯行路难。逆着直水去找她，她就像在沙洲上。

【鉴赏】

这是一首表达爱情的诗，是《诗经》中最具影响力的诗篇之一。深秋时节，芦苇上露水未干，诗人站在蒹葭苍苍的水畔，遥望河水对岸，想念自己一直思慕而不可得的女子，心中感到无比惆怅。整首诗的重章整齐、浅显易懂，读起来节奏明快、朗朗上口。

终　南

【原典】

终南何有？有条有梅。君子至止，锦衣狐裘。颜如渥丹，其君也哉！

终南何有？有纪有堂。君子至止，黻衣绣裳。佩玉将将，寿考不忘！

【注释】

①条：山楸。梅：楠树。②渥（wò）：涂抹。丹：即朱砂。③纪：借为“杞”，杞树。堂：借为“棠”，甘棠。④黻（fú）衣：黑白相间的衣服。⑤将将（qiāng）：即锵锵。⑥寿考：长寿。

【译文】

终南山上都有啥？既有山楸又有楠。有位君子到此地，锦衣狐裘身上穿。脸色红润像涂丹，他的气度真不凡。

终南山上都有啥？既有枸杞又有棠。有位君子到此地，锦衣狐裘身上穿。身上佩玉声锵锵，愿他能永享长寿。

【鉴赏】

这是一首贵族迎接宾客的诗歌，诗通过视觉、听觉形象的勾勒，在外观上透露出客人的富贵气派。全诗两章，第一章赞其当下的荣光，第二章祝其将来的福寿，气氛庄重，语气真诚，反映了当时的民俗。

黄　鸟

【原典】

交交黄鸟[①]，止于棘。谁从穆公[②]？子车奄息[③]。维此奄息，百夫之特。临其穴[④]，惴惴其慄。彼苍者天，歼我良人！如可赎兮，人百其身。

交交黄鸟，止于桑。谁从穆公？子车仲行。维此仲行，百夫之防。临其穴，惴惴其慄。彼苍者天，歼我良人！如可赎兮，人百其身。

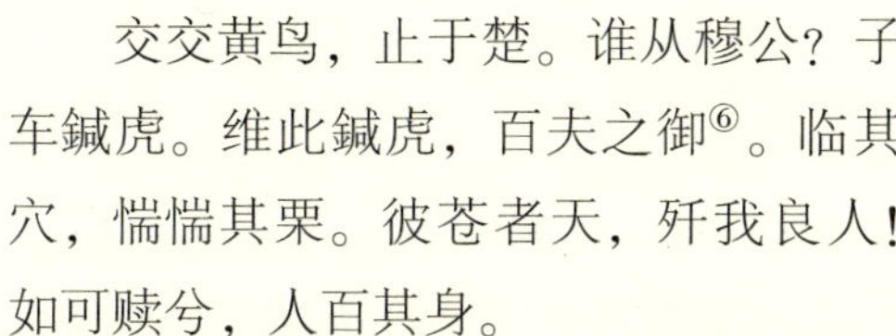

交交黄鸟，止于楚。谁从穆公？子车鍼虎。维此鍼虎，百夫之御⑥。临其穴，惴惴其栗。彼苍者天，歼我良人！如可赎兮，人百其身。

【注释】

①交交：鸟的鸣叫声。②从：这里指殉葬。③子车奄息："子车"是氏，"奄息"是名。下文中的"仲行"、"鍼虎"也是此意。④穴：指墓穴。⑤惴惴：恐惧不安的样子。⑥御：当。

【译文】

黄雀啾啾叫得急，停落在荆棘上面。是谁为穆公殉葬？是子车家的奄息。说起这位奄息啊，一百个人也难敌。看他走到墓穴边，众人浑身直哆嗦。苍天在上请开眼！坑杀好人该不该！若能赎他的性命，百人甘愿来抵偿。

黄雀啾啾叫得急，停落在桑树上面。是谁为穆公殉葬？是子车家的仲行。说起这位仲行啊，一百个人也难挡。看他走到墓穴边，众人浑身直哆嗦。苍天在上请开眼！坑杀好人该不该！若能赎他的性命，百人甘愿来抵偿。

黄雀啾啾叫得急，停落在牡荆树上。是谁为穆公殉葬？是子车家的鍼虎。说起这位鍼虎啊，一人当百没问题。走近了他的坟墓，忍不住浑身哆嗦。苍天在上请开眼！坑杀好人该不该！若能赎他的性命，百人甘愿来抵偿。

【鉴赏】

这首诗反映了活人殉葬制度的残酷。这惨绝人寰的景象使目睹者发出愤怒的呼号，质问苍天为什么要“歼我良人”。这是对当权者的谴责，也是对那个时代的控诉。

晨　风

【原典】

鴥彼晨风[①]，郁彼北林。未见君子，忧心钦钦[②]。如何如何，忘我实多。

山有苞栎[③]，隰有六驳[④]。未见君子，忧心靡乐。如何如何，忘我实多。

山有苞棣[⑤]，隰有树檖[⑥]。未见君子，忧心如醉。如何如何，忘我实多。

【注释】

①鴥（yù）：疾飞的样子。晨风：一种鸟。②钦钦：忧愁的样子。③苞栎（lì）：成丛的栎树。④隰：低洼地。六驳：木名，即赤李。⑤棣（dì）：木名，即郁李。⑥檖（suì）：山梨。

【译文】

晨风鸟飞得迅疾，北林树长势茂密。见不着我的君子，心里忧虑不快乐。为什么呀为什么？他大概已忘记我！

山头上丛生栎树，赤李树长在低处。见不着我的君子，心里忧愁药难除。为什么呀为什么？他大概已忘记我！

郁李儿山上成丛，山梨儿洼地挺生。见不着我的君子，心中难过似醉酒。为什么呀为什么？他大概已忘记我！

【鉴赏】

这是一首女子等候情郎约会的诗。约定的时间早就过去了，可这位女子还是见不着情郎的踪影，她抱怨情郎把她忘了，甚至怀疑他把她抛弃了，心里的惶恐溢于言表。

无　衣

【原典】

岂曰无衣！与子同袍。王于兴师，修我戈矛，与子同仇。

岂曰无衣！与子同泽[1]。王于兴师，修我矛戟，与子偕作[2]。

岂曰无衣！与子同裳。王于兴师，修我甲兵，与子偕行。

【注释】

①泽：汗衣。②作：起来。

【译文】

谁说没有衣服穿？与你一起披战袍。国王兴兵要作战，修好我的戈和矛，与你一起上战场。

谁说没有衣服穿？与你一起穿汗衫。国王兴兵要作战，修好我的矛和戟，并肩携手齐向前。

谁说没有衣服穿？与你一起穿战裙。国王兴兵要作战，修好我的甲和兵，同心协力杀敌人。

【鉴赏】

这诗是兵士相语的口吻，应当是一首军中歌谣。全诗充满了激昂慷慨、同仇敌忾的气氛，读之不禁受到强烈的感染，反映了秦地人民的尚武精神。

渭　阳

【原典】

我送舅氏，曰至渭阳。何以赠之？路车乘黄[1]。

我送舅氏，悠悠我思。何以赠之？琼瑰玉佩[2]。

【注释】

①路车：诸侯乘坐的车子。乘黄：驾车的四匹黄马。②琼瑰：珠玉之类。

【译文】

我送舅父回家乡，渭水北岸将离别，拿什么礼物给他，四匹黄马车一辆。

我送舅父回家乡，思绪绵绵无限长，拿什么礼物给他，宝石佩玉有一箱。

【鉴赏】

这首诗写的是秦穆公的儿子秦康公在渭水北岸送别舅父公子重耳，为后世送别诗之祖。全诗虽然只有两章八句，但章法变换、情绪转移都有可圈点处，整体气氛由高昂至抑郁均可找到形式上的依据，写得非常巧妙。

权舆

【原典】

於，我乎①，夏屋渠渠②，今也每食无余。于嗟乎！不承权舆③！

於，我乎，每食四簋④，今也每食不饱。于嗟乎！不承权舆！

【注释】

①於（wū）：叹词。②夏屋：大屋。渠渠：高敞的样子。③权舆：本是草木的萌芽，引申为事物的起始。④簋（guǐ）：食器名，类似今天的盘子。

【译文】

可怜我呀，曾经住过大高屋，如今顿顿无剩余。唉！再也回不到当初！

可怜我呀，曾经每餐四盘菜。如今顿顿吃不饱。唉！再也回不到当初！

【鉴赏】

这首诗写一个没落贵族对生活现状的叹息。从诗中的内容来看，作者对过去锦衣玉食的生活非常留恋，对比之下现在的日子却非常凄苦，全诗充满了作者对今不如昔的感慨，表现出一种无可奈何的悲观情绪。

国风·陈风

陈是周代的一个诸侯国名，位于河南省东南部和安徽省亳县一带，周武王曾封舜的后人妫满于此。《陈风》是陈国的民歌，共有10篇，诗歌内容大多与恋爱婚姻有关，时代则以东周为主。

宛　丘

【原典】

子之汤兮①，宛丘之上兮。洵有情兮，而无望兮。

坎其击鼓②，宛丘之下。无冬无夏，值其鹭羽③。

坎其击缶④，宛丘之道。无冬无夏，值其鹭翿⑤。

【注释】

①汤：通“荡”用。摇摆，形容舞姿优美。②坎：击鼓与击缶的声音。③鹭羽：一种舞具。④缶（fǒu）：瓦盆，用为乐器。⑤鹭翿（dào）：用鹭鸶的羽毛做成伞形，舞者所用。

【译文】

姑娘舞姿多优美，就在那宛丘高处。我对你情深意长，然而却没有指望。

大鼓敲得咚咚响，就在那宛丘山脚。不管寒冬或热夏，鹭羽在手随风摇。

敲打瓦盆当当响，就在那宛丘道上。不管是热夏寒冬，手中的鹭羽飘荡。

【鉴赏】

这是一首爱情诗。作者怀着热烈的感情，表达了对一位跳舞女子的恋慕，从诗中“无冬无夏，值其鹭羽”等句来看，这名女子一年四季都在跳舞，似是以歌舞祭神为业的巫女。

东门之枌

【原典】

东门之枌①，宛丘之栩②。子仲之子，婆娑其下③。

穀旦于差④，南方之原。不绩其麻，市也婆娑⑤。

穀旦于逝⑥，越以鬷迈⑦。视尔如荍⑧，贻我握椒⑨。

【注释】

①枌（fén）：木名，即白榆。②栩（xǔ）：柞木。③婆娑：翩翩起舞。④穀（gǔ）：良辰。差：择。⑤市：买卖货物的场所。⑥逝：往。⑦鬷（zōng）：会聚，聚集。⑧荍（qiáo）：植物名。⑨握椒：一把花椒。

【译文】

东门种的是白榆，宛丘种的是柞树。子仲家的好姑娘，大树下翩翩起舞。

良辰美景正当时，同往南方平原处。不必忙着去织麻，聚到市上舞一场。

大好日子去得快，要寻欢乐多多来。你就像那荆葵花，送我花椒子一把。

【鉴赏】

这是一首描写男女爱情的情歌，它反映了陈国当时尚存的一种社会风俗。诗人所写的“如荍”的女子就是第一章的“子仲之子”，也就是第二章“不绩其麻，市也婆娑”的人，这人就是诗人爱慕的对象。

衡　门

【原典】

衡门之下①，可以栖迟②。泌之洋洋③，可以乐饥④。

岂其食鱼，必河之鲂！岂其取妻⑤，必齐之姜！

岂其食鱼，必河之鲤！岂其取妻，必宋之子！

【注释】

①衡：“横”的假借字。②栖迟：栖息盘桓之意。③泌：指泌丘下的水。

④乐：通“疗”，治疗。⑤取：通“娶”。

【译文】

横木为门城东头，横木底下好栖身。流水滔滔泌丘下，清水可以治饥渴。

难道想要吃鲜鱼，定要鳊鱼才如愿！难道想要娶妻子，必得齐姜才开颜！

难道想要吃鲜鱼，定要鲤鱼才可取！难道想要娶妻子，必得宋子才欢愉！

【鉴赏】

这首诗表达的是安贫寡欲的思想。第一章言居处饮食不嫌简陋，后两章写小家贫女也可以为偶，奉劝大家不要好高骛远，追求不切实际的东西，要学会珍惜眼前的美好事物。

东门之池

【原典】

东门之池，可以沤麻[①]。彼美淑姬，可与晤歌[②]。

东门之池，可以沤纻[③]。彼美淑姬，可与晤语。

东门之池，可以沤菅[④]。彼美淑姬，可与晤言。

【注释】

①沤（òu）：洗，浸泡。②晤（wù）歌：对歌。③纻（zhù）：苎麻。④菅：菅草。

【译文】

东门外有护城河，河水可以泡麻葛。一位美丽好姑娘，与她相会又唱歌。

东门外有护城河，河水可以泡苎麻。一位美丽好姑娘，与她倾谈情相和。

东门外有护城河，河水可以泡菅茅。一位美丽好姑娘，与她叙话真快活。

【鉴赏】

这是一首男子向女子求爱的诗。从每章的前两句来看，可能是劳动过程中唱出来的。小伙子对着爱恋的姑娘，用诗歌表达了自己的情意，使艰苦的劳动瞬间变成了温馨的相聚，歌声充满欢乐之情。

东门之杨

【原典】

东门之杨，其叶牂牂[①]。昏以为期，明星煌煌[②]。

东门之杨，其叶肺肺[③]。昏以为期，明星晢晢[④]。

【注释】

①牂牂（zàng）：杨叶摩擦之声。②煌煌：明亮的样子。③肺肺：也是风吹杨叶之声。④晢晢（zhé）：明亮。

【译文】

东门之外有白杨，白杨叶儿沙沙响。约郎约在黄昏后，长庚星儿亮堂堂。

东门之外有白杨，风吹杨叶沙沙响。约郎约在黄昏后，闪闪烁烁长庚星。

【鉴赏】

这是一首描写男女约会的诗。少女在白杨树阴下等待情郎的到来，然而直到满天星斗也不见情郎的踪影，少女的心开始变得焦虑而惆怅。

墓　门

【原典】

墓门有棘，斧以斯之[①]。夫也不良，国人知之。知而不已[②]，谁昔然矣[③]。

墓门有梅，有鸮萃止[④]。夫也不良，歌以讯之[⑤]。讯予不顾，颠倒思予。

【注释】

①斯：碎裂。②已：停止，罢休。③谁昔：从前。④鸮（xiāo）：即猫头鹰。⑤讯：责问，告诫。

【译文】

墓门前长着枣树，拿起斧子劈碎它。那人不是好东西，世人心里都知道。但他仍然不悔改，从前就是这模样。

墓门前长着梅树，猫头鹰儿守着它。那人不是好东西，做首歌谣劝告他。知道劝诫也没用，反复思量真气愤。

【鉴赏】

这是一首政治讽刺诗。全诗仅两章十二句，短小精悍，在率直指斥中不乏含蓄深沉，传达出指斥告诫的口吻，表现了诗人对恶势力的强烈不满。

防有鹊巢

【原典】

防有鹊巢①，邛有旨苕②。谁侜予美③？心焉忉忉④。

中唐有甓⑤，邛有旨鹝⑥。谁侜予美？心焉惕惕⑦。

【注释】

①防：河堤。②邛（qióng）：土丘。苕（tiáo）：苕草，一种可食用的蔓生植物。③侜（zhōu）：欺骗。④忉忉（dāo）：忧思不安的样子。⑤唐：朝堂前和宗庙门内的大路。甓（pì）：砖。⑥鹝（yì）：草名。⑦惕惕：同“忉忉”。

【译文】

喜鹊搭窝河堤上，苕草长在土山坡。谁在欺蒙我爱人，让我忧愁又难过。

砖瓦铺在庭中路，绶草长在土丘边。谁在欺蒙我爱人，让我忧愁又焦虑。

【鉴赏】

这是一首爱情诗。诗中比喻手法的运用非常巧妙，描绘出很多不可能发生的现象，如喜鹊不可能搭巢到河堤上，瓦片不能用来铺路，苕草和绶草都是低湿地植物，长不到高高的山坡上。作者把这些违反常识的现象虚构出来，是比喻人世间不可能出现的情变。

月　出

【原典】

月出皎兮，佼人僚兮①，舒窈纠兮②，劳心悄兮。

月出皓兮，佼人懰兮③，舒懮受兮，劳心慅兮④。

月出照兮，佼人燎兮⑤，舒夭绍兮⑥，劳心惨兮。

【注释】

①佼人：美人。僚（liǎo）：美好。②窈纠：体态优雅。③懰（liú）：妖冶，艳丽。④慅：犹"慅慅"，动。⑤燎：明亮。⑥夭绍：体态优美。

【译文】

月亮出来多明亮，我的美人多俊俏，体态优雅又苗条，让我欢喜又惆怅！

月亮出来白如昼，我的美人多俊俏，体态舒缓又娴雅，让我的心怦怦跳！

月亮出来当空照，我的美人多俊俏，体态柔软又秀美，让我心里翻浪涛！

【鉴赏】

这首诗是作者对自己爱慕女子的赞美。每章第一句写月色，第二句写她的容色之美，第三句写行动姿态之美，末句写诗人自己因爱慕彼人而慅然心动，不能自宁的感觉。

株　林

【原典】

胡为乎株林？从夏南①。匪适株林，从夏南。

驾我乘马，说于株野②。乘我乘驹，朝食于株。

【注释】

①夏南：夏姬之子。②说（shuì）：通"税"，停留。

【译文】

为何去株邑之郊？为的是去找夏南。常到株林中去啊，只是为了找夏南！

驾车赶着四匹马，在株邑郊外休息。驾上四匹马驹子，早餐要在株邑吃。

【鉴赏】

陈灵公与大夫孔宁、仪行父都跟大夫夏御叔的妻子夏姬私通，常一道去夏家鬼混。这首诗就是在揭露和讽刺陈灵公君臣的丑恶行径。诗中采用了冷峻幽默的表达方式，给人以深刻的印象。

泽 陂

【原典】

彼泽之陂[①]，有蒲与荷。有美一人，伤如之何！寤寐无为，涕泗滂沱。

彼泽之陂，有蒲与蕳[②]。有美一人，硕大且卷[③]。寤寐无为，中心悁悁[④]。

彼泽之陂，有蒲菡萏[⑤]。有美一人，硕大且俨[⑥]。寤寐无为，辗转伏枕。

【注释】

①陂（bēi）：湖边。②蕳（jiān）：兰草，也作“莲”。③卷（quán）：美好。④悁悁（yuān）：忧愁。⑤菡萏（hàn dàn）：指含苞待放的荷花。⑥俨（yǎn）：庄重。

【译文】

那个池塘堤岸旁，蒲草荷花连成片。那里有个美少年，使我忧伤又无奈，躺在床上睡不着，心中想念泪涟涟。

那个池塘堤岸旁，蒲草莲蓬连成片。那里有个美少年，体态修长真好看。躺在床上睡不着，心中想念多难过。

那个池塘堤岸旁，荷花蒲草连成片。那里有个美少年，身材修长又庄重。躺在床上睡不着，翻来覆去徒忧伤。

【鉴赏】

这是一首水泽边女子思念一位小伙子的情歌。全诗三章，每章意思基本相同，都是叙述看见池塘边的花草，便想到自己爱恋的俊美少年，不禁心烦意乱，一个人情迷神伤。

国风·桧风

桧（kuài）是西周分封的诸侯国，故都在今河南密县与新郑之间，其统治区大致包括今密县、新郑、荥阳的一些地方，《桧风》就是这个区域的民歌。《桧风》共 4 首，都是桧国灭亡前后即西周末年东周初的作品，整体看来，格调比较低沉。

羔　裘

【原典】

羔裘逍遥，狐裘以朝①。岂不尔思？劳心忉忉！

羔裘翱翔②，狐裘在堂。岂不尔思？我心忧伤！

羔裘如膏，日出有曜③。岂不尔思？中心是悼！

【注释】

①朝：上早朝。②翱翔：犹“逍遥”。③曜（yào）：光。

【译文】

穿上羔裘好逍遥，穿上狐裘去上朝。怎么会不想念你，心里真的好惆怅。

穿上羔裘好遨游，穿着狐裘坐公堂。怎么会不想念你，心中无奈徒忧愁。

羔裘润滑像油膏，太阳出来光泽耀。怎么会不想念你，心里忧伤受煎熬。

【鉴赏】

这首诗写的是情人相思之苦。诗中女子所想的是一名官员，他那穿着羔皮和狐皮袍的形象深深地印在女子的心里，让女子对他产生了刻骨的思念。

素 冠

【原典】

庶见素冠兮[①]，棘人栾栾兮[②]，劳心慱慱兮[③]！

庶见素衣兮，我心伤悲兮！聊与子同归兮。

庶见素韠兮[④]，我心蕴结兮！聊与子如一兮。

【注释】

①庶：有幸。②棘人：负罪的人。栾栾（luán）：瘦瘠的样子。③慱慱（tuán）：忧思不安的样子。④韠（bì）：朝服的蔽膝。

【译文】

幸而见你戴白冠，受尽苦难瘦如柴，心中忧伤不得安。

幸而见你穿白衫，心中忧伤难自遣，想和你同甘共苦。

幸而见你围蔽膝，愁肠百结心抑郁，但愿生死在一起。

【鉴赏】

这是一首情人之间相互怜爱的诗作。姑娘看到自己心爱的情郎一副枯瘦如柴的样子，非常心疼，想要赶快嫁给他，和他共渡难关。诗写得细腻传神，深情款款。

隰有苌楚

【原典】

隰有苌楚[①]，猗傩其枝[②]。夭之沃沃[③]，乐子之无知！

隰有苌楚，猗傩其华。夭之沃沃，乐子之无家[④]！

隰有苌楚，猗傩其实。夭之沃沃，乐子之无室[⑤]！

【注释】

①苌（cháng）楚：一种植物，又名羊桃。②猗傩（ē nuó）：柔媚的样

子。③夭：鲜嫩。沃：润泽。④无家：没有家室的拖累。⑤无室：同“无家”。

【译文】

洼地里面长羊桃，羊桃枝随风荡摇。看你柔嫩又光润，羡慕你无知无觉。

洼地里面长羊桃，羊桃花一片红霞。看你柔嫩又光润，羡慕你无室无家。

洼地里面长羊桃，羊桃树结满果实。看你柔嫩又光润，羡慕你无家无室。

【鉴赏】

这是一首乱离之世的忧苦之诗。诗人因为不能从忧患解脱出来，便觉得草木的无知无觉，无家无室是值得羡慕的了。这是苦难时代给予人的精神压抑，是当时社会所造成的共同悲剧。

匪　风

【原典】

匪风发兮[①]，匪车偈兮[②]。顾瞻周道，中心怛兮[③]！

匪风飘兮，匪车嘌兮[④]。顾瞻周道，中心吊兮[⑤]！

谁能亨鱼？溉之釜鬵[⑥]。谁将西归？怀之好音[⑦]。

【注释】

①匪（bǐ）风：那阵风。②偈：疾驰的样子。③怛（dá）：忧伤。④嘌（piāo）：轻快的样子。⑤吊：犹“怛”。⑥溉：给。鬵（xín）：大釜。⑦怀：通“遗”，送给。

【译文】

大风刮得呼呼响，大车急驰尘飞扬。看着这条大马路，心里感到很凄惶。

大风刮起直打旋，大车赶得很轻快。看着这条大马路，心里感觉好凄惨。

请问谁能够煮鱼，我给他准备锅具。哪位将要回西方？带个口信到家乡。

【鉴赏】

这是一首表达旅人怀乡的诗。诗人远离家乡，滞留东土，这天伫立大道旁，见车马急驰而过，想到自己有家归不得，离家日趋远，不免伤感起来。这时，他希望遇着一个西归的故人，好托他捎带个平安家报。

国风·曹风

《曹风》是曹国境内民歌，共4篇，大都是东周和春秋时期的作品。曹是周代诸侯国名，在今山东西南定陶、菏泽、曹县一带，周武王曾封其弟叔振铎于此。

蜉　蝣

【原典】

蜉蝣之羽[①]，衣裳楚楚[②]。心之忧矣，于我归处。

蜉蝣之翼，采采衣服[③]。心之忧矣，于我归息。

蜉蝣掘阅[④]，麻衣如雪。心之忧矣，于我归说[⑤]。

【注释】

①蜉蝣（fú yóu）：一种昆虫。②楚楚：鲜明整洁的样子。③采采：美丽多彩。④阅：洞穴。⑤说（shuì）：休息。

【译文】

蜉蝣翅膀薄又轻，衣裳华丽又鲜明。我的心里很忧愁，不知何处是归程！

蜉蝣展翅翩翩舞，美丽多彩好衣服。我的心里很忧愁，不知何处是归宿。

蜉蝣出洞向外飞，双膀洁白似麻衣。我的心里很忧戚，不知归宿在哪里？

【鉴赏】

这首诗表达的是对人生苦短的悲叹。诗人借这朝生暮死的小虫写出了人生的短暂和脆弱。诗的内容简单，结构更是单纯，却有很强的表现力。

候 人

【原典】

彼候人兮[①]，何戈与祋[②]。彼其之子，三百赤芾[③]。

维鹈在梁[④]，不濡其翼。彼其之子，不称其服。

维鹈在梁，不濡其咮[⑤]。彼其之子，不遂其媾[⑥]。

荟兮蔚兮[⑦]，南山朝隮[⑧]。婉兮娈兮，季女斯饥。

【注释】

①候人：掌管地方治安和边境出入的小官。②祋（duì）：杖类兵器。③赤芾（fú）：红色熟牛皮所制的蔽膝。④鹈（tí）：即鹈鹕，是一种吃鱼的水鸟。⑤咮（zhòu）：鸟嘴。⑥媾（gòu）：宠爱。⑦荟（huì）、蔚（wèi）：都是聚集的意思。⑧隮（jī）：出现在西方的虹。

【译文】

那个候人小官吏，扛着长矛和长棍。那些朝中新贵们，大红蔽膝三百人。

鹈鹕守在鱼梁上，不曾沾湿两翅膀。那些朝中新贵们，不配那身好衣裳。

鹈鹕守在鱼梁上，不曾沾湿它的嘴。那些朝中新贵们，得宠称心难长久。

云漫漫啊雾蒙蒙，南山早上现彩虹。身姿柔媚又秀丽，小小年纪挨饥饿。

【鉴赏】

这是一首讽刺腐败政治的诗。全诗四章，赋比兴手法全用上了，由表及里，以形象显示内涵，同情候人、季女，憎恶无德而尊、无才而贵的当权官僚，对当时社会那种庸俗居高位的现象做出了强烈谴责。

鸤 鸠

【原典】

鸤鸠在桑[①]，其子七兮。淑人君子，其仪一兮。其仪一兮，心如结兮。

鸤鸠在桑，其子在梅。淑人君子，其带伊丝。其带伊丝，其弁伊骐[2]。

鸤鸠在桑，其子在棘。淑人君子，其仪不忒[3]。其仪不忒，正是四国。

鸤鸠在桑，其子在榛。淑人君子，正是国人。正是国人，胡不万年[4]。

【注释】

①鸤（shī）鸠：即布谷鸟。②弁（biàn）：冠冕。骐（qí）：古代帽上的玉饰。③不忒（tè）：无差错。④胡：为何。

【译文】

布谷鸟桑林筑巢，孵下雏鸟有七只。那位君子品德好，坚守礼义言行一。坚守礼义言行一，心如磐石不可移。

布谷鸟桑林筑巢，雏鸟学飞梅树梢。那位君子仪容好，丝织大带系在腰。丝织大带系在腰，玉饰皮帽花色新。

布谷鸟桑林筑巢，雏鸟学飞酸枣巅。那位君子心地善，言行端正无过愆。言行端正无过愆，正是各国的典范。

布谷筑巢桑树上，雏鸟学飞榛树傍。那位君子心善良，能做国人好官长。能做国人好官长，祝福他万寿无疆。

【鉴赏】

这是一首赞美统治者的诗。全诗四章，每章都以鸤鸠及其子起兴，用鸤鸠爱护雏鸟的天性来比喻君主的仁慈善良，德行高远。

下　泉

【原典】

冽彼下泉[1]，浸彼苞稂[2]。忾我寤叹，念彼周京。

冽彼下泉，浸彼苞萧[3]。忾我寤叹，念彼京周。

冽彼下泉，浸彼苞蓍[4]。忾我寤叹，念彼京师。

芃芃黍苗[5]，阴雨膏之。四国有王，郇伯劳之[6]。

【注释】

①冽：寒。下泉：地下泉水。②苞（bāo）：丛生。稂（láng）：童粱，一

种野草名。③萧：即艾蒿。④蓍（shī）：野草名。⑤芃芃（péng）：茂盛的样子。⑥郇（xún）伯：周文王之子。

【译文】

地下泉水冷如冰，浸得杂草难出生。醒来叹息又叹息，怀念周朝的京都。

地下泉水冰样凉，浸得蒿草难生长。醒来叹息又叹息，怀念周朝的京城。

地下泉水透骨寒，浸得蓍草生长难。醒来叹息又叹息，怀念周朝的京师。

蓬勃一片黍子苗，雨水滋润生长高。四方诸侯朝天子，郇伯奉命来慰劳。

【鉴赏】

这首诗写的是曹国臣子感伤周王室衰微，各诸侯国之间弱肉强食，纷争不断，因此怀念周初时比较安定的社会局面。最后一章写禾苗茂盛是由于雨水的滋润，而四方臣服则是周王室庇护的功劳。

国风·豳风

《豳风》是《诗经》15国风之一，是豳地一带民歌。“豳”同“邠”，古都邑名，故城在今陕西旬邑县西，周族祖先公曾由邰（今陕西武功县西南）迁居于此。《豳风》共有7篇，其中多描写农家生活、辛勤力作的情景，是我国田园诗的滥觞。

七　月

【原典】

七月流火，九月授衣。一之日觱发[1]，二之日栗烈。无衣无褐，何以卒岁？三之日于耜，四之日举趾。同我妇子，馌彼南亩[2]，田畯至喜[3]。

七月流火，九月授衣。春日载阳，有鸣仓庚。女执懿筐[4]，遵彼微行，爰求柔桑。春日迟迟，采蘩祁祁[5]。女心伤悲，殆及公子同归。

七月流火，八月萑苇[⑥]。蚕月条桑[⑦]，取彼斧斨[⑧]。以伐远扬，猗彼女桑。七月鸣鵙[⑨]，八月载绩[⑬]。载玄载黄，我朱孔阳，为公子裳。

四月秀葽[⑩]，五月鸣蜩[⑪]。八月其获，十月陨萚[⑫]。一之日于貉，取彼狐狸，为公子裘。二之日其同，载缵武功[⑬]。言私其豵[⑭]，献豜于公[⑮]。

五月斯螽动股[⑯]，六月莎鸡振羽[⑰]。七月在野，八月在宇，九月在户，十月蟋蟀入我床下。穹窒熏鼠，塞向墐户[⑱]。嗟我妇子，曰为改岁，入此室处。

六月食郁及薁[⑲]，七月亨葵及菽。八月剥枣[⑳]，十月获稻。为此春酒，以介眉寿[㉑]。七月食瓜，八月断壶，九月叔苴[㉒]，采荼薪樗[㉓]，食我农夫。

九月筑场圃，十月纳禾稼，黍稷重穋[㉔]，禾麻菽麦。嗟我农夫！我稼既同，上入执宫功：昼尔于茅，宵尔索绹，亟其乘屋[㉕]，其始播百谷。

二之日凿冰冲冲[㉖]，三之日纳于凌阴[㉗]，四之日其蚤[㉘]，献羔祭韭。九月肃霜，十月涤场。朋酒斯飨[㉙]，曰杀羔羊。跻彼公堂，称彼兕觥[㉚]，万寿无疆！

【注释】

①觱（bì）发：大风的声音。②馌（yè）：馈送食物。③田畯（jùn）：农官名。④懿：深。⑤蘩（fán）：即白蒿。⑥萑（huán）苇：芦苇。⑦蚕月：指三月。⑧斨（qiāng）：方孔的斧头。⑨鵙（jú）：鸟名，即伯劳。⑩葽（yāo）：植物名，今名远志。秀葽：言远志结实。⑪蜩（tiáo）：知了。⑫陨萚（tuò）：落叶。⑬缵：继续。⑭豵（zōng）：一岁小猪，这里指较小的兽。⑮豜（jiān）：三岁的猪，代表大兽。⑯斯螽（zhōng）：虫名，蝗类，即蚱蜢、蚂蚱。⑰莎（suō）鸡：虫名，今名纺织娘。⑱墐（jìn）：用泥涂抹。⑲郁：植物名，果实像李子。薁（yù）：野葡萄。⑳剥：读为“扑”，打。㉑介：祈求。㉒叔：拾。苴（jū）：秋麻之籽，可以食用。㉓樗（chū）：木名，臭椿。薪樗：言采樗木为薪。㉔重（zhǒng）：即“种”，是先种后熟的谷。穋（lù）：即稑（lù），稑是后种先熟的谷。㉕亟：急。乘屋：盖屋。㉖冲冲：凿冰的声音。㉗凌：指聚集的水。阴：指藏冰之处。㉘蚤：读为“爪”，取。这句是说取冰。㉙朋酒：指两樽酒。㉚兕觥（sì gōng）：角爵，古代用兽角做的酒器。

【译文】

七月火星向西落，九月妇女缝寒衣。十一月北风劲吹，十二月寒气袭人。

粗布衣裳无一件，不知怎样挨过年！正月开始修锄犁，二月来了忙下田，女人孩子一起干，送汤送饭上垄边，田官老爷笑开颜。

七月火星向西落，九月妇女缝寒衣。春天阳光暖融融，黄鹂婉转唱着歌。姑娘拿起高筐筐，沿着小路向前进，寻找嫩桑喂幼蚕。春天太阳慢悠悠，姑娘都来采白蒿。姑娘心里正忧伤，要随贵人嫁他乡。

七月火星向西落，八月要把芦苇割。三月修剪桑树枝，取来锋利的斧头。太长的枝都砍掉，拉着枝条采嫩桑。七月伯劳还在嚷，八月绩麻更要忙。染布有黑也有黄，朱红颜色更漂亮，给那公子做衣裳。

四月远志结了籽，五月知了声声响。八月田间收获忙，十月树上叶子落。十一月上山猎貉，猎取狐狸皮毛好，送给贵人做皮袄。腊月大伙又聚齐，继续打猎习武艺。打到小兽给自己，大的猎物献公爷。

五月蚱蜢弹腿响，六月纺织娘抖翅。七月蛐蛐在野底，八月里在屋檐底。九月蟋蟀进门口，十月钻进我床下。堵塞鼠洞熏老鼠，封好北窗糊门缝。叫唤儿子和老妻，马上又要过年了，赶紧搬到屋里去。

六月郁李野葡萄，七月煮葵菜豆角。八月开始打红枣，十月下田收稻谷。酿成春酒美又香，为了主人求长寿。七月里把瓜儿采，八月里把葫芦摘。到了九月收麻子，掐些苦菜打些柴，养活农夫把心安。

九月垫好打谷场，十月庄稼收进仓。黍稷早稻和晚稻，粟麻豆麦全入仓。咱们这些泥腿郎！地里庄稼才收起，城里差事又要当。白天割得茅草多，夜里打得草索长，赶紧上房修好屋，开春还得种百谷。

十二月凿冰冲冲，正月抬冰窖里藏，二月取冰来上祭，献上韭菜和羔羊。九月寒来始降霜，十月清扫打谷场。两槽美酒敬宾客，宰杀羊羔大家尝。登上主人的庙堂，牛角杯儿举头上，祝一声长寿无疆！

【鉴赏】

《七月》是《诗经·国风》中最长的一首诗，向我们展示了一幅古代奴隶社会阶级压迫的图画，仿佛是一位被压迫的老年奴隶在向人们叙说着自己的不幸，倾诉着血泪斑斑的历史。此诗完全用铺叙的手法写成，语言朴实无华。

鸱　鸮

【原典】

鸱鸮鸱鸮[①]！既取我子，无毁我室。恩斯勤斯[②]，鬻子之闵斯[③]！

迨天之未阴雨，彻彼桑土[④]，绸缪牖户[⑤]。今女下民，或敢侮予！

予手拮据，予所捋荼[⑥]。予所蓄租，予口卒瘏[⑦]，曰予未有室家！

予羽谯谯[⑧]，予尾翛翛[⑨]，予室翘翘。风雨所漂摇，予维音哓哓[⑩]！

【注释】

①鸱鸮（chī xiāo）：鸟名，即猫头鹰。②恩斯勤斯：两个“斯”字都是语助词，“恩勤”即“殷勤”。③鬻（yù）：是“育”的借字，“育子”指孵雏。闵：病。④彻：剥裂。⑤牖（yǒu）户：指巢。⑥捋荼（tú）：取芦苇和茅草的花，为垫巢之用。⑦卒瘏（tú）：言终于疲病。卒：或读为“悴（cuì）”，“悴”“瘏”同义。⑧谯谯（qiáo）：形容羽毛稀疏。⑨翛翛（xiāo）：形容干枯无润泽。⑩哓哓（xiāo）：由于恐惧而发出的哀号。

【译文】

猫头鹰啊猫头鹰，你已抓走我的娃，请别再毁我的家。含辛茹苦不容易，养育孩子多艰难。

趁着天阴雨未下，桑树根上剥些皮，门儿窗儿都修好。现在你们树下人，还有谁敢欺凌我。

我的两手早发麻，还得去捡茅草花，又蓄积干草垫底，喙角也累得病啦，还没整好我的家。

我的羽毛很稀少，我的尾巴像干草。我的巢儿高高挂，风吹雨打飘摇着，我只能惊恐哀号！

【鉴赏】

这是一首“寓言诗”。与其说是“代鸟写悲”的杰作，不如说是“借鸟写人”的名篇，那母鸟受恶鸮欺凌而丧子破巢的遭遇，以及在艰辛生存中面对不能把握自身命运的深深恐惧，正是古代底层劳动人民悲惨情状的真实写照。

东　山

【原典】

我徂东山，慆慆不归。我来自东，零雨其濛。我东曰归，我心西悲。制彼裳衣，勿士行枚。蜎蜎者蠋①，烝在桑野。敦彼独宿，亦在车下。

我徂东山，慆慆不归。我来自东，零雨其濛。果裸之实②，亦施于宇。伊威在室③，蠨蛸在户④。町畽鹿场⑤，熠燿宵行⑥。不可畏也，伊可怀也。

我徂东山，慆慆不归。我来自东，零雨其濛。鹳鸣于垤⑦，妇叹于室。洒扫穹窒，我征聿至。有敦瓜苦⑧，烝在栗薪。自我不见，于今三年。

我徂东山，慆慆不归。我来自东，零雨其濛。仓庚于飞，熠燿其羽。之子于归，皇驳其马⑨。亲结其缡⑩，九十其仪。其新孔嘉，其旧如之何？

【注释】

①蜎蜎（yuān）：蚕蠋屈曲之貌。蠋（zhú）：字本作“蜀”，蛾蝶类幼虫。②果裸（luǒ）：一

种蔓生植物。③伊威：虫名。椭圆而扁，多足，灰色，今名土鳖，常在潮湿的地方。④蟏蛸（xiāo shāo）：一种长腿蜘蛛。⑤町畽（tīng tuǎn）：被野兽踏过的地方。⑥熠燿（yì yào）：光明的样子。宵行：即燐火。⑦鹳（guàn）：鸟名，涉禽类，形似鹤，又名冠雀。⑧瓜苦：即瓜瓠（hù），也就是匏（páo）瓜，葫芦类。⑨皇：黄白色。驳：赤白色。⑩缡（lí）：指女子的佩巾。

【译文】

自我远征东山东，回家愿望久成空。如今我从东山回，满天小雨雾蒙蒙。听得将要离东方，心儿西飞奔家乡。家常衣裳缝一件，从此不再把兵当。山蚕屈曲树上爬，桑树地里久住家。露宿将身缩一团，睡在哪儿车底下。

自我远征东山东，回家愿望久成空。如今我从东山回，满天小雨雾蒙蒙。栝楼藤长子儿大，子儿结在房檐下。土鳖儿屋里来跑马，蟢蛛儿做网拦门挂。场上鹿迹深又浅，燐火来去光闪闪。家园荒凉不可怕，越是如此越想家。

自我远征东山东，回家愿望久成空。如今我从东山回，满天小雨雾蒙蒙。墩上老鹳不停唤，我妻在房唉声叹。快把屋子收拾起，行人离家可不远。有个葫芦团又团，撂在柴堆没人管。旧物置闲我不见，算来到今已三年。

自我远征东山东，回家愿望久成空。如今我从东山回，满天小雨雾蒙蒙。记得那天黄莺忙，翅儿闪闪映太阳。那人过门做新娘，马儿有赤也有黄。娘为女儿结佩巾，又把礼节细叮咛。新婚甭提有多美，久别重逢可称心？

【鉴赏】

这是一首征人还乡途中思念家乡的诗。诗歌以一位普通战士的视角，叙述东征后归家前的复杂真挚的内心感受，发出对战争的思考和对人民的同情。

破　斧

【原典】

既破我斧[①]，又缺我斨。周公东征，四国是皇[②]。哀我人斯，亦孔之将[③]。

既破我斧，又缺我锜[④]。周公东征，四国是吪[⑤]。哀我人斯，亦孔之嘉。

既破我斧，又缺我銶[⑥]。周公东征，四国是遒[⑦]。哀我人斯，亦孔之休[⑧]。

【注释】

①斨（qiāng）：斧的一种。②皇：同“惶”，恐惧。③孔：很。将（zāng）：善，幸。④锜（qí）：凿子。⑤吪（é）：征服。⑥銶（qiú）：凿类，一说独头斧。⑦遒（qiú）：稳固。(8) 休：美，好。

【译文】

我的大斧已砍破，大斨斧有了缺口。周公出征去东方，四国君主心里慌。周公体恤老百姓，他是多么的仁慈。

我的大斧已砍破，战锜也有了缺口。周公出征去东边，四方国君被征服。周公体恤老百姓，他是多么的善良。

我的大斧已砍破，我的铁銶缺了口。周公出征去东方，平定四国安天下。周公体恤老百姓，这是莫大的恩典。

【鉴赏】

这是一首描写东征战士凯旋的诗歌。诗中记述了战争的艰苦，也写出了战士们感到能为国家安定做出贡献而深感自豪，同时也赞美了周公的功德。

伐 柯

【原典】

伐柯如何[①]？匪斧不克。取妻如何？匪媒不得。

伐柯伐柯，其则不远[②]。我觏之子[③]，笾豆有践[④]。

【注释】

①柯：斧柄。②则：准则，榜样。③觏（gòu）：遇合。④笾（biān）：盛食物的竹器。践：整齐陈列的样子。

【译文】

砍取斧柄怎么做？没有斧头完不成。要娶妻子怎么样？没有媒人不得成。

砍斧把啊砍斧把，有了原则难不倒。遇见我的心上人，酒菜摆案多喜庆。

【鉴赏】

这是一首迎亲的欢歌。写的是诗人见到一位中意的女子，央告媒人说亲

成功后，安排了隆重的迎亲礼。诗人心中的那份得意和兴奋，都凝聚在这首自得自悦的欢歌中。

九 罭

【原典】

九罭之鱼[①]鳟鲂。我觏之子，衮衣绣裳[②]。

鸿飞遵渚，公归无所，于女信处[③]。

鸿飞遵陆，公归不复，于女信宿[④]！

是以有衮衣兮[⑤]，无以我公归兮，无使我心悲兮！

【注释】

①罭（yù）：网目。九：言其多。②衮（gǔn）衣：绣着龙纹的上衣。③信处：住两夜。④有：保存。⑤以：使，让。

【译文】

细眼小网捕鳟鲂，我看那人不寻常，画龙上衣绣花裳。

大雁高飞沿洲渚，公若回去没地方，住此两夜莫着忙。

大雁高飞沿河岸，公若回去不再还，住此两夜不算晚。

藏起他的绣龙衣，不要让公回家去，不要使我心悲戚！

【鉴赏】

这是一首情诗。姑娘在无意间邂逅了一位地位尊崇的公侯，并对他一见钟情，千方百计想要留下这位贵人，最后甚至藏起他的衣服，足见其用情之深。

狼 跋

【原典】

狼跋其胡[①]，载疐其尾[②]。公孙硕肤[③]，赤舄几几[④]。

狼疐其尾，载跋其胡。公孙硕肤，德音不瑕[5]。

【注释】

①跋（bá）：践踏。胡：颈下垂肉。②载：再。疐（zhì）：跌倒。③硕肤：大肚子。④赤舄（xì）：黄朱色的鞋。几几：光鲜。⑤德音：声名。

【译文】

老狼向前踩下巴，后退又踩了尾巴。贵族公孙腹便便，脚蹬朱鞋真鲜艳。

老狼后退踩尾巴，前进又把下巴踩。贵族公孙腹便便，他的声誉倒不差。

【鉴赏】

这是一首讽刺诗。诗中把一位统治者比作老狼，嘲笑他步态丑笨，进退困窘，穿再高贵的鞋子也没用，最后一句“德音不瑕”也不过是嘲讽之后的反语罢了。

小雅

《小雅》为诗经的一部分，共有 74 篇，大部分是西周时作品，也有东周的作品，以厉、宣、幽时期为最多。诗的作者多数是上层贵族，少数是劳动人民。《小雅》中所记录的内容非常宽泛，包括祭祀、宴飨、讽刺、歌颂、戒勉、纪事、抒情等各个方面，在一定程度上反映了周代社会的现实。

鹿　鸣

【原典】

呦呦鹿鸣，食野之苹。我有嘉宾，鼓瑟吹笙。吹笙鼓簧，承筐是将①。人之好我，示我周行②。

呦呦鹿鸣，食野之蒿。我有嘉宾，德音孔昭③。视民不恌④，君子是则是效。我有旨酒，嘉宾式燕以敖。

呦呦鹿鸣，食野之芩⑤。我有嘉宾，鼓瑟鼓琴。鼓瑟鼓琴，和乐且湛⑥。我有旨酒，以燕乐嘉宾之心。

【注释】

①承筐：指奉上礼品。将：进献。②周行（háng）：正道。③德音：美好的品德声誉。④恌（tiāo）：同“佻”。轻佻。⑤芩（qín）：茜类植物。⑥湛（dān）：过度逸乐。

【译文】

一群鹿儿呦呦叫，在那原野吃艾蒿。我有满座好客人，鼓瑟吹笙来相邀。席间吹笙又鼓簧，献上礼品满竹筐。客人非常爱护我，为我指明了正道。

一群鹿儿呦呦叫，在那原野吃蒿草。我有满座好客人，品德优秀名声高。教民宽厚别轻薄，君子学习又仿效。我有美酒和佳肴，贵客欢饮真逍遥。

一群鹿儿呦呦叫，在那原野吃芩草。我有满座好客人，鼓瑟弹琴来相招。席间鼓瑟又弹琴，宾主和乐兴更高。我有美酒敬一杯，贵客共饮多欢乐。

【鉴赏】

这是一首贵族宴会时所唱的歌。全诗共三章，每章八句，开头皆以鹿鸣起兴，自始至终洋溢着欢快的气氛。末句“燕乐嘉宾之心”将诗的主题深化，表明这并非一般的饮宴，而是为了使参与宴会的群臣心悦诚服，自觉为君王的统治服务。

四 牡

【原典】

四牡骓骓[①]，周道倭迟。岂不怀归？王事靡盬[②]，我心伤悲！

四牡骓骓，啴啴骆马[③]。岂不怀归？王事靡盬，不遑启处[④]！

翩翩者鵻，载飞载下，集于苞栩。王事靡盬，不遑将父！

翩翩者鵻，载飞载止，集于苞杞。王事靡盬，不遑将母！

驾彼四骆，载骤骎骎[⑤]。岂不怀归？是用作歌，将母来谂[⑥]！

【注释】

①骓骓（fēi）：形容马一直前行。②盬（gǔ）：止息。③啴啴（tān）：喘气的样子。④启处：安居休息。⑤骎骎（qīn）：马飞奔的样子。⑥谂（shěn）：思念。

【译文】

四匹马儿一直跑，道路悠远又迂回。难道不想回家乡？王家差事没个完，我的心里多悲伤。

四匹马儿快如飞，黑鬃白马直喘气。难道不想回家去？王家差事没个完，哪有闲暇得休息。

鹁鸪飞翔无拘束，时上时下任翱翔。落在丛生栎树上。王家差事没个完，老父无暇来奉养。

鹌鸪飞翔无拘束，时而飞来时而止。落在丛生杞树枝。王家差事没个完，老母无暇来侍奉。

四匹白马驾车行，马蹄得得跑得欢。难道不想回家乡？有心作了这首歌，思念远方老亲娘。

【鉴赏】

这是一首写某个小官吏久役在外思念家乡的诗。全诗五章，基本上都采用赋的手法，运用铺陈、重叠和对比进行描写，深切地反映了劳动人民的悲苦命运，令人产生同情和共鸣。

皇皇者华

【原典】

皇皇者华，于彼原隰①。骁骁征夫②，每怀靡及。

我马维驹，六辔如濡。载驰载驱，周爰咨诹③。

我马维骐，六辔如丝。载驰载驱，周爰咨谋。

我马维骆，六辔沃若④。载驰载驱，周爰咨度。

我马维骃，六辔既均。载驰载驱，周爰咨询。

【注释】

①原隰（xí）：原野上高平之处为原，低湿之处为隰。②骁骁（shēn）：众多的样子。③诹（zōu）：咨事。④沃若：光泽鲜亮的样子。

【译文】

花朵鲜艳又耀眼，平地洼地尽开放。征夫一行奔走忙，纵有私怀顾不上。

我的马儿真雄奇，六条缰绳多光泽。驾着车儿急速跑，四处访问求良策。

我的马儿真雄壮，缰绳如丝多洁净。驾着车儿急速跑，商量对策要周全。

我的白马鬃毛黑，六条缰绳多光滑。驾着车儿急速跑，全面调查无遗漏。

我的马儿毛色杂，六条缰绳多均匀。赶着车儿急速跑，四处访问细征询。

【鉴赏】

这是一首使臣自述其职的诗。这位使臣每天奔走四方，广泛征集民意，上报朝廷，没有一丝一毫的懈怠。全诗语言生动，用意恳切，充分表现了使臣对工作的尽职尽责。

常　棣

【原典】

常棣之华，鄂不韡韡[①]。凡今之人，莫如兄弟。

死丧之威，兄弟孔怀[②]。原隰裒矣[③]，兄弟求矣。

脊令在原[④]，兄弟急难。每有良朋，况也永叹。

兄弟阋于墙[⑤]，外御其务。每有良朋，烝也无戎[⑥]。

丧乱既平，既安且宁。虽有兄弟，不如友生。

傧尔笾豆[⑦]，饮酒之饫[⑧]。兄弟既具，和乐且孺。

妻子好合，如鼓瑟琴。兄弟既翕[⑨]，和乐且湛[⑩]。

宜尔室家，乐尔妻帑[⑪]。是究是图，亶其然乎[⑫]！

【注释】

①鄂：花蒂。韡韡（wěi）：鲜亮。②孔怀：很关心。③裒（póu）：聚。④脊令：一种水鸟名。⑤阋（xì）：相争。⑥烝（zhēng）：多。戎：帮助。⑦傧：陈列。笾（biān）、豆：祭祀或燕享时用来盛食物的器具。⑧饫（yù）：满足。⑨翕（xī）：聚合。⑩湛（dān）：指快乐过头。⑪帑（nú）：子孙。⑫亶（dǎn）：确实。

【译文】

常棣花开朵朵，花儿光灿鲜明。如今一般的人，谁像兄弟相待。

遭遇死亡威胁，兄弟最为关心。众人聚在原野，兄弟往来相寻。

脊令困在陆地，兄弟赶来救难。往往有些良朋，相赠只有长叹。

兄弟在家相争，同心抵抗外侮。往往有些良朋，人多也不帮忙。

乱事平定之后，日子过得安宁。这时虽有兄弟，不如朋友相亲。

陈列竹碗木碗，饮宴心足意满。兄弟今日团聚，互相亲热温暖。

夫妻父子相亲，就像琴瑟谐调。兄弟今日团聚，永远欢乐和好。

使你全家相安，妻子都能快乐。好好体会力行，这话真是不错！

【鉴赏】

这是中国诗史上最先歌唱兄弟友爱的诗作，也是情理相融富于理趣的明理典范。诗人意在提醒人们，同胞兄弟的关系比任何其他关系都重要，这是由血缘决定的。

伐 木

【原典】

伐木丁丁，鸟鸣嘤嘤。出自幽谷，迁于乔木。嘤其鸣矣，求其友声。相彼鸟矣，犹求友声。矧伊人矣①，不求友生？神之听之，终和且平。

伐木许许。釃酒有苎②。既有肥羜③，以速诸父。宁适不来，微我弗顾。於粲洒扫④，陈馈八簋。既有肥牡，以速诸舅。宁适不来，微我有咎。

伐木于阪，釃酒有衍。笾豆有践⑤，兄弟无远。民之失德，乾餱以愆⑥。有酒湑我⑦，无酒酤我⑧。坎坎鼓我，蹲蹲舞我⑨。迨我暇矣，饮此湑矣。

【注释】

①矧（shěn）：何况。②釃（shī）：滤去酒糟。苎（xù）：甘美。③羜（zhù）：小羊羔。④粲：鲜明貌。⑤践：陈列。⑥餱（hóu）：干粮。⑦湑（xǔ）：澄滤。⑧酤（gū）：买酒。⑨蹲蹲（cún）：舞姿。

【译文】

咚咚作响伐木声，嘤嘤群鸟相和鸣。鸟儿出自深谷里，飞往高高大树顶。

鸟儿为何叫嘤嘤，要把朋友声音找。请看鸟儿多殷勤，要把朋友声音找；人比鸟儿更有情，反而不把朋友交？天上神灵请聆听，赐我和乐与宁静。

伐木呼呼斧声急，滤酒清纯无杂质。既有肥美羊羔在，请来叔伯叙情谊。哪儿去了还不来，可别不肯来赏光。打扫屋子生光彩，八大件儿席上摆。我把肥壮公羊宰，众位长亲请过来。即使他们没能来，不能说我有过失。

砍树砍倒山坡上，筛酒漫出酒缸边。盘儿碗儿排齐整，老哥老弟别疏远。有些人们伤和气，饮食小事成祸源。咱们有酒把酒筛，没酒也得把酒买。咱们冬冬打起鼓，跳跳蹦蹦一齐舞。趁着今儿有功夫，来把清酒喝个足。

【鉴赏】

这是一首宴亲友的乐歌。第一章以鸟与鸟的相求比人和人的相友；第二章言备酒肴，勤洒扫，专待长者们到来；第三章写出了醉饱歌舞之乐。此诗对友情的歌颂给后世留下了深远的影响，以致“嘤鸣”一词常被人用作朋友之间意气相投的比喻。

天　保

【原典】

天保定尔，亦孔之固。俾尔单厚，何福不除[①]？俾尔多益，以莫不庶。

天保定尔，俾尔戬榖[②]。罄无不宜，受天百禄。降尔遐福，维日不足。

天保定尔，以莫不兴。如山如阜，如冈如陵。如川之方至，以莫不增。

吉蠲为饎[③]，是用孝享。禴祠烝尝[④]，于公先王。君曰卜尔，万寿无疆！

神之吊矣，诒尔多福。民之质矣，日用饮食。群黎百姓，遍为尔德。

如月之恒，如日之升，如南山之寿，不骞不崩[⑤]。如松柏之茂，无不尔或承。

【注释】

①除（chù）：施与，赐予。②戬（jiǎn）榖：指福禄。③蠲（juān）：清洁。饎（chì）：酒食。④禴（yuè）：夏祭。祠：春祭。烝：冬祭。尝：秋祭。⑤骞（qiān）：亏损。

【译文】

上天保佑你安定，江山稳固又太平。使你国家能强大，哪样幸福不赐给？使你福气日益多，物产丰富样样齐。

上天保佑你安定，降你福禄与太平。万事安排都适宜，接受老天百种福。大福大禄降给你，每天还恐给不足。

上天保佑你安定，没有事业不振兴。就像大山大土丘，就像峻岭和高岗，就像江河洪水涌，没有一样不增长。

美好清洁设酒浆，祭享祖先齐献上。春夏秋冬按时祭，祭我先公与先王。神尸说要给你福，江山万代无尽时。

祖宗神灵已光临，送你幸福多如林。人民朴实无虚伪，每日吃饱就安心。天下所有老百姓，受你感化有德行。

你像上弦月渐明，你像朝阳常东升。你像南山寿命长，永不亏损永不崩。你像松柏长茂盛，子子孙孙相传承。

【鉴赏】

这是一首为君王祝愿和祈福的诗。诗中反复强调的是上苍的庇护和君王的德行，这是人们经常提及的周人“敬天保民”思想，体现了可贵的理性精神。

采　薇

【原典】

采薇采薇，薇亦作止。曰归曰归，岁亦莫止。靡室靡家[①]，猃狁之故[②]。不遑启居[③]，猃狁之故。

采薇采薇，薇亦柔止[④]。曰归曰归，心亦忧止。忧心烈烈，载饥载渴。我戍未定，靡使归聘[⑤]！

采薇采薇，薇亦刚止[⑥]。曰归曰归，岁亦阳止。王事靡盬[⑦]，不遑启处。忧心孔疚，我行不来！

彼尔维何？维常之华。彼路斯何？君子之车。戎车既驾，四牡业业。岂

敢定居？一月三捷！

驾彼四牡，四牡骙骙[⑧]。君子所依，小人所腓[⑨]。四牡翼翼[⑩]，象弭鱼服。岂不日戒，猃狁孔棘！

昔我往矣，杨柳依依。今我来思，雨雪霏霏[⑪]。行道迟迟，载渴载饥。我心伤悲，莫知我哀！

【注释】

①靡：无。②猃狁（xiǎn yǔn）：一个种族的名称。到春秋时代称为“狄”，战国、秦、汉称“匈奴”。③遑：空闲。④柔：是说未老而肥嫩。⑤聘：问讯，问候。⑥刚：是说将老而粗硬。⑦盬：休止。⑧骙骙（kuí）：强壮的样子。⑨腓：隐蔽。⑩翼翼：步伐整齐的样子。⑪霏霏：大雪纷飞的样子。

【译文】

采薇采薇一把把，薇菜新芽已长大。说回家哪时回家，转眼间就到残年。谁害我有家难奔，还不是为了猃狁；谁害我腚不着凳，还不是为了猃狁。

采薇采薇一把把，薇菜柔嫩初发芽。说回家哪时回家，心里头多么忧闷。心忧闷好像火焚，饥难忍渴也难忍。驻防地没有一定，哪有人捎个家信。

采薇采薇一把把，薇菜已老发杈枒。说回家哪时回家，小阳春十月又到。当王差无穷无尽，哪能有片刻安身。我的心多么痛苦，到如今谁来慰问？

什么花开得繁盛？那都是常棣的花。什么车高高大大？还不是贵人的车。兵车啊已经驾起，高昂昂公马四匹。边地怎敢图安居？一月要争几回胜！

驾起了公马四匹，四匹马多么神奇，贵人们坐在车上，士兵们靠它隐蔽。四匹马多么雄壮，象牙弭鱼皮箭囊。哪有一天不戒备，军情紧急不卸甲！

想起我离家时光，杨柳啊轻轻飘荡。如今我走向家乡，大雪花纷纷扬扬。慢腾腾一路走来，饥和渴煎肚熬肠。满心伤感满腔悲。我的哀痛谁体会！

【鉴赏】

这首诗是一位久戍之卒在归途中的追忆唱叹之作，写的都是将士们真实的思想，表现了人们的纯真朴实情感。前三章是说远别家室，历久不归，饥渴劳苦。第四、五章写将帅车马服饰之盛和戍卒不敢定居之劳。末章写归途雨雪饥渴的苦楚和痛定思痛的心情。

出车

【原典】

我出我车，于彼牧矣。自天子所，谓我来矣。召彼仆夫，谓之载矣。王事多难，维其棘矣。

我出我车，于彼郊矣。设此旐矣①，建彼旄矣。彼旟旐斯②，胡不旆旆③。忧心悄悄，仆夫况瘁。

王命南仲，往城于方。出车彭彭，旂旐央央④。天子命我，城彼朔方。赫赫南仲，玁狁于襄。

昔我往矣，黍稷方华。今我来思，雨雪载涂。王事多难，不遑启居。岂不怀归，畏此简书。

喓喓草虫⑤，趯趯阜螽⑥。未见君子，忧心忡忡。既见君子，我心则降。赫赫南仲，薄伐西戎。

春日迟迟，卉木萋萋⑦。仓庚喈喈，采蘩祁祁。执讯获丑，薄言还归。赫赫南仲，玁狁于夷。

【注释】

①旐（zhào）：画龟蛇的旗。②旟（yǔ）：画鸟隼的旗。③旆旆（pèi）：旗帜飘扬的样子。④旂（qí）：龙旗。⑤喓喓（yāo）：虫鸣声。⑥趯趯（tì）：跳跃。⑦卉（huì）：草的总名。

【译文】

兵车派遣完毕，待命在那牧地。出自天子所居，让我来到此地。召集驾车武士，为我驾车前驱。如今国家多难，国难已是紧急。

开出我的车子，车子走向郊野。插下龟蛇大旗，树立干旄大纛。鹰旗龟旗交错，何不招展挥摇？我心惶惶不安，仆夫面容憔悴。

天子命令南仲，到朔方筑城墙。车马浩浩荡荡，旌旗一片辉煌。天子命我南仲，把城筑在朔方。威仪不凡南仲，扫荡玁狁获胜。

当初从军打仗，高梁穗花才吐；如今走向家乡，大雪落满路途。只为国家多难，没有片刻闲住。难道我不想家？恐有紧急军书。

草虫喓喓地叫，蚱蜢趯趯地跳。没见想念的人，心儿忡忡如捣；见到想念的人，心中郁闷全消。威风凛凛南仲，将那西戎打跑。

春天日子漫长，春天草木茁壮。黄莺到处歌唱，采蘩满载满装。押着俘虏审讯，高高兴兴回去。威风凛凛南仲，猃狁全被驱除。

【鉴赏】

这是一首歌颂出师凯旋的诗，称赞了大将南仲带兵抵御猃狁，勤劳王事，克敌有功；也描写了将士们四处转战，不得休息的辛苦处境。诗中吸收了民歌成句入诗，语言质朴自然，有情景交融之美。

杕杜

【原典】

有杕之杜[①]，有睆其实[②]。王事靡盬，继嗣我日。日月阳止，女心伤止，征夫遑止！

有杕之杜，其叶萋萋。王事靡盬，我心伤悲。卉木萋止，女心悲止，征夫归止！

陟彼北山，言采其杞。王事靡盬，忧我父母。檀车幝幝，四牡痯痯[③]，征夫不远！

匪载匪来，忧心孔疚[④]。斯逝不至[⑤]，而多为恤。卜筮偕止，会言近止，征夫迩止！

【注释】

①杕（dì）：孤独的样子。杜：棠梨。②睆（huàn）：果实圆浑。③痯痯（guǎn）：疲累的样子。④疚（jiù）：病痛。⑤斯逝：归期已过。

【译文】

孤零零的棠梨树，圆溜溜的棠梨果。王家差事无穷尽，我的孤独又拖延。进了十月残年到，女人在家心烦恼，出征的人该闲了。

孤零零的棠梨树，棠梨叶儿布成荫。王家差事无穷尽，叫我如何不伤心。

百草千花都盛旺，女人在家心感伤，出征的人该还乡。

登上那北山山顶，上山为把枸杞采。王家差事无穷尽，想起爹妈愁难解。檀木车儿慢慢赶，四匹公马腿发软，出征的人该不远。

不见他战车归来，叫我心上痛难忍。过期换班人不到，千忧百虑一齐生。又问灵龟又问卦，都说快要看见他，出征的人快到家。

【鉴赏】

这是一首妻子思念长年在外服役的丈夫的歌。全诗感情真挚、深切，爱意专一恒久，体现古代妇女高尚的人格和纯洁的情爱，当然也反映出长期的戍役给人民带来的痛苦。

鱼丽

【原典】

鱼丽于罶①，鲿鲨②。君子有酒，旨且多③。

鱼丽于罶，鲂鳢④。君子有酒，多且旨。

鱼丽于罶，鰋鲤⑤。君子有酒，旨且有。

物其多矣，维其嘉矣。

物其旨矣，维其偕矣。

物其有矣，维其时矣。

【注释】

①丽（lí）：通“罹”，遭遇。罶（liǔ）：渔网。②鲿（cháng）：黄颊鱼。鲨：一种小鱼，又名鮀（tuó）。③旨：味美。④鳢（lǐ）：黑鱼。⑤鰋（yǎn）：鲇鱼。

【译文】

鱼儿落进鱼篓里，黄鲿鲨鱼装满箩。君子有酒酿得好，味道香醇又量多。

鱼儿落进鱼篓里，鲂鱼鳢鱼嫩而肥。君子有酒酿得好，量多而且有味道。

鱼儿落进鱼篓里，鰋鱼鲤鱼一齐煮。君子有酒酿得好，味道优美又量足。

美酒佳肴摆满桌，味道鲜美真不错。

美酒佳肴味道鲜，各种各类很齐备。

美酒佳肴真不少，都是时鲜味道好。

【鉴赏】

这是周代燕飨宾客时所唱的乐歌。诗中盛赞了宴享时酒肴之盛多，尤其赞美了鲜鱼的品种齐全，味道鲜美，表现出主人待客的殷勤，向人们展现了一个宾主共同欢乐的情景。

南有嘉鱼

【原典】

南有嘉鱼，烝然罩罩。君子有酒，嘉宾式燕以乐。

南有嘉鱼，烝然汕汕①。君子有酒，嘉宾式燕以衎②。

南有樛木③，甘瓠累之④。君子有酒，嘉宾式燕绥之⑤。

翩翩者鵻，烝然来思。君子有酒，嘉宾式燕又思。

【注释】

①汕汕：群鱼游水的样子。②衎（kàn）：乐。③樛（jiū）木：向下弯曲的树。④甘瓠（hù）：甜葫芦，一种蔓生植物。⑤绥：安。

【译文】

南方江汉多产鱼，成群结队水中游。主人设宴有美酒，贵客畅饮乐无忧。

南方江汉多产鱼，游来游去在水中。主人设宴有美酒，贵客畅饮乐融融。

南方有树枝儿弯，葫芦藤儿把它缠。主人设宴有美酒，贵客畅饮乐且安。

翩翩飞来鹁鸪鸟，成群结队落树巅。主人设宴有美酒，贵宾举杯不断劝。

【鉴赏】

这是一首贵族宴会的乐歌。全诗四章，每章均以游鱼起兴，用鱼、水象征宾主之间融洽的关系，婉转地表达出主人的深情厚谊，使全诗处于和睦、欢愉的气氛中。

南山有台

【原典】

南山有台[①]，北山有莱[②]。乐只君子，邦家之基。乐只君子，万寿无期！

南山有桑，北山有杨。乐只君子，邦家之光。乐只君子，万寿无疆！

南山有杞，北山有李。乐只君子，民之父母。乐只君子，德音不已。

南山有栲[③]，北山有杻。乐只君子，遐不眉寿？乐只君子，德音是茂。

南山有枸，北山有楰。乐只君子，遐不黄耇[④]。乐只君子，保艾尔后[⑤]。

【注释】

①台：通“苔”，莎草。②莱：藜草。③栲（kǎo）、杻（nǐu）、枸（jǔ）、楰（yú）：皆树名。④黄耇（gǒu）：老人。⑤艾：养育。

【译文】

南山生莎草，北山长野藤。君子很快乐，为国立根基。君子真快乐，万寿永无期。

南山生树桑，北山长白杨。君子很快乐，为国争荣光。君子真快乐，万寿永无疆。

南山生杞木，北山长李树。君子很快乐，人民好父母。君子真快乐，美名永记住。

南山生山樗，北山檍树长。君子真快乐，高年寿眉齐。君子真快乐，美名四方扬。

南山生拐枣，北山长苦楸。君子真快乐，黄发有高寿。君子真快乐，子孙天保佑。

【鉴赏】

这是一首歌颂统治者德高长寿的诗。诗的内容虽然单纯，但结构安排却十分精巧，五章首尾呼应，回环往复，逐层递进，具有很强的层次感和节奏感。

蓼萧

【原典】

蓼彼萧斯[①]，零露湑兮[②]。既见君子，我心写兮。燕笑语兮[③]，是以有誉处兮。

蓼彼萧斯，零露瀼瀼[④]。既见君子，为龙为光。其德不爽，寿考不忘。

蓼彼萧斯，零露泥泥。既见君子，孔燕岂弟[⑤]。宜兄宜弟，令德寿岂。

蓼彼萧斯，零露浓浓。既见君子，鞗革忡忡[⑥]。和鸾雍雍，万福攸同[⑦]。

【注释】

①蓼（lù）：长且大。②湑（xǔ）：清澈。③燕：通“宴”，宴饮。④瀼瀼（rǎng）：形容露水很多。⑤孔燕：非常安详。岂弟（kǎi tì）：和易近人。⑥鞗（tiáo）革：皮革所制的缰绳。忡忡：下垂的样子。⑦攸同：所聚。

【译文】

香蒿长得高又长，叶上露珠真清澈。如今有幸见君子，我的心情真舒畅。宴会上欢笑交谈，快乐相处乐陶陶。

香蒿长得高又长，叶上露珠真多啊。如今有幸见君子，让我感觉脸有光。君子盛德无差失，祝君长寿永无疆。

香蒿长得高又长，叶上露珠好湿重。如今有幸见君子，心情安详又欢喜。宜作兄长宜作弟，美德高尚乐无已。

香蒿长得高又长，叶上露珠水汪汪。如今有幸见君子，金饰马勒闪闪亮。车上铃儿叮当响，福禄聚集你身上。

【鉴赏】

这是诸侯在宴会中歌颂周天子的唱作。露水常被用来比喻承受的恩泽，故此诗以露水起兴，全诗的情感基调也是诸侯感恩戴德、极尽颂赞的景仰口吻。

湛露

【原典】

湛湛露斯，匪阳不晞①。厌厌夜饮②，不醉无归。

湛湛露斯，在彼丰草。厌厌夜饮，在宗载考③。

湛湛露斯，在彼杞棘。显允君子④，莫不令德。

其桐其椅，其实离离。岂弟君子，莫不令仪。

【注释】

①晞（xī）：干。②厌厌：安乐的样子。③宗：宗庙。载：充满。考：通“孝”。④显：高贵。允：诚实。

【译文】

浓浓露珠沾草间，不见太阳晒不干。夜间饮酒多安闲，酒不喝醉人不还。

浓浓露珠沾草间，在丰茂的野草间。夜间饮酒多安闲，宗庙成礼钟声连。

浓浓露珠沾草间，降在枸杞酸枣上。君子高贵又诚实，无不美好有德望。

桐树椅树长得高，果实累累枝弯腰。君子快乐又平易，无不端庄有礼貌。

【鉴赏】

这是一首描述周天子夜宴诸侯的乐歌。音韵的谐美是此诗一大特点，除

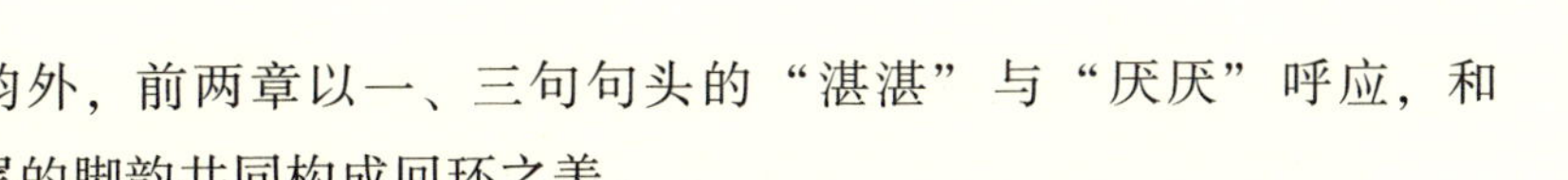
了隔句式押韵外，前两章以一、三句句头的“湛湛”与“厌厌”呼应，和二、四句句尾的脚韵共同构成回环之美。

彤　弓

【原典】

彤弓弨兮①，受言藏之。我有嘉宾，中心贶之②。钟鼓既设，一朝飨之③。

彤弓弨兮，受言载之。我有嘉宾，中心喜之。钟鼓既设，一朝右之。

彤弓弨兮，受言櫜之④。我有嘉宾，中心好之。钟鼓既设，一朝酬之。

【注释】

①弨（chāo）：放松弓弦。②贶（kuàng）：善也。③飨（xiǎng）：用酒食款待宾客。④櫜（gāo）：这里指装入弓袋。

【译文】

朱红漆弓弦儿松，请君接受把它藏。我有这些好宾客，赞美他们在心上。钟鼓都已陈设好，终朝敬酒情意长。

朱红漆弓弦儿松，请君接受载车间。我有这些好宾客，喜欢他们在心头。钟鼓都已陈设好，终朝劝酒情意厚。

朱红漆弓弦儿松，请君接受置囊中。我有这些好宾客，赏爱他们在心底。钟鼓都已陈设好，终朝酬酒情意密。

【鉴赏】

这首诗的主旨是歌颂周天子举行宴会，将朱红色弓箭赐予有功诸侯之事。全诗共三章，语言简练，用词精准，虽是歌功颂德，却不显得呆板，叙述跌宕起伏，使全诗透露了一丝灵气。

菁菁者莪

【原典】

菁菁者莪①，在彼中阿。既见君子，乐且有仪。

菁菁者莪，在彼中沚。既见君子，我心则喜。

菁菁者莪，在彼中陵。既见君子，锡我百朋[②]。

泛泛杨舟，载沉载浮。既见君子，我心则休[③]。

【注释】

①莪（é）：莪蒿，野草名。②朋：货币单位。③休：喜悦。

【译文】

莪蒿葱茏真繁茂，长在高高山窝里。已经见了那君子，实在欢乐有礼仪。

莪蒿葱茏真繁茂，丛丛长在沙洲上。已经见了那君子，我的心里真欢畅。

莪蒿葱茏真繁茂，丛丛长在土山边。已经见了那君子，有幸赐我百串钱。

杨木舟儿水上漂，时沉时浮随波摇。已经见了那君子，我的心中乐融融。

【鉴赏】

这是一首描写爱情的诗。女子终于见到了心爱的情郎，情郎向她表明了心迹，这让她满心欢喜。虽然只有短短十六句，却把一个美妙动人的爱情故事表现得引人入胜。

六　月

【原典】

六月栖栖，戎车既饬[①]。四牡骙骙[②]，载是常服。猃狁孔炽，我是用急[③]。王于出征，以匡王国。

比物四骊，闲之维则。维此六月，既成我服。我服既成，于三十里。王于出征，以佐天子。

四牡修广，其大有颙[④]。薄伐猃狁，以奏肤公[⑤]。有严有翼，共武之服。共武之服，以定王国。

猃狁匪茹[6]，整居焦获。侵镐及方，至于泾阳。织文鸟章[7]，白旆央央。元戎十乘，以先启行。

戎车既安，如轾如轩[8]。四牡既佶[9]，既佶且闲。薄伐猃狁，至于大原。文武吉甫，万邦为宪[10]。

吉甫燕喜，既多受祉。来归自镐，我行永久。饮御诸友[11]，炰鳖脍鲤[12]。侯谁在矣？张仲孝友。

【注释】

①饬（chì）：修整，整顿。②骙骙（kuí）：形容马匹强壮。③是用：因此。④颙（yóng）：马的头很大。⑤肤公：即大功。⑥茹：柔弱。⑦织文鸟章：指绘有凤鸟图案的旗帜。⑧如轾（zhì）如轩：指车身前俯后仰。⑨佶（jí）：整齐的样子。⑩宪：指楷模。⑪御：进献。⑫炰（páo）鳖：清蒸团鱼。脍鲤：细切鲤鱼。

【译文】

六月里忙碌不停，修整兵车来备战。四匹骏马真雄壮，旌旗军服载车上。猃狁入侵太猖狂，我军因此很紧张。王命出兵去征讨，奔赴战场保边疆。

挑选出四匹黑马，练习战阵按规章。当时正值六月天，已经备好我戎装。我的戎装已备好，三十里外受检阅。王命出兵去征讨，辅佐天子保国防。

四匹骏马高又大，身高体大气轩昂。一定要讨伐猃狁，建立起赫赫战功。将帅威严又恭敬，供职军旅守边防。供职军旅守边防，让国家更加安定。

猃狁来势好凶猛，在焦获耀武扬威。侵占镐地和朔方，一直深入到泾阳。我军旌旗绣鹰隼，白绸飘带随风展。大型战车十余辆，率先出动要进攻。

兵车开动很安全，道路崎岖也稳健。四匹马儿都健壮，步伐整齐又熟练。努力齐心打猃狁，长驱直入到大原。文武双全尹吉甫，天下效法的典范。

吉甫宴饮乐陶陶，天子赏赐真隆重。凯旋归来自镐地，路上行军太久长。饮酒举杯敬朋友，蒸鳖烧鲤味道香。座上客人还有谁？张仲孝友也在场。

【鉴赏】

这是一首歌颂抗击猃狁入侵胜利归来的诗。全诗以追忆开始，以现实作结，使得原本平淡的描写平添了几分回味和余韵，抒发了作者对将军的爱戴以及胜利归来后的喜悦心情。

采 芑

【原典】

薄言采芑[①]，于彼新田，呈此菑亩[②]。方叔莅止，其车三千。师干之试，方叔率止，乘其四骐，四骐翼翼。路车有奭[③]，簟茀鱼服[④]，钩膺鞗革。

薄言采芑，于彼新田，于此中乡。方叔莅止，其车三千，旂旐央央。方叔率止，约軧错衡[⑤]，八鸾玱玱。服其命服，朱芾斯皇[⑥]，有玱葱珩[⑦]。

鴥彼飞隼[⑧]，其飞戾天，亦集爰止。方叔莅止，其车三千，师干之试。方叔率止，钲人伐鼓[⑨]，陈师鞠旅。显允方叔，伐鼓渊渊，振旅阗阗[⑩]。

蠢尔蛮荆，大邦为雠。方叔元老，克壮其犹。方叔率止，执讯获丑。戎车啴啴，啴啴焞焞[⑪]，如霆如雷。显允方叔，征伐玁狁，蛮荆来威。

【注释】

①芑（qǐ）：苦菜。②菑（zī）亩：开垦一年的土地。③奭（shì）：赤红色。④簟茀（diàn fú）：蔽车的竹席。⑤軧（qí）：车毂两端有皮革装饰的部分。⑥芾（fú）：通“韨”，皮制的蔽膝，类似围裙。⑦珩（héng）：佩玉。⑧鴥（yù）：形容鸟飞得很快。⑨钲（zhēng）人：击鼓传令者。⑩阗阗（tián）：击鼓的声音。⑪焞焞（tún）：形容声势浩大。

【译文】

采呀采呀采芑忙，从那边的新田里，又到这块新垦田。大将方叔亲来到，检阅兵车有三千，战士捍敌勤操练。大将方叔亲率领，驾着骐马行在前。四匹骐马真健壮，大车红漆作彩饰。竹席帷子鱼皮箱，牛皮胸带与马缰。

采呀采呀采芑忙，从那边的新田里，又到这块地中央。大将方叔亲来到，检阅战车三千辆，龟蛇龙旗齐飘扬。方叔率领奔前方，车毂缠皮辕饰文。八个鸾铃叮当响，奉命穿上大礼服。红色蔽膝亮堂堂，绿色佩玉玱玱响。

鹰隼振翅疾飞翔，迅猛直上抵云天，忽而停落在地边。大将方叔亲来到，检阅兵车有三千，战士捍敌把武练。大将方叔亲率领，敲钲擂鼓声相连，集合队伍宣誓言。方叔英明有威信。击鼓咚咚阵容强，整军退兵气势壮。

愚蠢无知那蛮荆，与我大国结仇怨。方叔本是元老臣，雄才大略计谋远。大将方叔率大军，捉拿间谍俘敌顽。战车开动声啴啴，啴啴焞焞起尘烟，势如雷霆声震天。方叔英明有威信。曾征猃狁于北边，也能以威服荆蛮。

【鉴赏】

这首诗描绘的是周宣王卿士、大将方叔为威慑荆蛮而演军振旅的画面。诗中对统帅服饰、武器、战车的描述成为重要的史实资料，是后世戏剧、小说中人物铺陈式描写的源头。

车　攻

【原典】

我车既攻，我马既同。四牡庞庞[①]，驾言徂东[②]。
田车既好，田牡孔阜[③]。东有甫草，驾言行狩。
之子于苗，选徒嚣嚣[④]。建旐设旄，搏兽于敖。
驾彼四牡，四牡奕奕[⑤]。赤芾金舄，会同有绎。
决拾既佽[⑥]，弓矢既调。射夫既同，助我举柴。
四黄既驾，两骖不猗。不失其驰，舍矢如破。
萧萧马鸣，悠悠旆旌。徒御不惊，大庖不盈。
之子于征，有闻无声。允矣君子，展也大成。

【注释】

①庞庞（lóng）：高大强壮的样子。②徂（cú）：往，到。③孔阜：很高大肥壮。④嚣嚣（xiāo）：众多。⑤奕奕（yì）：形容车马络绎。⑥佽（cì）：利索。

【译文】

我的车制造精细，我的马动作齐同。四匹骏马壮又高，驾车向着东方跑。
我的车已经修好，四匹马高大雄伟。东方甫田茂草长，驾车出猎快驰骋。
那位君子去打猎，清点士卒声嘈嘈。队伍前后旌旗飘，为了打猎上敖山。
驾起四马行原野，四马从容又迅捷。金色鞋子红蔽膝，诸侯纷纷来会盟。

扳指护臂已戴正，弓箭全都配齐整。射击比武有对手，搬运猎物相帮衬。

四匹骏马色金黄，两旁马儿无偏向。驾车驰骋有章法，放箭中的技艺佳。

声萧萧马儿嘶唤，轻悠悠旌旗招展。徒步拉车兵机警，猎毕厨房野味盈。

天子猎罢上归程，但见队伍不闻声。显赫伟大真君主，理所当然成伟业！

【鉴赏】

这是一首叙述周宣王在东都会同诸侯举行田猎的诗。全诗八章，生动再现了举行田猎会同诸侯的整个过程，在《诗经》的众多描写田猎场景的诗篇中，这首诗是场面最宏大的。

吉　日

【原典】

吉日维戊，既伯既祷。田车既好，四牡孔阜。升彼大阜，从其群丑[①]。

吉日庚午，既差我马。兽之所同，麀鹿麌麌[②]。漆沮之从，天子之所。

瞻彼中原，其祁孔有。儦儦俟俟[③]，或群或友。悉率左右，以燕天子。

既张我弓，既挟我矢。发彼小豝[④]，殪此大兕[⑤]。以御宾客，且以酌醴[⑥]。

【注释】

①群丑：指兽群。②麀（yǒu）鹿：母鹿。麌麌（yǔ）：野兽众多的样子。③儦儦（biāo）：疾走。俟俟（shì）：缓行。④豝（bā）：母猪。⑤殪（yì）：射死。兕（sì）：大野牛。⑥醴（lǐ）：甜酒。

【译文】

吉日良时是戊辰，师神马祖都祭享。田车辚辚真漂亮，四马高大有精神。驱车登上大土丘，往来奔驰赶兽群。

吉日庚午时辰良，匹匹良马精挑选。群兽惊慌聚一处，鹿儿成群来又往。便从漆沮水旁地，赶到天子狩猎场。

瞧那无边大草原，地域辽阔群兽集。或是急奔或慢行，三三两两随处见。左边右边尽赶出，为让天子心喜欢。

我的弓儿已拉满，我的箭已握在手。射中那边小母猪，击毙这头大野牛。

做成佳肴献宾客，用来佐餐酌甜酒。

【鉴赏】

这是一首描写天子和诸侯一起围猎的诗。全诗四章，按照事情的发展过程依次道来，有条不紊，既叙述了田猎的过程，渲染出轻松的气氛，又突出了天子的形象，使这首诗产生了很强的艺术感染力。

鸿　雁

【原典】

鸿雁于飞，肃肃其羽。之子于征，劬劳于野①。爰及矜人，哀此鳏寡。

鸿雁于飞，集于中泽。之子于垣，百堵皆作②。虽则劬劳，其究安宅？

鸿雁于飞，哀鸣嗷嗷。维此哲人，谓我劬劳。维彼愚人，谓我宣骄③。

【注释】

①劬（qú）：辛劳。②百堵：一百方丈。③宣骄：骄傲，骄奢。

【译文】

鸿雁翩翩空中飞，扇动翅膀沙沙响。那人出门去远方，野外奔波苦尽尝。可怜都是穷苦人，鳏寡孤独好悲伤。

鸿雁翩翩空中飞，落在沼泽地中央。那人服役筑高墙，那墙

筑得百丈高。虽然辛苦又劳累，不知安身在何方。

鸿雁翩翩空中飞，哀鸣阵阵好可怜。唯有那些明白人，知我心中苦与难。唯有那些糊涂虫，说我闲暇发牢骚。

【鉴赏】

这是一首诅咒徭役的诗。全诗三章，每章均以“鸿雁”起兴，并借以自喻，反映了受害流民的悲苦生活，揭露了统治者的残酷无情。另外，诗中“鸿雁”、“劬劳”等词反复出现，重章迭唱，有一唱三叹的韵味。

庭　燎

【原典】

夜如何其？夜未央，庭燎之光[①]。君子至止，鸾声将将[②]。

夜如何其？夜未艾，庭燎晣晣[③]。君子至止，鸾声哕哕[④]。

夜如何其？夜乡晨，庭燎有辉。君子至止，言观其旂。

【注释】

①庭燎：在庭院内点燃的火炬。②鸾：也作“銮”，铃声。③晣（zhé）：明亮。④哕哕（huì）：铃声。

【译文】

晚上什么时辰？还有多一半长。庭前火把辉煌。公侯们过来啦，听到铃声当当。

晚上什么时辰？黑夜还没消尽。火把减了光明。公侯们过来啦，听到铃声叮叮。

晚上什么时辰？曙光渐渐出现。火把正在冒烟。公侯们过来啦，旗子已经看见。

【鉴赏】

这是一首写周王朝会的诗。全诗三章，以问答的形式写出时间的推移，表现了君王勤于政事。诗中虽未用比兴，也无过多形容，但其白描的手法也细微地反映出诗人的心理活动。

沔　水

【原典】

沔彼流水[①]，朝宗于海。鴥彼飞隼，载飞载止。嗟我兄弟，邦人诸友。莫肯念乱，谁无父母？

沔彼流水，其流汤汤。鴥彼飞隼，载飞载扬。念彼不迹[②]，载起载行。心之忧矣，不可弭忘。

鴥彼飞隼，率彼中陵[③]。民之讹言，宁莫之惩。我友敬矣[④]，谗言其兴。

【注释】

①沔（miǎn）：水溢貌。②迹：遵循法则办事。③率：沿着。④敬：儆，警戒。

【译文】

漫漫水溢两岸流，倾注大海去不休。鹞子展翅疾又急，时而停落时而翔。可叹同姓诸兄弟，还有朋友和同乡。没人肯把祸乱想，世上谁没有爹娘？

漫漫流水两岸溢，水势浩荡奔腾急。鹰隼展翅疾又急，时而低飞时上翔。想起歪门邪道事，行坐不安心里慌。满怀惆怅多忧伤，想要忘记却不能。

天上游隼迅捷飞，沿着山陵飞来回。民间谣言纷纷起，为啥没人使它停？望我朋友要警惕，种种谣言正如沸。

【鉴赏】

这首诗写的是在动荡不安的现实中，诗人劝诫朋友警惕谣言的中伤。全诗三章，开始是因战乱不止而心念父母，继以国事不安而忧虑不安，最后表达对诸友的劝谏，反映了作者因祸乱而心绪不宁的心理状态。

鹤　鸣

【原典】

鹤鸣于九皋，声闻于野。鱼潜在渊，或在于渚。乐彼之园，爰有树檀，其下维萚[1]。它山之石，可以为错[2]。

鹤鸣于九皋，声闻于天。鱼在于渚，或潜在渊。乐彼之园，爰有树檀，其下维榖[3]。它山之石，可以攻玉。

【注释】

①萚（tuò）：落叶。②错：琢玉用的粗磨石。③榖（gǔ）：树木名，即楮树。

【译文】

鹤叫沼泽九曲弯，声传四野真亮清。深深渊潭游鱼潜，有的游到浅滩前。我爱那个好林园，园中生长有香檀，下面恶木叶凋零。他方山上有佳石，可做琢玉金刚钻。

鹤叫沼泽九曲弯，声音能传到天边。浅浅渚滩游鱼浮，有的潜藏在深渊。我爱那个好林园，园中生长有香檀，下面楮树矮又细。他方山上有佳石，可做琢玉显璀璨。

【鉴赏】

这是一首即景抒情小诗，是中国最早描写园林风景的诗。作者从听觉写到视觉，写到心中所感所思，一脉贯穿全篇，结构十分完整，从而形成一幅远古诗人漫游荒野的图画。

祈　父

【原典】

祈父[1]，予王之爪牙。胡转予于恤，靡所止居？

祈父，予王之爪士。胡转予于恤，靡所厎止[2]？

祈父，亶不聪[3]！胡转予于恤，有母之尸饔[4]？

【注释】

①祈父：即大司马。②厎（zhǐ）：停下。③亶（dǎn）：确实。④饔（yōng）：熟食。尸：失。

【译文】

大司马呀大司马，我是君王的卫兵。为啥陷我忧患中，没有住处可安身。

大司马呀大司马，我是君王的武士。为啥陷我忧患中，没完没了不得宁。

大司马呀大司马，脑子的确不好使。为啥陷我忧患中？家有老母要侍奉。

【鉴赏】

这是一首王都卫士斥责司马失职，不顾人民疾苦的诗。全诗三章，以质问的语气直抒卫士们内心的怨恨，充分体现了这些卫士心直口快、敢怒敢言的性格特征。

白　驹

【原典】

皎皎白驹，食我场苗。絷之维之[①]，以永今朝。所谓伊人，于焉逍遥？

皎皎白驹，食我场藿[②]。絷之维之，以永今夕。所谓伊人，于焉嘉客？

皎皎白驹，贲然来思[③]。尔公尔侯？逸豫无期。慎尔优游，勉尔遁思！

皎皎白驹，在彼空谷。生刍一束[④]。其人如玉。毋金玉尔音，而有遐心[⑤]。

【注释】

①絷（zhí）：用绳索绊马足。②藿（huò）：初生的豆。③贲（bēn）：饰。贲然：光彩貌。④生刍：青草，用来喂白驹。⑤遐：远。

【译文】

马驹毛色白如雪，吃我场上的青苗。拴起它拴起它啊，延长欢乐的今朝。那个人那个人啊，到这里来寻欢乐。

马驹毛色白如雪，吃我场上的豆茎。拴起它拴起它啊，延长今晚的良辰。那个人那个人啊，我家尊贵的客人。

马驹毛色白如雪，风驰电掣到此地。应在朝堂为公侯，为何安乐无终期。好好地乐一乐吧，避世隐遁太可惜。

马驹毛色白如雪，空旷深谷留身影。咀嚼着一捆青草。他像玉一般美好。

记得给我捎个信，不要故意疏远我！

【鉴赏】

这是一首款留朋友宴饮的诗，主人想方设法把客人骑的马拴住，留马是为了留人，希望客人能在他家多逍遥一段时间，字里行间流露了主人的热情和真诚。

黄 鸟

【原典】

黄鸟黄鸟，无集于榖①，无啄我粟。此邦之人，不我肯穀。言旋言归，复我邦族。

黄鸟黄鸟，无集于桑，无啄我粱。此邦之人，不可与明②。言旋言归，复我诸兄。

黄鸟黄鸟，无集于栩③，无啄我黍。此邦之人，不可与处。言旋言归，复我诸父。

【注释】

①榖（gǔ）：即楮木。②明：通“盟”，讲信用。③栩（xǔ）：即柞树。

【译文】

黄雀鸟啊黄雀鸟，我的楮树你别上，别把我的粟啄光。住在这个乡的人，待我没有好心肠。常常思念回家去，回我本族旧家乡。

黄雀鸟啊黄雀鸟，别在我的桑树息，别吃光我的高粱。住在这个乡的人，没法叫他通情理。常常思念回家去，和我哥哥在一起。

黄雀鸟啊黄雀鸟，不许落在橡子树，别把我的黍啄光。住在这个乡的人，谁能和他一块住。常常思念回家去，回去见我众伯叔。

【鉴赏】

这是一首离乡背井之人的怨歌，诗人在异国他乡遭受剥削和欺凌，心中充满了对亲人的思念，这正是春秋末期社会政治腐败、世风日下景象的一个缩影。在立意和写作方法方面，这首诗与《魏风·硕鼠》有异曲同工之妙。

我行其野

【原典】

我行其野，蔽芾其樗[①]。婚姻之故，言就尔居。尔不我畜，复我邦家。

我行其野，言采其蓫[②]。婚姻之故，言就尔宿。尔不我畜，言归思复。

我行其野，言采其葍[③]。不思旧姻，求尔新特。成不以富，亦祇以异。

【注释】

①蔽芾（fèi）：茂盛的样子。樗（chū）：臭椿树。②蓫（zhú）：一种野菜。③葍（fú）：一种野草。

【译文】

旷野地里我走路，臭椿树枝叶婆娑。只因为婚姻关系，前来你家同你住。如今你翻脸无情，回到家乡依父母。

旷野地里我独行，手采羊蹄心难平。只因为婚姻关系，和你同床结恩情。你今翻脸不相认，回到故乡另谋生。

旷野地里独彷徨，手采葍菜心悲伤。不念旧人恩情重，另结新欢理不当。其实不因她富有，只是你见异思迁。

【鉴赏】

这首诗是写一个远嫁他乡的女子诉说自己被丈夫遗弃后的悲愤和痛伤。诗中采用了象征、暗示的手法，用“樗”、“蓫”、“葍”等恶木劣菜象征自己嫁给恶人，表达自己为人所弃的痛苦心情。和《氓》等其他弃妇题材作品不同的是，《我行其野》更多地表现女子当下的心情，即此时此刻的情绪。

斯　干

【原典】

秩秩斯干，幽幽南山。如竹苞矣，如松茂矣。兄及弟矣，式相好矣，无相犹矣[①]。

似续妣祖，筑室百堵，西南其户。爰居爰处，爰笑爰语。

约之阁阁，椓之橐橐[②]。风雨攸除，鸟鼠攸去，君子攸芋[③]。

如跂斯翼[④]，如矢斯棘，如鸟斯革，如翚斯飞[⑤]，君子攸跻。

殖殖其庭[⑥]，有觉其楹。哙哙其正[⑦]，哕哕其冥[⑧]。君子攸宁。

下莞上簟，乃安斯寝。乃寝乃兴，乃占我梦。吉梦维何？维熊维罴[⑨]，维虺维蛇[⑩]。

大人占之："维熊维罴，男子之祥；维虺维蛇，女子之祥。"

乃生男子，载寝之床。载衣之裳，载弄之璋。其泣喤喤，朱芾斯皇，室家君王。

乃生女子，载寝之地。载衣之裼[⑪]，载弄之瓦。无非无仪，唯酒食是议，无父母诒罹[⑫]。

【注释】

①犹：欺诈。②椓（zhuó）：击打。橐橐（tuó）：敲击的声音。③芋：读为"宇"，居住。④跂（qì）：踮起脚跟。翼：端正的样子。⑤翚（huī）：雉名。⑥殖殖：平正的样子。⑦哙哙（kuài）：敞亮的样子。⑧哕哕（huì）：光明的样子。⑨罴（pí）：一种野兽，似熊而更高大。⑩虺（huǐ）：一种蛇类爬行动物。⑪裼（tì）：褓衣。⑫罹（lí）：忧。

【译文】

涧水秩秩流动着，南山深幽多清静。有那密集的竹丛，有那茂盛的松林。哥哥弟弟在一起，和睦相处情最亲，没有假意和虚情。

祖先基业要继承，筑下房舍上百栋，向西向南开大门。在此生活与相处，说说笑笑好相处。

绑扎得停停当当，敲打声叮叮当当。风雨都可以挡住，雀鼠也不能穿破，君子的安居之所。

宫室如跂甚端正，檐角如箭有方棱，宏壮像大鸟举翅，彩檐像雉鸡飞升，君子踏阶可上登。

前庭院平平正正，那楹柱高大正气。大殿上十分轩敞，殿后幽室也光明，君子住处真安宁。

下有莞席上有竹簟，舒舒服服地就寝。早早睡下早早起，来将我梦细解诠。是什么吉祥梦境？梦中有熊又有罴，梦见虺蜴和长虫。

卜官前来解我梦，梦中有熊又有罴，预兆要生个男娃；梦见虺蜴和长虫，预兆要生个女娃。

如果生下了男娃，就让他睡在床上，为他穿上好衣裳，给他一块玉璋耍。他的哭声真响亮。朱红祭服真鲜亮，将来准是诸侯王。

如果生下了女娃，就要让她睡地上。把她裹在褓褓中，给她纺线的瓦捶。长大后温顺无邪，能把酒食来料理，让父母安心满意。

【鉴赏】

这是一首祝贺西周奴隶主贵族宫室落成的歌词。全诗九章，句式参差错落，自然活脱，没有板滞、臃肿之感，这在雅颂的篇章中是比较有特色的。就内容上来说，前五章主要就宫室本身加以描绘和赞美；后四章则主要是对宫室主人的祝愿和歌颂，其中透露出男尊女卑的思想。

无　羊

【原典】

谁谓尔无羊？三百维群。谁谓尔无牛？九十其犉[①]。尔羊来思，其角濈濈[②]。尔牛来思，其耳湿湿。

或降于阿[③]，或饮于池，或寝或讹。尔牧来思，何蓑何笠，或负其糇。三十维物，尔牲则具。

尔牧来思，以薪以蒸，以雌以雄。尔羊来思，矜矜兢兢[④]，不骞不崩[⑤]。麾之以肱[⑥]，毕来既升。

牧人乃梦，众维鱼矣，旐维旟矣。大人占之："众维鱼矣，实维丰年；旐维旟矣，室家溱溱[⑦]。"

【注释】

①犉（rún）：七尺的牛。②濈濈（jí）：一作"戢戢"，群角聚集的样子。③阿：丘陵。④矜矜兢兢：谨慎坚持，唯恐失群的样子。⑤骞（qiān）：亏损，

损失。⑥肱（gōng）：臂。⑦溱溱（zhēn）：繁盛的样子。

【译文】

谁说你家羊儿少，一群就是三百条。谁说你家没有牛，七尺黄牛九十头。你的羊群到来时，只见羊角齐簇集。你的牛群到来时，只见牛耳摆动急。

有些牛羊正下坡，有些池边来饮水，也有动弹也有睡。你到这里来放牧，披戴蓑衣与斗笠，有时背着干粮饼。牛羊毛色三十种，牺牲足够祀神灵。

你到这里来放牧，边伐细柴与粗薪，边猎雌雄天上禽。你的羊儿都来了，谨谨慎慎相依靠，不奔不散不亏少。摆动胳膊来指挥，全都跃登满坡顶。

牧人悠悠做个梦，梦里蝗虫化作鱼，旗画龟蛇变为鹰。占梦先生来推详：梦见蝗虫变成鱼，来年丰收谷满仓；龟蛇变鹰是佳征，预示家庭添人丁。

【鉴赏】

这是一首歌咏牛羊蕃盛的诗。全诗描述纯用“赋”法，却体物入微，图画难足，达到了极高的艺术境界。全诗四章，第一章写所牧牛羊之众；第二、三章描述放牧中牛羊的动静之态和牧人的娴熟技艺；最后一章则为放牧者安排了一个出人意料的“梦”，让诗境由实变虚，引发了读者的无限遐想。

节南山

【原典】

节彼南山，维石岩岩。赫赫师尹，民具尔瞻。忧心如惔[①]，不敢戏谈。国既卒斩，何用不监？

节彼南山，有实其猗。赫赫师尹，不平谓何？天方荐瘥[②]，丧乱弘多。民言无嘉，憯莫惩嗟[③]。

尹氏大师，维周之氐[④]。秉国之均，四方是维。天子是毗[⑤]，俾民不迷。不吊昊天，不宜空我师！

弗躬弗亲，庶民弗信。弗问弗仕，勿罔君子。式夷式已，无小人殆。琐琐姻亚，则无朊仕[⑥]。

昊天不佣，降此鞫讻[⑦]。昊天不惠，降此大戾！君子如届，俾民心阕。君

子如夷，恶怒是违。

不吊昊天，乱靡有定。式月斯生，俾民不宁。忧心如酲[8]，谁秉国成？不自为政，卒劳百姓。

驾彼四牡，四牡项领。我瞻四方，蹙蹙靡所骋！

方茂尔恶，相尔矛矣。既夷既怿[9]，如相酬矣。

昊天不平，我王不宁。不惩其心，覆怨其正。

家父作诵，以究王讻。式讹尔心[10]，以畜万邦。

【注释】

①惔（tán）：炎的借字，火烧。②瘥（cuó）：病患。③憯（cǎn）：犹“曾”或“尚”。④氐（dǐ）：同“柢”，树根。⑤毗（pí）：辅佐。⑥朊（wǔ）：厚。⑦鞫（jū）讻：极大的灾凶。⑧酲（chéng）：醉酒。⑨怿（yì）：喜悦。⑩讹：变化。

【译文】

终南山高高耸立，上有垒垒的岩石。尹太师地位显赫，人民大众都看着。忧国之心如火炎，谁也不敢胡乱谈。国运眼看就斩断，天公为何不开眼？

终南山高高耸立，山上草木真茂盛。尹太师地位显赫，为政不平是为何！老天反复降灾祸，丧乱实在有点多！人民没一句好话，你还不惩戒自我。

尹太师手掌大权，是周王室的根柢。掌握国家的大权，四方都仗他维系。君王要靠他辅助，百姓要靠他带路。不体恤人的老天，可不能断人活路！

王自己不问国政，对人民不肯信任。不咨询也不任用，不要再欺骗君子；坏事一定要制止，不要和小人靠拢；那些庸碌的亲戚，也不要再给恩宠。

老天真是不公平，降下这样的灾难。老天真的不仁慈，降下这般大祸患。君王执政要用心，才能够消除民愤。君王若公平处事，怨愤就会被平息。

老天实在不良善，祸乱何时能平定。月月有灾难发生，百姓哪里有安宁。忧国之心如醉酒，是谁在掌管朝政？如不能躬亲施政，苦的都是老百姓。

驾起了四匹公马，四匹马伸长颈项。我放眼四下观望，没有地方可驰骋。

当你的恶意盛旺，眼光就向着刀枪。当你的怒气消除，就像对饮着酒浆。

上天这样不公平，君王不能得安枕。他的心偏不清醒，反怨恨人家纠正。

我家父亲做此诗，揭露祸害的元凶。只指望王心感化，好好把四方安抚。

【鉴赏】

这是一首控诉执政者的诗。作者在诗中控诉了尹太师的暴虐，希望周王可以追究其罪责，任用贤人君子，施行体恤人民的政策，让国家恢复安定，表达了强烈的忧国忧民思想。

正　月

【原典】

正月繁霜，我心忧伤。民之讹言，亦孔之将。念我独兮，忧心京京[①]。哀我小心，癙忧以痒[②]。

父母生我，胡俾我瘉[③]！不自我先，不自我后。好言自口，莠言自口。忧心愈愈，是以有侮。

忧心惸惸，念我无禄。民之无辜，并其臣仆。哀我人斯，于何从禄？瞻乌爰止？于谁之屋？

瞻彼中林，侯薪侯蒸。民今方殆，视天梦梦。既克有定，靡人弗胜。有皇上帝，伊谁云憎？

谓山盖卑？为冈为陵。民之讹言，宁莫之惩。召彼故老，讯之占梦。具曰“予圣”，谁知乌之雌雄！

谓天盖高？不敢不局[④]。谓地盖厚？不敢不蹐[⑤]。维号斯言，有伦有脊。哀今之人，胡为虺蜴[⑥]？

瞻彼阪田，有菀其特[⑦]。天之杌我[⑧]，如不我克。彼求我则，如不我得。执我仇仇，亦不我力。

心之忧矣，如或结之。今兹之正，胡然厉矣？燎之方扬，宁或灭之。赫赫宗周[⑨]，褒姒威之！

终其永怀，又窘阴雨。其车既载，乃弃尔辅。载输尔载，“将伯助予！”

无弃尔辅，员于尔辐。屡顾尔仆，不输尔载。终逾绝险，曾是不意！

鱼在于沼，亦匪克乐。潜虽伏矣，亦孔之炤。忧心惨惨，念国之为虐。

彼有旨酒，又有嘉肴。洽比其邻，婚姻孔云。念我独兮，忧心殷殷。

佌佌彼有屋⑩，蔌蔌方有穀。民今之无禄，天夭是椓⑪。哿矣富人⑫，哀此惸独！

【注释】

①京京：忧愁无法排解。②瘋（shǔ）：忧郁。③瘉（yù）：病。④局：屈曲不伸。⑤蹐（jí）：小步前行。⑥虺蜴（huǐ yì）：毒蛇与蜥蜴。⑦菀：茂盛的样子。⑧杌（wù）：摇动。⑨宗周：指镐京。⑩佌（cǐ）：小。⑪椓（zhuó）：打击。⑫哿（gě）：喜乐。

【译文】

正月里不断下霜，霜降失时心忧伤。民心已乱谣言起，谣言传播遍四方。忧时的只我一个，更教我悲愁难放。可叹我小心谋虑，忧思成疾病难当。

为什么父母生我，为何令我遭祸殃？苦难不早也不晚，此时恰落我头上。好话从人家口出，丑话也从人口出。这忧伤使我恍惚，因此受辱遭中伤。

我独自忧心难排，想来我真是命乖。多少无辜的百姓，也成奴仆居末流。可悲我们若亡国，哪儿能安身度命？看那些乌鸦飞来，息向谁家的屋顶？

远望树林成一片，粗细只能当柴烧。百姓正在危难中，上天昏睡不知道。如果天命已确定，没人抗拒能奏效。天帝皇皇最英明，究竟恨谁请相告？

有人说山势低平，实为高峰与峻岭。民间谣言纷纷起，不去制止哪能行。但见老臣受征召，请他占梦来问讯。都说自己最灵验，乌鸦雌雄难分清？

有人说天空高远，我却怕撞把腰弯。人说大地多么厚，我却怕陷把脚踮。高声呼叫这些话，有条有理不瞎编。令我悲哀今世人，就像是毒蛇蜥蜴！

瞧那坡上的田里，有棵特出的壮苗。天把我使劲摇撼，唯恐不能压到我。那人在征求我时，生怕不能够得到。他只松松地捏着，我出力他却不要。

我的心里很痛苦，像绳子打了个扣。当今政治真难说，为何会这样遭透？野火烧得正旺时，有人来把它浇熄。宗周正在鼎盛时，褒姒却把它毁灭。

我既是经常忧虑，又像是苦遭阴雨。车子把货物装满，却把那夹板丢去。等到货物掉下来，大哥帮忙才叫唤。

别丢弃你的夹板，你的车辐要加固。赶车的要多照顾，才不会损失货物。险关本来有法过，这些你却不考虑。

池沼之中鱼成群，却也不能够快乐。虽然在深处躲藏，仍然会被人看到。

我的心惶惶不安，忘不了朝政残暴。

他有美酒醇又香，山珍海味任品尝。四邻五党多融洽，姻亲裙带联结广。想我孤独只一身，郁郁不乐心忧伤。

猥琐的人都有房，鄙陋的人都有粮。百姓们空着肚肠，老天爷降下灾殃。财主们过得欢乐，孤苦人只有哀伤！

【鉴赏】

这是一首忧国哀民、愤世嫉俗的诗，生动细致地描写了两千多年前生于乱世的正直知识分子心灵的颤动。全诗句式灵活，四言中杂以五言，既显得错落有致，又便于激烈情感的表现。

十月之交

【原典】

十月之交，朔月辛卯。日有食之，亦孔之丑。彼月而微，此日而微。今此下民，亦孔之哀。

日月告凶，不用其行。四国无政，不用其良。彼月而食，则维其常。此日而食，于何不臧！

烨烨震电[①]，不宁不令。百川沸腾，山冢崒崩[②]。高岸为谷，深谷为陵。哀今之人，胡憯莫惩！

皇父卿士[③]，番维司徒，家伯维宰，仲允膳夫，棸子内史，蹶维趣马。楀维师氏，艳妻煽方处。

抑此皇父，岂曰不时。胡为我作，不即我谋？彻我墙屋，田卒污莱。曰予不戕[④]，礼则然矣。

皇父孔圣，作都于向。择三有事，亶侯多藏。不慭遗一老[⑤]，俾守我王。择有车马，以居徂向。

黾勉从事[⑥]，不敢告劳。无罪无辜，谗口嚣嚣。下民之孽，匪降自天。噂沓背憎[⑦]，职竞由人。

悠悠我里，亦孔之痗[⑧]。四方有羡，我独居忧。民莫不逸，我独不敢休。

天命不彻，我不敢效我友自逸。

【注释】

①烨烨（yè）：电闪雷鸣的样子。②冢（zhǒng）：指山顶。③皇父（fǔ）、聚（zōu）子、蹶（guì）、楀（jǔ）：皆为姓氏。④戕（qiāng）：残害。⑤慭（yìn）：愿。⑥黾（mǐn）勉：努力，勉力。⑦噂（zǔn）：汇聚。⑧痗（mèi）：病。

【译文】

十月阳春日月交，十月初一辛卯日。天上日食忽发生，兆头实在很不好。上月月亮光不明，这回太阳光又消。如今天下老百姓，非常哀痛难抑制。

日月亏蚀兆灾殃，运行常规不遵照。全因天下没善政，空有贤才用不了。那次月亮被吞蚀，古今如此是正常。现在太阳又被蚀，叹息此事为凶耗。

雷电轰鸣又闪亮，天不安来地不宁。江河条条如沸腾，山峰座座尽坍崩。高岸竟然成深谷，深谷却又变高峰。可叹当世执政者，不修善政止灾凶。

执政卿士是皇父，番氏当上大司徒。家伯断狱为太宰，仲允管厨是膳夫。聚子当的是内史，蹶氏负责把马牧。楀氏专职察朝政，褒姒伙同势如虎。

叹息一声这皇父，难道真不识时务？为何调我去服役，事先一点不告诉？拆我墙来毁我屋，田被水淹终荒芜。还说不是我残暴，礼法如此不含糊。

皇父自谓很聪明，他在向邑建都城。挑选三卿任要职，家财亿万数不清。老臣不愿留一个，让他守卫我王廷。选择车马富豪家，迁往向邑自为政。

尽心竭力做公事，辛苦劳烦不敢言。本来无错更无罪，众口喧嚣将我谗。黎民百姓受灾难，灾难并非降自天。当面聚欢背后恨，罪责应由小人担。

忧愁苦闷九回肠，忧思成疾好凄凉。四方个个有欢笑，独我一人多悲伤。人们莫不安逸过，我无休息日夜忙。天命无常难预料，不敢效友苟偷安。

【鉴赏】

这是一首政治怨刺诗，其现实主义的创作手法对后世产生了重大的影响。全诗从可怕的自然灾变说到朝中奸邪专权，导致国家岌岌可危，然后说到面对此等情况的个人选择，表达出一种“知其不可为而为之”的悲壮情怀。

雨无正

【原典】

浩浩昊天[①]，不骏其德。降丧饥馑，斩伐四国。旻天疾威[②]，弗虑弗图。舍彼有罪，既伏其辜。若此无罪，沦胥以铺。

周宗既灭，靡所止戾[③]。正大夫离居，莫知我勚[④]。三事大夫，莫肯夙夜。邦君诸侯，莫肯朝夕。庶曰式臧，覆出为恶。

如何昊天，辟言不信？如彼行迈，则靡所臻。凡百君子，各敬尔身。胡不相畏，不畏于天。

戎成不退，饥成不遂。曾我暬御[⑤]，憯憯日瘁。凡百君子，莫肯用讯。听言则答，谮言则退[⑥]。

哀哉不能言，匪舌是出，维躬是瘁。哿矣能言，巧言如流，俾躬处休。

维曰于仕，孔棘且殆。云不可使，得罪于天子。亦云可使，怨及朋友。

谓尔迁于王都，曰予未有室家。鼠思泣血[⑦]，无言不疾。昔尔出居，谁从作尔室？

【注释】

①昊（hào）天：皇天。②旻（mín）天：泛指天。③戾（lì）：安定。④勚（yì）：疲惫，劳累。⑤暬（xiè）御：近侍之臣。⑥谮（zèn）言：谏言。⑦鼠思：即忧思。

【译文】

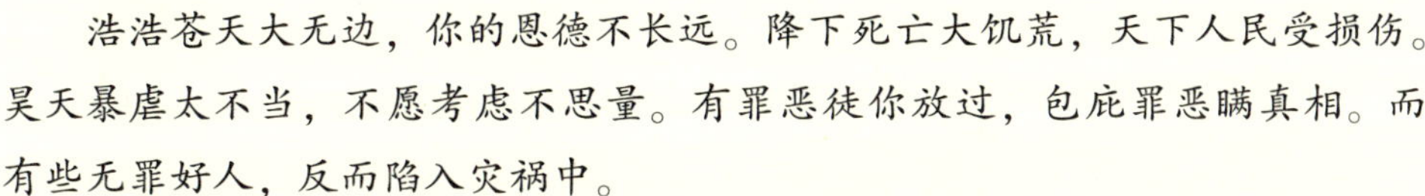

浩浩苍天大无边，你的恩德不长远。降下死亡大饥荒，天下人民受损伤。昊天暴虐太不当，不愿考虑不思量。有罪恶徒你放过，包庇罪恶瞒真相。而有些无罪好人，反而陷入灾祸中。

周室如今遭破灭，让人们无家可归。长官大臣离职守，我的劳苦谁人想。三事大夫虽还在，哪个肯用心执政。还有国君和诸侯，莫肯早晚为国忙。愿他们改过向善，谁知作恶更猖狂。

老天如此怎么成？正确意见你不听。就像人们走远路，没有目标胡乱行。公卿大夫诸君子，各自谨慎奔前程！为什么不知戒惧？敢不畏天命尊严。

战祸至今未消除，饥荒严重不顺遂。可怜我小小侍臣，每天都劳苦忧伤。所有在朝诸君子，闭口不言怕得罪。顺耳的话都爱听，批评的话遭训斥。

可恨有话不能讲，并非我舌拙嘴笨，实在是憔悴多病。小人嘴巧多欢畅，花言巧语如水淌，能做高官处安康。

大家都说去当官，荆棘丛生太危险。要说事情不能干，得罪天子多不便；若说这事可办好，又遭到朋友埋怨。

劝你们迁到王都，你们却说没家住。暗自忧愁血泪出，无话不被人嫉妒。从前你离王都去，谁人帮你盖房屋。

【鉴赏】

这是一首忧伤国事的政治抒情诗。作者面对国破世危的局面，心中感愤万千，虽然心有济世之志，却也无能为力，只有揭示现实真相，以发泄他满腔的忧愤罢了。本诗通篇采用直接叙述的方式来表达，语言质朴，感情真实，读起来有一种哀而怨、质而雅的美感。

小　旻

【原典】

旻天疾威，敷于下土。谋犹回遹[①]，何日斯沮[②]？谋臧不从，不臧覆用。我视谋犹，亦孔之邛[③]！

潝潝訿訿[4]，亦孔之哀。谋之其臧，则具是违；谋之不臧，则具是依。我视谋犹，伊于胡底？

我龟既厌，不我告犹。谋夫孔多，是用不集。发言盈庭，谁敢执其咎？如匪行迈谋，是用不得于道。

哀哉为犹，匪先民是程，匪大犹是经[5]；维迩言是听，维迩言是争！如彼筑室于道谋，是用不溃于成。

国虽靡止，或圣或否。民虽靡膴[6]，或哲或谋，或肃或艾[7]。如彼泉流，无沦胥以败[8]。

不敢暴虎，不敢冯河[9]。人知其一，莫知其他。战战兢兢，如临深渊，如履薄冰。

【注释】

①遹（yù）：邪僻。②沮（jǔ）：停止。③邛（qióng）：病。④潝潝（xì）：相互附和。訿訿（zǐ）：相互诋毁。⑤大犹：即大道。⑥膴（wǔ）：繁盛。⑦艾（yì）：治理。⑧沦胥：指牵连受苦。⑨冯（píng）：徒步过河。

【译文】

苍天苍天太暴虐，降下灾祸遍国土。政策邪僻全错误，何年何月能止住？好的策略不听从，谋略不好反信服。我看朝廷的谋划，确是弊病太多些。

患得患失无是非，是非不分我悲凄。若有什么好谋略，实际行动全违背。政策明显有错误，你却一切都听随。我看政策问题多，不知弄到何境地。

我的灵龟已厌倦，不把吉凶来告诉。出谋划策人不少，议论纷纷难作数。满院都是发言者，谁人敢把责任负？譬如有事问路人，不得方向反糊涂。

如此谋划我悲痛，古圣先贤不效法，常规大道不遵从。近僻之言王爱听，肤浅之见纷聚讼。就像宫室建路上，当然不会获成功。

尽管国家范围小，有人聪明有人拙，人民虽然数量少。有的明智计谋多，有的严肃能治国。为政譬如泉水流，莫使相与陷污浊。

不敢赤手搏猛虎，不敢徒步过河流。人们知道这一条，不懂其他易上当。小心谨慎多提防，就像走在深渊旁，就像踩在薄冰上。

【鉴赏】

这是一首政治讽刺诗。诗人以讽刺的口吻揭露了最高统治者重用邪僻而

导致了“犹谋回遹”的局面，感叹的语气贯穿始终，表达了他愤恨朝政黑暗腐败而又忧国忧时的思想感情。

小宛

【原典】

宛彼鸣鸠[①]，翰飞戾天[②]。我心忧伤，念昔先人。明发不寐，有怀二人。

人之齐圣，饮酒温克[③]。彼昏不知，壹醉日富。各敬尔仪，天命不又。

中原有菽，庶民采之。螟蛉有子[④]，蜾蠃负之[⑤]。教诲尔子，式穀似之。

题彼脊令，载飞载鸣。我日斯迈，而月斯征。夙兴夜寐，毋忝尔所生[⑥]！

交交桑扈[⑦]，率场啄粟。哀我填寡[⑧]，宜岸宜狱。握粟出卜，自何能穀？

温温恭人，如集于木。惴惴小心，如临于谷。战战兢兢，如履薄冰！

【注释】

①宛（wǎn）：小。②翰：高。③温克：蕴藉自持。④螟蛉：螟蛾幼虫。⑤蜾蠃（guǒ luǒ）：一种黑色的细腰土蜂。⑥忝（tiǎn）：辱没。⑦桑扈：一种鸟的名称。⑧填（tiǎn）：病。

【译文】

斑鸠鸟儿小又短，展翅高飞破苍旻。忧伤充满我内心，相信从前老祖先。通宵达旦睡不着，想着父母在世情。

聪明智慧那种人，喝酒温和不昏乱。那些无知糊涂蛋，每饮必醉日日甚。请各自重慎举止，天命一去不复返。

田野长满那豆菜，平民采来作菜肴。螟蛉蛾儿有幼子，细腰蜂儿背回巢。好好教育下一代，继承祖德莫忘了。

瞧那鸟儿叫脊令，一边飞来一边鸣。天天在外我奔波，月月在外我远行。起早贪黑不停歇，不辱父母的英名。

飞来飞去桑扈鸟，沿着场圃啄粟米。可怜我们穷苦人，要吃官司坐牢里。抓把粟米去问卦，哪里能够得吉利？

温和恭谨那些人，就像聚集在树顶。担心害怕真警惕，就像深谷脚边近。

心惊胆战太不安，就像踩上薄薄冰。

【鉴赏】

这是一首忧伤交织的抒情诗，表达了诗人在动乱环境下对父母的思念，并谆谆告诫兄弟要小心免祸。诗的表达并不是平铺直叙，而是采取了意味深长的比兴手法，使读者感到每章的诗意都是在因物起兴、借景寄情。

小　弁

【原典】

弁彼鸒斯[①]，归飞提提。民莫不穀，我独于罹。何辜于天，我罪伊何？心之忧矣，云如之何！

踧踧周道[②]，鞫为茂草[③]。我心忧伤，惄焉如擣[④]。假寐永叹，维忧用老。心之忧矣，疢如疾首[⑤]。

维桑与梓，必恭敬止。靡瞻匪父，靡依匪母。不属于毛[⑥]，不离于里[⑦]。天之生我，我辰安在？

菀彼柳斯，鸣蜩嘒嘒[⑧]。有漼者渊[⑨]，萑苇淠淠[⑩]。譬彼舟流，不知所届，心之忧矣，不遑假寐。

鹿斯之奔，维足伎伎。雉之朝雊，尚求其雌。譬彼坏木，疾用无枝。心之忧矣，宁莫之知！

相彼投兔，尚或先之。行有死人，尚或墐之[⑪]。君子秉心，维其忍之。心之忧矣，涕既陨之！

君子信谗，如或酬之。君子不惠，不舒究之。伐木掎矣[⑫]，析薪扡矣[⑬]。舍彼有罪，予之佗矣[⑭]！

莫高匪山，莫浚匪泉。君子无易由言，耳属于垣。无逝我梁，无发我笱[⑮]。我躬不阅，遑恤我后。

【注释】

①弁（pán）：快乐。鸒（yù）：乌名，乌鸦的一种。②踧踧（dí）：平坦的样子。③鞫（jū）：阻塞。④惄（nì）：忧思的样子。⑤疢（chèn）：内心燥热的病。⑥属（zhǔ）：连属。⑦离：附着。⑧蜩（tiáo）：知了。⑨漼（cuǐ）：深。⑩淠淠

(pèi)：草木茂盛的样子。⑪墐（jìn）：掩埋。⑫掎（jǐ）：牵引，拉扯。⑬扡（chǐ）：顺着木柴的丝理劈开。⑭佗（tuó）：加。⑮笱（gǒu）：捕鱼的竹篓。

【译文】

那只雅鸟多快活，悠闲地飞回巢穴。人人都过得很好，只有我忧伤潦倒。我怎么得罪了天？我到底做错什么？我的心非常忧伤，对此却无可奈何！

那大道平平坦坦，到处长满青青草。深深忧伤在我心，忧伤如同棒杵捣。和衣而卧哀声叹，忧伤使我容颜老。忧伤充满我心中，头疼心烦真焦躁。

看那桑树和梓树，我总是毕恭毕敬。无时不尊我父亲，无时不恋我母亲。不连皮裘外面毛，不附皮裘内里衬。上天让我生下来，我的好运在哪里？

株株柳树真茂密，上有知了声声叫。深深水潭不见底，长着茂盛的芦苇。像在飘荡在船上，不知该漂向哪里。忧伤充满我心中，要躺一下都不行。

鹿儿奔跑多欢快，四足翻腾快如飞。野鸡在早晨鸣叫，只为向母鸡求情。我像臃肿的病树，病重得不长枝条。忧伤充满我心中，难道就没人知道？

瞧那投网的兔子，或许还有人放它。路上遭遇了死人，或许还有人葬他。君子啊你的居心，为什么这样残酷。忧伤充满我心中，使我眼泪落千行。

君子听信了谗言，像被灌了迷魂酒。君子没有慈悲心，思考事情不周全。伐树还使绳索拉，砍柴还要看纹理。真正罪人被放过，反把罪名加给我。

不高就不是山峦，不深就不是水泉。君子别轻率出言，有耳朵贴在墙垣。别让人上我鱼梁，别让人开我鱼笱，我自己不能被容，哪顾得了我身后。

【鉴赏】

从诗中的语气来看，这应是一首被逐出家门的弃妇诗。全诗以“幽怨”为基调，对自己被逐后的悲痛心情进行了多角度、多层次的表述，幽怨哀伤之情跃然纸上。

巧　言

【原典】

悠悠昊天，曰父母且。无罪无辜，乱如此幠①。昊天已威，予慎无罪。昊天大幠，予慎无辜。

乱之初生，僭始既涵[②]。乱之又生，君子信谗。君子如怒，乱庶遄沮；君子如祉，乱庶遄已。

君子屡盟，乱是用长。君子信盗，乱是用暴。盗言孔甘，乱是用餤[③]。匪其止共，维王之邛[④]。

奕奕寝庙，君子作之。秩秩大猷，圣人莫之。他人有心，予忖度之。跃跃毚兔[⑤]，遇犬获之。

荏染柔木[⑥]，君子树之。往来行言，心焉数之。蛇蛇硕言[⑦]，出自口矣。巧言如簧，颜之厚矣。

彼何人斯？居河之麋[⑧]。无拳无勇，职为乱阶。“既微且尰[⑨]，尔勇伊何？为犹将多，尔居徒几何？”

【注释】

①怃（hū）：大。②僭（zèn）：挑拨的话。③餤（tán）：增多。④邛（qióng）：病。⑤毚（chán）：狡兔。⑥荏染（rěnrǎn）：柔弱无力。⑦蛇蛇（yí）：欺诈的意思。⑧麋（méi）：水边。⑨微：足疡。尰（zhǒng）：肿。

【译文】

高高远远那苍天，如同人的父母亲。人民无罪又无辜，降下大祸真残酷。老天实在太暴虐，我无罪过受屈辱。老天实在太傲慢，我受屈辱本无辜。

当初乱子刚发生，谗言已经受宽容。祸乱再次发生时，君子居然也听从。君子闻谗如怒责，祸乱速止不严重；君子如能任贤明，祸乱难成早已终。

君子屡次立新盟，祸乱因此便增长。君子轻信盗贼话，祸乱就会更猖狂。盗贼话儿甜如蜜，祸乱增进不胜防。小人不能尽职守，只会为王增祸殃。

宗庙宫殿大又高，原是先王亲手造。国家大政真完善，圣人将它来订立。他人有心想谗毁，我能揣测能料及。蹦跳蹿行那狡兔，遇上猎狗被击毙。

小小树儿多柔嫩，君子种植多辛苦。流言传播无根据，心中分辨自有数。骗人大话夸夸谈，都从谗人口里出。花言巧语似吹簧，厚颜无耻不忍睹。

究竟那是何等人？居住河岸水草边。没有勇力与勇气，只为祸乱造机缘。腿上生疮脚浮肿，你的勇气哪里见？诡计总有那么多，你的同伙剩几员？

【鉴赏】

这是一首讽刺周王听信谗言而酿成祸乱的诗。诗人从个人遭谗起笔，但

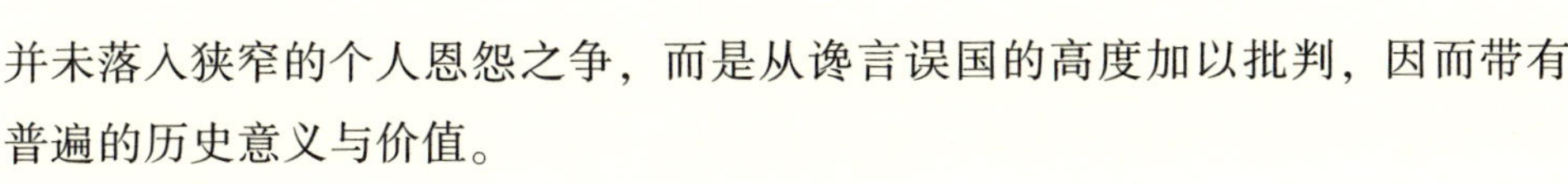
并未落入狭窄的个人恩怨之争，而是从谗言误国的高度加以批判，因而带有普遍的历史意义与价值。

何人斯

【原典】

彼何人斯？其心孔艰。胡逝我梁，不入我门？伊谁云从？维暴之云。

二人从行，谁为此祸？胡逝我梁，不入唁我[①]？始者不如今，云不我可！

彼何人斯？胡逝我陈？我闻其声，不见其身。不愧于人？不畏于天？

彼何人斯？其为飘风。胡不自北，胡不自南？胡逝我梁，只搅我心。

尔之安行，亦不遑舍。尔之亟行，遑脂尔车[②]。壹者之来，云何其盱[③]！

尔还而入，我心易也。还而不入，否难知也。壹者之来，俾我祇也。

伯氏吹埙[④]，仲氏吹篪[⑤]。及尔如贯，谅不我知！出此三物，以诅尔斯！

为鬼为蜮，则不可得。有靦面目[⑥]，视人罔极。作此好歌，以极反侧。

【注释】

①唁（yàn）：慰问。②脂：以油脂涂车。③盱（xù）：忧。④埙（xūn）：古代吹奏乐器。⑤篪（chí）：横笛。竹制。⑥靦（tiǎn）：露脸见人。

【译文】

究竟那是什么人？他的心难测浅深。为何去看我鱼梁，却不进入我家门？试问他听谁的话，只有他那暴虐心！

二人同行妻随夫，酿成祸乱谁是根？为啥经过我鱼梁，却不进门来慰问。当初态度还算好，如今见我不顺心。

那究竟是什么人，为何堂前来往行？我只听见他声音，却总不见他形影。你在人前不惭愧？连上天也不畏敬？

究竟那是什么人？好比飘风形无定。为啥不从北边走？为啥不从南边行？为啥经过我鱼梁，扰乱我心不安宁。

慢条斯理你出行，竟然没空住一晚。急急忙忙你要走，油车却还有空闲。为了你这来一次，多少天我眼望穿。

归家你入我房来，我的心儿就欢跳。回时我家你不进，是何居心难猜想。前次你从我家过，使我生气病一场。

大哥把埙来吹起，二哥相和就吹篪。你我好比一线穿，真的对我不深知？我愿神前供三牲，诅咒你竟背盟誓。

你是鬼蜮害人精，无影无踪看不清。俨然有副人面目，却不别人没准绳。我只能作这好歌，捱过不眠长反侧。

【鉴赏】

这首弃妇诗作于女主人公长夜难眠的“反侧”之际，采用了很多跳荡不定的意象，给人以扑朔迷离之感。诗人用激烈的言辞表达了对情人变心的谴责，揭露了薄情郎那反复无常的丑恶嘴脸。

巷 伯

【原典】

萋兮斐兮，成是贝锦。彼谮人者[①]，亦已大甚！

哆兮侈兮[②]，成是南箕。彼谮人者，谁適与谋！

缉缉翩翩，谋欲谮人。慎尔言也，谓尔不信。

捷捷幡幡，谋欲谮言。岂不尔受？既其女迁。

骄人好好[③]，劳人草草[④]。苍天苍天！视彼骄人，矜此劳人！

彼谮人者，谁适与谋！取彼谮人，投畀豺虎[⑤]！豺虎不食，投畀有北；有北不受，投畀有昊。

杨园之道，猗于亩丘[⑥]。寺人孟子[⑦]，作为此诗。凡百君子，敬而听之。

【注释】

①谮（zèn）人：谗害别人的人。②哆（chǐ）：张开。侈（chǐ）：大。③骄人：同谮人。④劳人：指被谗者。⑤畀（bì）：与。有北：北方极寒无人之地。⑥猗（yǐ）：靠着。⑦寺人：阉人，宦官。

【译文】

彩丝亮啊花线明啊，织成贝纹锦。那个造谣的害人精，坏事做绝太过分！

臭嘴一张何其大，好比夜空簸箕星。嚼舌头的害人精，是谁教你昧良心？

喊喊喳喳鬼话灵，一心要来诬陷人。劝你说话加小心，有天没人再相信。

花言巧语舌头长，千方百计来编诳。并不是没人上当，只怕你自己遭殃。

捣鬼的人竟得逞，受害的人却瞢腾。苍天你把眼儿睁！看看那些骄横人，可怜这些劳苦人！

那个造谣的家伙，谁给他出的主意？捉住那个造谣的，扔给虎狼去充饥。如果虎狼不肯咽，把他撵到北极圈。如果北极不肯要，送给老天去发落。

一条大路通杨园，路在亩丘丘上边。我是宦官叫孟子，这支歌儿是我编。过往君子慢慢行，请君为我倾耳听！

【鉴赏】

这是一首因遭受谗言而获罪的“寺人”所做的诗，他用这诗发泄他的怨愤，给谗者以诅咒，同时劝执政者警惕。在诗的结尾处，诗人郑而重之地留下了自己的名字，从而使这首诗成为《诗经》中少数有主名的作品之一。

谷 风

【原典】

习习谷风，维风及雨。将恐将惧[①]，维予与女；将安将乐，女转弃予！

习习谷风，维风及颓[②]。将恐将惧，置予于怀；将安将乐，弃予如遗！

习习谷风，维山崔嵬[③]。无草不死，无木不萎。忘我大德，思我小怨。

【注释】

①将：正值。②颓（tuí）：暴风自上而下。③崔嵬（wéi）：山高峻的样子。

【译文】

和暖东风微微起，大风夹带阵阵雨。当年担惊受怕时，唯我帮你分忧虑。如今安乐生活好，你却把我来抛弃。

谷口呼呼刮大风，大风旋转不停息。当初恐惧危难时，把我紧紧搂怀里。如今安乐生活好，弃我如丢烂东西。

山口大风刮不停，一直刮过高山顶。地上百草全枯死，山间树木尽凋零。

我的好处你全忘，专门记我小毛病。

【鉴赏】

这是一首被遗弃的妇女所作的诗歌，旨在谴责那可共患难，却不能同安乐的负心丈夫。诗歌用风雨起兴，手法与《邶风》中的《谷风》如出一辙，被丈夫遗弃的妇女面对凄风苦雨，心中产生无穷的伤怀愁绪，发出了深长的哀叹。

蓼　莪

【原典】

蓼蓼者莪[1]，匪莪伊蒿。哀哀父母，生我劬劳[2]。

蓼蓼者莪，匪莪伊蔚[3]。哀哀父母，生我劳瘁。

瓶之罄矣，维罍之耻。鲜民之生[4]，不如死之久矣！无父何怙[5]？无母何恃？出则衔恤，入则靡至！

父兮生我，母兮鞠我[6]。拊我畜我，长我育我，顾我复我，出入腹我。欲报之德，昊天罔极！

南山烈烈，飘风发发。民莫不穀，我独何害！

南山律律，飘风弗弗。民莫不穀，我独不卒！

【注释】

①蓼（lù）：又长又大的样子。莪（é）：莪蒿，一种野草。②劬（qú）：辛劳。③蔚（wèi）：牡蒿，一种草。④鲜（xiǎn）：寡。⑤怙（hù）：依靠。⑥鞠（jū）：养育。

【译文】

看那莪蒿长得高，却非莪蒿是散蒿。哀痛我的父和母，生儿养女太辛劳。

看那莪蒿相依偎，却非莪蒿只是蔚。可怜我的父和母，生儿养女身憔悴。

小小瓶儿空荡荡，酒坛由此愧难当。孤苦伶仃活世上，不如早日去死亡。没有亲爹何所靠？没有亲妈何所恃？出门行走心含悲，入门茫然不知止。

爹爹呀你生下我，妈妈呀你喂养我。抚摸我来爱护我，成长我来教育我，照顾我来挂念我，出出进进抱着我。如今要报二老恩，老天无端降灾祸！

南山险峻难登上，飙风凄厉令人怯。大家没有不幸事，独我为何遭此劫？

南山高峻难迈过，飙风凄厉人哆嗦。别人都能养父母，我独无法去送葬。

【鉴赏】

这首诗以充沛的情感来表现孝敬父母的美德，将自己不能终养父母的悲恨心情刻画得淋漓尽致。子女赡养父母是中华民族的传统美德，也是人类社会的道德义务，此诗是最早以充沛情感表现这一美德的文学作品，对后世影响极大。

大　东

【原典】

有饛簋飧①，有捄棘匕②。周道如砥，其直如矢。君子所履，小人所视。眷言顾之，潸焉出涕！

小东大东，杼柚其空③。纠纠葛屦，可以履霜？佻佻公子，行彼周行；既往既来，使我心疚。

有冽氿泉，无浸获薪！契契寤叹，哀我惮人。薪是获薪，尚可载也。哀我惮人，亦可息也。

东人之子，职劳不来。西人之子，粲粲衣服。舟人之子，熊罴是裘。私人之子，百僚是试。

或以其酒，不以其浆。鞙鞙佩璲④，不以其长。维天有汉，监亦有光。跂彼织女，终日七襄。

虽则七襄，不成报章。睆彼牵牛⑤，不以服箱。东有启明，西有长庚。有捄天毕，载施之行。

维南有箕，不可以簸扬。维北有斗，不可以挹酒浆⑥。维南有箕，载翕其舌⑦。维北有斗，西柄之揭。

【注释】

①饛（méng）：食物满器的样子。簋（guǐ）：盛食品的器具。飧（sūn）：犹“食”。②捄（qiú）：曲而长的样子。③杼柚（zhù zhú）：即织布机。④鞙鞙（juān）：玉圆之貌。璲（suì）：宝玉。⑤睆（huǎn）：明亮的样

子。⑥挹（yì）：用勺酌水。⑦翕（xī）：吸，引。

【译文】

饭盒儿装得满满，饭匙儿长柄弯弯。大路好像被磨平，直得好像是箭杆。贵人们来来往往，小百姓瞪着两眼。回转头看了再看，忍不住双泪涟涟。

东方远近诸小国，织机布帛空荡荡。葛麻草鞋缠又绑，怎么能够踏冰霜？得意扬扬那公子，满载车辆大路上。来了去又去了来，教我心痛如断肠。

旁流的泉水清冷，别浸着割下的柴薪。为什么苦苦长叹，可怜我疲劳的人。谁要用这些薪柴，还得拿车儿装载。可怜我疲劳的人，休息难道不应该。

东方各国的子弟，辛苦服役没人问。周人公子哥儿们，衣服华丽多新鲜。就是船夫的子弟，熊罴皮袍穿在身。那些家奴的孩子，个个当差在衙门。

有人天天喝美酒，有人喝不上米浆。有人佩戴着宝玉，不是才德有专长。看那天上的银河，在天上闪闪发光。织女星分开两脚，一天七次的移动。

纵然织女移动忙，没有织出好纹章。牵牛三星亮闪闪，不能拉车难载箱。金星在东叫启明，金星在西叫长庚。天毕八星柄弯长，把网张在大路上。

南边有座箕星星，不能拿来簸米糠。北边有座北斗星，不能拿来舀酒浆。南边有个簸箕星，伸着舌头张大口。北边有个北斗星，它的柄儿向西方。

【鉴赏】

这是东方诸侯之国的人困于赋役，怨刺周室的诗。全诗结构严密，层次清晰，前后呼应。通篇运用对比和暗喻，思路递进而奇崛，意蕴丰富而深厚，充分表达了诗人忧愤的情感。

四　月

【原典】

四月维夏，六月徂暑。先祖匪人，胡宁忍予？
秋日凄凄，百卉具腓[1]。乱离瘼矣[2]，爰其适归？
冬日烈烈，飘风发发。民莫不穀，我独何害！
山有嘉卉，侯栗侯梅。废为残贼[3]，莫知其尤[4]。
相彼泉水，载清载浊。我日构祸[5]，曷云能穀？

滔滔江汉，南国之纪。尽瘁以仕，宁莫我有。

匪鹑匪鸢[6]，翰飞戾天。匪鳣匪鲔[7]，潜逃于渊。

山有蕨薇，隰有杞桋。君子作歌，维以告哀！

【注释】

①腓（féi）：枯萎。②瘼（mò）：病痛。③废：大。残贼：残害。④尤：过错。⑤构：遭遇。⑥鹑（tuán）：雕。鸢（yuān）：鹰。⑦鳣（zhān）、鲔（wěi）：鱼名。

【译文】

夏历四月白日长，六月酷暑就将完。祖先不是别家人，为何忍心我遭殃？

秋风萧瑟天气凉，百草凋零百花稀。颠沛流离痛苦深，回到哪里向哪方？

冬日寒气真凛冽，狂风呼啸肤欲裂。人们莫不生活好，为啥我独遭灾难。

山上草木好又多，栗树梅树长满坡。大受破坏与残害，不知那是谁的罪。

瞧那泉水在山坡，一会清来一会浑。我却天天遇祸患，哪能做个有福人？

长江汉水浪滔滔，统领南方诸河道。鞠躬尽瘁来办事，没人和我做朋友！

那是大雕那是鸢，展翅高飞上云天。那是黄鱼那是鲤，摆尾潜逃在深渊。

山上长有蕨和薇，杞树桋树洼地生。我今作首歌儿唱，满腔悲哀诉说起。

【鉴赏】

这是一位被周王放逐的臣子在流放途中所写，抒发了他心中的幽怨。全诗脉络清晰，层次分明，前两句言景，后两句抒情，情景交融，把“告哀”的主旨表现得真挚深沉。

北　山

【原典】

陟彼北山，言采其杞。偕偕士子，朝夕从事。王事靡盬[1]，忧我父母。

溥天之下，莫非王土；率土之滨，莫非王臣。大夫不均，我从事独贤。

四牡彭彭[2]，王事傍傍[3]。嘉我未老，鲜我方将。旅力方刚[4]，经营四方。

或燕燕居息，或尽瘁事国。或息偃在床[5]，或不已于行。

或不知叫号，或惨惨劬劳[6]。或栖迟偃仰，或王事鞅掌[7]。

或湛乐饮酒[8]，或惨惨畏咎。或出入风议[9]，或靡事不为。

【注释】

①盬（gǔ）：止息。②彭彭：行动不止的样子。③傍傍：没有穷尽。④旅力：即膂力。⑤偃：卧。⑥惨惨：忧虑不安。⑦鞅掌：奔波劳累。⑧湛（dān）：乐。⑨风议：发表评论。

【译文】

爬上高高的北山，采集山上枸杞子。体格健壮的士子，从早到晚要办事。王家差事无穷尽，心中挂念我父母。

苍天覆盖的地方，到处都是王的地。四海之内每个人，全都是王的臣子。执政大夫不公平，偏教我独个劳碌。

四匹马奔忙路上，王家事纷纷难当。夸奖我说我还不老，重视我为我正强壮。体质强健气血刚，被派遣着走四方。

有些人安逸在家，有些人筋疲力尽。有些人高枕无忧，有些人到处奔走。

有些人不知烦恼，有些人身心俱疲。有些人优哉闲散，有些人忙个没完。

有些人沉湎饮酒，有些人小心谨慎。有些人高谈阔论，有些人事事都干。

【鉴赏】

这首诗和《北门》篇相类，是小官吏道苦道怨的诗。通过对劳役不均的怨刺，揭露了统治阶级上层的腐朽和下层的怨愤，是怨刺诗中比较突出的篇章。

无将大车

【原典】

无将大车[1]，祇自尘兮。无思百忧，祇自疧兮[2]。

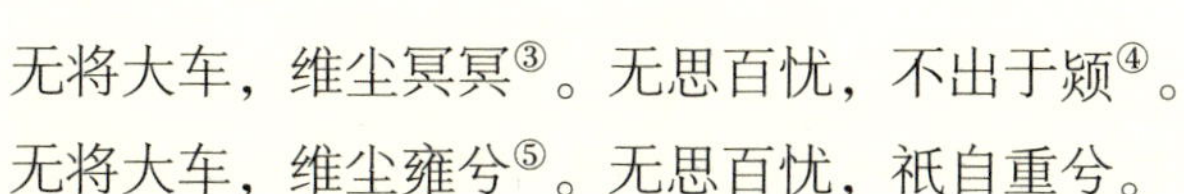

无将大车，维尘冥冥[3]。无思百忧，不出于颎[4]。

无将大车，维尘雍兮[5]。无思百忧，祇自重兮。

【注释】

①将：扶进，此指推车。②疷（qí）：忧病。③冥冥：昏暗的样子。④颎（jiǒng）：光明，这里指耿耿于怀。⑤雍（yōng）：遮蔽。

【译文】

不要去推那大车，它会蒙你一身土。莫想各种忧心事，只会伤身自吃苦。

不要去推那大车，尘土飞扬迷眼睛。别去想种种忧愁，它让你心神不宁。

不要去推那大车，尘土飞扬蔽天空。莫想各种忧心事，只会负担更加重。

【鉴赏】

这是一位感时伤逝的诗人唱出的自我排遣的歌。全诗三章，每章都以推车起兴，表达的意思是：心里老想着烦恼，只会使自己百病缠身，不得安宁。劝诫人们不必劳思焦虑、忧怀百事，人生在世要让自己豁达一点。

小　明

【原典】

明明上天，照临下土。我征徂西，至于艽野[1]。二月初吉，载离寒暑。心之忧矣，其毒大苦。念彼共人，涕零如雨。岂不怀归？畏此罪罟[2]。

昔我往矣，日月方除。曷云其还？岁聿云莫。念我独兮，我事孔庶。心之忧矣，惮我不暇。念彼共人，睠睠怀顾[3]。岂不怀归？畏此谴怒。

昔我往矣，日月方奥[4]。曷云其还？政事愈蹙[5]。岁聿云莫，采萧获菽。心之忧矣，自诒伊戚。念彼共人，兴言出宿。岂不怀归？畏此反覆。

嗟尔君子！无恒安处。靖共尔位，正直是与。神之听之，式穀以女[6]。

嗟尔君子！无恒安息。靖共尔位，好是正直。神之听之，介尔景福。

【注释】

①艽（qiú）野：指荒郊野外。②罟（gǔ）：网。③睠睠（juàn）：怀念的样子。④奥（yù）：温暖。⑤蹙（cù）：急。⑥穀（gǔ）：善，这里指福。

【译文】

太阳高高在天上，光芒照耀着大地。我为公事奔西行，所到之处真荒凉。腊月初旬已出发，如今寒来暑又离。心里忧愁说不完，好比毒药苦难吃。思念忠诚老同事，泪如雨下沾裳衣。难道不想回家园？只是怕触犯法网。

当我刚踏上征途，正逢旧岁将过去。何时才能回家乡？年终归期仍无望。想我孤单一个人，公事纷繁日夜忙。心中烦闷多凄凉，终年劳苦没时光。思念忠诚老同事，殷勤眷恋不能忘。难道不想回家园？只怕上司来责罚。

当我刚踏上征途，正赶上天气转暖。何时才能回家乡？公务却愈加繁忙。一年很快过完了，采蒿收豆又该忙。心里忧愁没处说，自寻烦恼自担当。念及忠诚老同事，起床漫步独惆怅。难道不想回家园？只是害怕祸当头。

你们这些君子啊，不要居家常安逸。本职工作须做好，交结朋友要正直。神明听了这一切，定把福禄赐给你。你们这些君子啊，不要居家常逍遥。本职工作须做好，正直君子勤结交。神明听到这消息，一定赐予你福气。

【鉴赏】

这是一位长期奔波在外的官吏自诉情怀的作品，表达了他忧苦、恐惧、不安等复杂心态。这首诗不借助比兴，而是直诉胸臆，把叙事与抒情融在一起，娓娓道来，读起来真切感人。

鼓　钟

【原典】

鼓钟将将，淮水汤汤，忧心且伤。淑人君子，怀允不忘。

鼓钟喈喈，淮水湝湝，忧心且悲。淑人君子，其德不回①。

鼓钟伐鼛②，淮有三洲，忧心且妯③。淑人君子，其德不犹④。

鼓钟钦钦，鼓瑟鼓琴，笙磬同音。以雅以南⑤，以籥不僭⑥。

【注释】

①回：邪僻。②鼛（gāo）：一种大鼓。③妯（chōu）：忧思深重。④犹：缺点，过失。⑤雅、南：雅和南都是乐器的名称。⑥籥（yuè）：乐器名，似

排箫。僭（jiàn）：差错。

【译文】

编钟敲起响叮当，淮河水浩浩荡荡，我的心忧愁悲伤。古代贤人和君子，实在念念不能忘。

编钟敲起声缭绕，淮河水滔滔不歇，我的心忧愁悲切。古代贤人和君子，品行端正道德高。

敲钟击鼓声悠悠，乐声回荡在三洲，我的心悲哀难受。古代贤人和君子，道德无瑕品行优。

编钟敲起声钦钦，又鼓瑟来又弹琴，加笙磬一起奏鸣。既有雅乐和南乐，排箫伴奏依次行。

【鉴赏】

这是一首描写音乐演奏和怀念善人君子的诗。全诗四章，前三章写诗人耳闻钟鼓铿锵，面对滔滔淮水，不禁悲从中来，想到了“淑人君子”，对其美德懿行心向往之。最后一章描写了钟鼓齐鸣、琴瑟和谐的演奏场景。

楚　茨

【原典】

楚楚者茨，言抽其棘。自昔何为？我艺黍稷[①]。我黍与与，我稷翼翼。我仓既盈，我庾维亿[②]。以为酒食，以飨以祀，以妥以侑，以介景福。

济济跄跄，絜尔牛羊，以往烝尝。或剥或亨，或肆或将。祝祭于祊[③]，祀事孔明。先祖是皇，神保是飨。“孝孙有庆，报以介福，万寿无疆！”

执爨踖踖[④]，为俎孔硕，或燔或炙[⑤]。君妇莫莫，为豆孔庶，为宾为客。献酬交错，礼仪卒度，笑语卒获。神保是格，“报以介福，万寿攸酢！”

我孔熯矣[⑥]，式礼莫愆[⑦]。工祝致告：“徂赉孝孙。苾芬孝祀[⑧]，神嗜饮食。卜尔百福。如几如式，既齐既稷，既匡既敕。永锡尔极，时万时亿。”

礼仪既备，钟鼓既戒，孝孙徂位，工祝致告：“神具醉止。”皇尸载起，鼓钟送尸，神保聿归。诸宰君妇，废彻不迟。诸父兄弟，备言燕私。

乐具入奏，以绥后禄。尔肴既将，莫怨具庆。既醉既饱，小大稽首。“神嗜饮食，使君寿考。孔惠孔时[9]，维其尽之。子子孙孙，勿替引之。”

【注释】

①艺：种植。②庾（yǔ）：一种露天的谷仓。③祊（bēng）：指庙门。④爨（cuàn）：灶。踖踖（jí）：恭敬勤敏的样子。⑤燔（fán）、炙（zhì）：都是烤肉的意思。⑥熯（nǎn）：敬惧。⑦愆（qiān）：过错。⑧苾（bì）：浓郁的香气。⑨惠：顺利。

【译文】

田野里蒺藜簇簇，锄去杂草除荆棘。古今如此为什么？我种高粱和黄米。我的黄米多茂密，我的高粱很整齐。我的粮仓已装满，我的谷囤千万计。用来蒸酒做饭食，进献神灵把祖祭。请尸安席又劝酒，用来祈求大福气。

很多人穿梭忙碌，把牛羊涮洗清爽，献给冬烝和秋尝。有人宰割有人烹，分盛开来捧献上。司仪先祭于庙内，仪式隆重又辉煌。祖宗大驾来享用，将它们一一品尝。孝孙一定得福分，赐福分宏大无量，求保佑万寿无疆！

大厨师手脚麻利，盛肉铜器很巨大，肉要烧来肝要烤。主妇小心多辛劳，酒肉满桌真不少，招待客人态度好。宾主劝酒交错行，礼节仪式都周到，笑语得宜不喧闹。神灵大驾已光临，赐你大福相酬报，万寿无疆享长寿！

祭祀中极其恭谨，礼仪周全没毛病。祝官代神来致词，去把福禄赐孝孙。酒食馨香祭礼勤，神明享受多欢欣，百种福禄赐你身。祭祀及时合标准，行动整齐又快迅，态度端正又谨慎。愿神灵赐予福分，成万成亿无穷尽！

各项仪式都完成，钟鼓之乐正奏鸣。孝孙离开主祭位，祝官代尸告礼成。神灵都已醉酩酊，皇尸起立来辞行。打鼓敲钟送神尸，神保告归也启程。诸位厨师和主妇，撤去祭品忙不停。诸位父老和兄弟，一起参加家族宴。

乐队移后堂演奏，享用祭后的酒肴。你的菜肴多美好，无人埋怨都庆祝。酒已喝醉饭已饱，老幼叩头把话诉：饭菜神灵都爱吃，使你长寿长享福。祭祀适当又适时，已尽孝道合礼数。愿子孙莫废此礼，永远继承寿永葆！

【鉴赏】

这是一首祭祖祀神的乐歌。诗中全面描述了祭祀的过程，详细展现了周代祭祀的仪制风貌，这对于古代文化，尤其是对人类学的研究有着重要的文献价值。全诗结构严谨，风格典雅，宛如一首庄严的交响乐。

信南山

【原典】

信彼南山，维禹甸之[①]。畇畇原隰[②]，曾孙田之。我疆我理，南东其亩。上天同云，雨雪雰雰。益之以霢霂[③]，既优既渥，既沾既足，生我百谷。疆埸翼翼[④]，黍稷彧彧[⑤]。曾孙之穑，以为酒食。畀我尸宾，寿考万年。中田有庐，疆埸有瓜。是剥是菹，献之皇祖。曾孙寿考，受天之祜[⑥]。祭以清酒，从以骍牡[⑦]，享于祖考。执其鸾刀，以启其毛，取其血膋[⑧]。是烝是享，苾苾芬芬，祀事孔明。先祖是皇，报以介福，万寿无疆！

【注释】

①甸（diàn）：治理田地。②畇畇（yún）：平坦整齐的样子。③霢霂（mài mù）：指小雨。④埸（yì）：田地的边界。⑤彧彧（yù）：茂盛貌。⑥祜（hù）：福。⑦骍（xīn）：毛皮赤红的马或牛。⑧膋（liáo）：脂膏。

【译文】

终南山绵延不断，大禹曾在此治水。高原洼地都平坦，曾孙耕作种稻粱。画定田界整好地，垄亩向南或东向。

天空中乌云密布，大雪纷纷飘四方。更加蒙蒙细雨下，雨量充沛好耕锄。大地滋润水分足，生长百谷极丰富。

田地边界修整好，黄米高粱长得旺。曾孙把它来收获，酿酒做饭甜又香。献给神尸和来宾，祈求福寿万年长。

大田中间有房屋，田边地头长瓜蔬。削皮切块腌咸菜，献给伟大老先祖。曾孙寿命长不老，皇天保佑赐福禄。

祭祀神灵用清酒，奉上公牛红如枣。清酒牛肉敬祖考。手中拿起銮铃刀，拨开牺牲项下毛，取出牛血牛脂膏。

举行冬祭献佳肴，香气四溢真芬芳。祭事办得很漂亮，先祖到来多赞赏。降下大福作报偿，赐你大寿永无疆。

【鉴赏】

这首一首冬祭祖先的乐歌。从诗的叙述次序上可以看出，周人敬重祖先和神灵，同时也非常注重主观努力的作用，这正是敬天与保民思想的结合。周人以农立国，奉播植百谷的农神后稷为始祖，那么在这年终的祭歌中着力歌唱农事，也就是很自然的事了。

甫田

【原典】

倬彼甫田①，岁取十千。我取其陈，食我农人。自古有年。今适南亩，或耘或耔。黍稷薿薿②。攸介攸止，烝我髦士。

以我齐明，与我牺羊，以社以方。我田既臧，农夫之庆。琴瑟击鼓，以御田祖。以祈甘雨，以介我稷黍，以穀我士女。

曾孙来止，以其妇子。馌彼南亩③，田畯至喜。攘其左右，尝其旨否。禾易长亩，终善且有。曾孙不怒，农夫克敏。

曾孙之稼，如茨如梁④。曾孙之庾⑤，如坻如京。乃求千斯仓，乃求万斯箱。黍稷稻粱，农夫之庆。报以介福，万寿无疆！

【注释】

①倬（zhuō）：大，广阔。②薿薿（nǐ）：茂繁的样子。③馌（yè）：送饭。④茨（cì）：草屋的屋顶。⑤庾（yǔ）：粮仓。

【译文】

大田一片广无垠，每年收粮千万斤。我取仓中陈谷子，一一分配养农民，从古都有好收成。今往南亩去视察，农人除草培禾根，黍稷茂盛密如林。庄稼长大得丰收，田官进献多殷勤。

黄米高粱满盆装，更有纯色大公羊，祭祀土地祭四方。我的田地收成好，赏赐农夫喜洋洋。弹奏琴瑟又打鼓，迎接田祖大驾降。祈求老天降甘雨，助我黍稷好成长，我家男女得抚养。

曾孙来到大田里，农夫带领妻和子，齐往南郊送饭食。田官看了心欢喜，取来左右饭和菜，尝尝好吃不好吃。禾苗茂盛长满田，又好又多难数计。曾

孙不恼很满意，农夫敏捷多努力。

曾孙庄稼收成好，厚如屋盖又如桥。曾孙粮囤个个满，好比山丘堆积高。准备粮仓千百间，要求车厢成万套。黍稷稻粱都不少，赏赐农夫乐陶陶。神降大福作回报，万寿无疆永不消。

【鉴赏】

这是周王祭祀方社田祖的祈年乐歌，写出了上古时期先民对农业的重视。全诗四章，第一章首述大田农事；第二章写了祈盼丰收和祭神仪式；第三章写周王在仪式之后的亲自督耕，末章写丰收景象及对周王的美好祝愿。

大　田

【原典】

大田多稼。既种既戒，既备乃事。以我覃耜①，俶载南亩②。播厥百谷，既庭且硕，曾孙是若。

既方既皁③，既坚既好，不稂不莠。去其螟螣，及其蟊贼，无害我田稚。田祖有神，秉畀炎火。

有渰萋萋④，兴雨祈祈。雨我公田，遂及我私。彼有不获稚，此有不敛穧⑤；彼有遗秉，此有滞穗，伊寡妇之利。

曾孙来止，以其妇子。馌彼南亩，田畯至喜。来方禋祀，以其骍黑，与其黍稷。以享以祀，以介景福。

【注释】

①耜（sì）：古代一种似犁的农具。②俶（chù）：开始。③皁（zào）：谷实已经结成的状态。④渰（yǎn）：乌云密布。⑤穧（jì）：收割。

【译文】

大田宽广作物多，选了种子修家伙，事前准备都完妥。掮起我那锋快犁，开始田里干农活。播下黍稷诸谷物，苗儿挺拔又壮茁，曾孙称心好快活。

庄稼抽穗已结实，籽粒饱满长势好，没有稂草和莠草。除去青虫和丝虫，蝗虫和它的同伙，别祸害我的幼禾。多亏农神来保佑，把它们投进大火。

凉风凄凄云满天，小雨飘下细绵绵。好雨落在公田里，私田同时也沾到。那儿谷嫩不曾割，这儿漏了几株谷；那儿禾把有遗落，这儿有谷穗抛撒，舍给孤苦寡妇家。

曾孙视察已来临，碰上农妇孩子们。把饭送到田里来，田官来了也欢喜。曾孙来到正祭神，黄牛黑猪案上陈，还有稷子和黄米。奉请诸神来受祭，祈求赐福无限量。

【鉴赏】

这是一首记录西周农事的诗。第一章写农夫耕作播种，嘉谷生长；第二章写清除虫害，谷粒坚好；第三章写雨水调和，收获丰盛；第四章写周王犒劳农夫，祭神求福。这首诗主要运用了白描手法，为我们勾勒出一幅上古时代农业生产方面的民情风俗画卷，给人以无穷的回味。

瞻彼洛矣

【原典】

瞻彼洛矣，维水泱泱。君子至止，福禄如茨①。韎韐有奭②，以作六师。

瞻彼洛矣，维水泱泱。君子至止，鞞琫有珌③。君子万年，保其家室。

瞻彼洛矣，维水泱泱。君子至止，福禄既同。君子万年，保其家邦。

【注释】

①茨（cì）：多的意思。②韎韐（mèi gé）：红色皮制蔽膝。奭（shì）：赤红色。③鞞琫（bǐ běng）：有纹饰的刀鞘。珌（bì）：刀鞘末端的饰品。

【译文】

看那奔流的洛水，浩浩茫茫地流淌。君王大驾已光临，福如屋盖多无量。熟皮蔽膝赤又黄，六军振作练武忙。

看那奔流的洛水，浩浩茫茫地流淌。君王大驾已光临，刀鞘玉饰真漂亮。君子寿命万年长，永保室家得安康。

看那奔流的洛水，浩浩茫茫地流淌。君王大驾已光临，福禄齐备世无双。君子寿命万年长，永保家富国更强。

【鉴赏】

这首诗旨在赞美周王会诸侯于东都，戎服讲武，保卫家邦，使周室有中兴气象。这应是周宣王时代之诗，因为宣王曾派方叔、召虎、仲山甫、尹吉甫等人北伐猃狁，南征荆蛮、淮夷、徐戎。诗以“保其家邦”收尾，深刻表明此次讲习武事的主要目的。

裳裳者华

【原典】

裳裳者华，其叶湑兮[①]。我觏之子，我心写兮。我心写兮，是以有誉处兮。

裳裳者华，芸其黄矣[②]。我觏之子，维其有章矣。维其有章矣，是以有庆矣。

裳裳者华，或黄或白。我觏之子，乘其四骆。乘其四骆，六辔沃若[③]。

左之左之，君子宜之。右之右之，君子有之。维其有之，是以似之。

【注释】

①湑（xǔ）：茂盛的样子。②芸：指花叶发黄。③沃若：形容威仪之盛。

【译文】

花儿朵朵多鲜明，叶儿青青真茂盛。我遇见了那个人，我的心啊真舒畅。心里实在很高兴，有个安乐好家庭。

花儿朵朵多辉煌，颜色鲜艳似金黄。我遇见了那个人，他的服饰有纹章。服饰华美有纹章，从此喜庆得吉祥。

色彩鲜明朵朵花，有黄有白都不差。我遇见了那个人，驾着黑鬣白色马。驾着黑鬣白色马，六条缰绳有光华。

要向左啊就向左，君子应付很适宜。要向右啊就向右，君子发挥有余地。因他发挥有余地，祖宗事业得继承。

【鉴赏】

这是一首描写爱情的诗，写出了诗中女子对她所爱贵族青年的深切爱恋。

整首诗以花起兴，赞颂人物之美，节奏变化有致，读来兴味盎然，确是一首轻松欢快的诗。

桑扈

【原典】

交交桑扈，有莺其羽。君子乐胥，受天之祜①。

交交桑扈，有莺其领。君子乐胥，万邦之屏。

之屏之翰，百辟为宪。不戢不难②，受福不那。

兕觥其觩③，旨酒思柔。彼交匪敖，万福来求。

【注释】

①祜（hù）：福气。②戢（jí）：敛，聚。③觩（qiú）：角弯曲的样子。

【译文】

青雀鸟飞来飞去，羽毛鲜明颜色好。君子快乐多逍遥，受天赐福真不少。

青雀鸟飞来飞去，颈项花纹真漂亮。君子快乐喜洋洋，保卫万国是屏障。

他是屏障是栋梁，诸侯把他当榜样。不敛财不招忌恨，受天赐福无限量。

牛角杯弯弯曲曲，斟美酒又香又甜。不急躁来不傲慢，福禄聚集千千万。

【鉴赏】

这是一首周天子宴请诸侯的诗。诗的前两章均以“交交桑扈”起兴，这是《诗经》中常用的表现手法，用一种普通自然物象引出全诗所要记叙的事件或抒发的感情，从而使人在不可言传中获得联想和意会的妙趣，这种表现手法的运用，使作品的生动性大大加强。

鸳鸯

【原典】

鸳鸯于飞，毕之罗之。君子万年，福禄宜之。

鸳鸯在梁，戢其左翼[①]。君子万年，宜其遐福[②]。

乘马在厩，摧之秣之[③]。君子万年，福禄艾之[④]。

乘马在厩，秣之摧之。君子万年，福禄绥之。

【注释】

①戢（jí）：插。②遐（xiá）：长久。③摧（cuò）：铡碎的草。④艾：养育。

【译文】

鸳鸯鸟儿双双飞，捕它用网又用毕。好人万年寿而康，福禄一同来安享。

鸳鸯双双在鱼梁，嘴巴插进左翅膀。好人万年寿而康，一生幸福绵绵长。

四匹马儿在马房，又喂草料又喂粮。好人万年寿而康，福禄把他来滋养。

四匹马儿拴马槽，又喂粮食又喂草。好人万年寿而康，福禄齐享永相保。

【鉴赏】

这是一首祝贺贵族新婚的诗。全诗四章，前二章以鸳鸯匹鸟兴夫妇爱慕之情，赞美男女双方才貌匹配，爱情忠贞；后二章以摧秣乘马兴结婚亲迎之礼，祝福其生活富足美满。

頍　弁

【原典】

有頍者弁[①]，实维伊何？尔酒既旨，尔肴既嘉。岂伊异人？兄弟匪他。茑与女萝[②]，施于松柏。未见君子，忧心奕奕[③]；既见君子，庶几说怿。

有頍者弁，实维何期？尔酒既旨，尔肴既时。岂伊异人？兄弟具来。茑与女萝，施于松上。未见君子，忧心怲怲[④]；既见君子，庶几有臧。

有頍者弁，实维在首。尔酒既旨，尔肴既阜。岂伊异人？兄弟甥舅。如彼雨雪，先集维霰[⑤]。死丧无日，无几相见。乐酒今夕，君子维宴。

【注释】

①頍（kuǐ）：戴帽子的样子。②茑（niǎo）：菟丝花，一种蔓生植物。③奕奕（yì）：心神不宁的样子。④怲怲（bǐng）：忧愁不安的样子。⑤霰

(xiàn)：指雪珠。

【译文】

头上高高戴皮帽，为何将它戴头顶？你的酒浆都甘醇，你的肴馔是珍品。座中难道有外人？都是兄弟同赴宴。桑上寄生茑丝子，松柏树上相攀援。没有见到君子时，满怀郁闷愁难散。如今已经见君子，荣幸相聚真喜欢。

头上高高戴皮帽，何事将它戴头顶？你的酒浆都甘醇，你的肴馔是佳品。来的哪里有外人？哥哥弟弟都来到。桑上寄生茑丝草，爬上松柏相缠绕。没有见到君子时，心里忧烦似火烧。如今已经见君子，满怀喜悦心境好。

鹿皮礼帽真漂亮，头戴皮帽多晶莹。你的美酒香且甜，你家菜肴多又精。难道座中是外人？不是兄弟即舅甥。好比冬天要落雪，先下雪珠寒气凝。人生死丧难预料，时间无多难相见。不如今夜开怀饮，君子设宴都尽兴。

【鉴赏】

这是一首描写贵族宴饮的诗。全诗以赴宴者的口气写成，写出了宴席的丰盛，但在表面热闹的气氛中，却笼罩着一种悲观失望的情绪，这正是西周末年国家政治和奴隶主贵族走向衰亡的表现。

车　舝

【原典】

间关车之舝兮①，思娈季女逝兮。匪饥匪渴，德音来括。虽无好友，式燕且喜。

依彼平林，有集维鷮②。辰彼硕女，令德来教。式燕且誉，好尔无射。

虽无旨酒，式饮庶几；虽无嘉肴，式食庶几。虽无德与女，式歌且舞。

陟彼高冈，析其柞薪；析其柞薪，其叶湑兮。鲜我觏尔，我心写兮。

高山仰止，景行行止③。四牡騑騑④，六辔如琴。觏尔新婚，以慰我心。

【注释】

①舝（xiá）：车轴两头的键。②鷮（jiāo）：一种长尾野鸡。③景行（háng）：大道。④騑騑（fēi）：马一直前行。

【译文】

车辖转动间关响，少女出嫁做新娘。不是饥来不是渴，有德淑女来会合。虽然没有好朋友，宴饮相庆自快乐。

平地树林多茂密，长尾野鸡树上栖。漂亮姑娘及时嫁，德行良好有教养。宴饮相庆真愉悦，爱意不绝情绵长。

虽然没有那好酒，但愿你能喝一盏。虽然桌上没佳肴，希望大家要吃饱。虽无美德相配你，请来唱歌把舞跳。

登上高高那山冈，柞枝劈来当柴烧。劈下柞树当柴烧，树上枝繁叶又茂。今日相遇多美好，了却相思乐陶陶。

高山抬头看得清，平坦大道能纵驰。驾起四马快快行，挽缰如调琴弦丝。今遇新婚好娘子，安慰我心暖如春。

【鉴赏】

这是一首写迎亲的诗，表现了诗人新婚的快乐和幸福。诗的结构跌宕，抒情手法十分丰富，有时直抒胸臆，有时借景抒情，是《雅》诗中优秀的抒情诗篇。

青　蝇

【原典】

营营青蝇[①]，止于樊[②]。岂弟君子，无信谗言。

营营青蝇，止于棘。谗人罔极[③]，交乱四国。

营营青蝇，止于榛。谗人罔极，构我二人。

【注释】

①营营：拟声词，犹“嘤嘤”。②樊：篱笆。③罔极：指行为不轨。

【译文】

苍蝇乱飞嗡嗡响，落在院间篱笆上。和蔼可亲的君子，切莫把谗言听信。

苍蝇乱飞嗡嗡响，落在庭前枣树上。进谗言图谋不轨，把四方搞得纷乱。

苍蝇乱飞嗡嗡响，只只落在榛树上。进谗言图谋不轨，让你我相互猜忌。

【鉴赏】

这是一首斥责进谗者的诗。诗中用苍蝇来比喻专进谗言的人，这是十分贴切的。全诗三章，均以“营营青蝇”起兴，把进谗者的卑劣丑态表现得淋漓尽致。

宾之初筵

【原典】

宾之初筵，左右秩秩。笾豆有楚，殽核维旅。酒既和旨，饮酒孔偕。钟鼓既设，举酬逸逸。大侯既抗，弓矢斯张。射夫既同，献尔发功。发彼有的，以祈尔爵。

籥舞笙鼓[①]，乐既和奏。烝衎烈祖[②]，以洽百礼。百礼既至，有壬有林。锡尔纯嘏[③]，子孙其湛。其湛曰乐，各奏尔能。宾载手仇，室人入又。酌彼康爵，以奏尔时。

宾之初筵，温温其恭。其未醉止，威仪反反。曰既醉止，威仪幡幡。舍其坐迁，屡舞仙仙。其未醉止，威仪抑抑；曰既醉止，威仪怭怭。是曰既醉，不知其秩。

宾既醉止，载号载呶[④]。乱我笾豆，屡舞僛僛[⑤]。是曰既醉，不知其邮。侧弁之俄，屡舞傞傞[⑥]。既醉而出，并受其福。醉而不出，是谓伐德。饮酒孔嘉，维其令仪。

凡此饮酒，或醉或否。既立之监，或佐之史。彼醉不臧，不醉反耻。式勿从谓，无俾大怠。匪言勿言，匪由勿语。由醉之言，俾出童羖。三爵不识，矧敢多又[⑦]。

【注释】

①籥（yuè）舞：执籥而舞。②衎（kàn）：娱乐。③纯嘏（gǔ）：指大福。④呶（náo）：喧哗。⑤僛僛（qī）：身体歪斜的样子。⑥傞傞（suō）：乱舞不止的样子。⑦矧（shěn）：况且。

【译文】

客人开始入筵席，左右应接有礼仪。食器放置很整齐，鱼肉瓜果摆那里。

既然好酒甘又醇，满座宾客快喝起。钟鼓都已悬设好，往来敬酒依次递。箭靶已经高高举，弓已张开箭已持。射夫已经配成对，人人尽力献射艺。发箭射中那靶心，你饮罚酒我暗喜。

籥舞吹笙又击鼓，音乐演奏很协调。进献乐舞娱祖宗，礼数周到情意厚。各种礼节都已尽，隆重丰富说不够。神灵赐你大福气。子子孙孙乐陶陶。人人快乐又欢喜，看谁射箭本领高。客人已把对手找，主人相陪射一遭。斟酒装满那空杯，献给中的那射手。

客人开始入筵席，温良恭谨堪赞叹。他们还没喝醉时，态度慎重又恭谦。一旦已经喝醉了，行为不检态度变。离开座位随处转，兴高采烈舞蹁跹。有的喝酒还未醉，态度庄重又安闲。一旦已经喝醉酒，庄重威严尽荡然。因为大醉现丑态，不知规矩全紊乱。

客人已经喝醉了，有的喊来有的叫。我的笾豆被打乱，手舞足蹈偏又倒。这是真的喝醉了，行为错误全不晓。头上皮帽歪着戴，没完没了把舞跳。如果醉了就出去，大家受福真不少。如果醉了还不走，就是缺德太不好。饮酒本来很不错，只是应有好礼貌。

所有这种喝酒人，一些醉倒一些醒。设立酒监来监督，又立酒史记事情。酗酒本来是坏事，不醉反说你不行。不要跟着多劝酒，以免失礼瞎胡闹。不该说的别乱说，没有根据别乱道。依着醉汉胡乱言，会使公羊不长角。不懂饮礼限三杯，怎敢劝他再满斟？

【鉴赏】

这是一首写贵族饮酒的诗，展现了两千多年前的饮宴场面。诗人以对比手法，讽刺了统治贵族的饮酒无度，失礼败德，揭露了贵族喝醉之后的种种丑态。

鱼　藻

【原典】

鱼在在藻，有颁其首[①]。王在在镐，岂乐饮酒[②]。

鱼在在藻，有莘其尾[③]。王在在镐，饮酒乐岂。

鱼在在藻，依于其蒲。王在在镐，有那其居。

【注释】

①颁（fén）：头大的样子。②岂（kǎi）：欢乐。③莘（shēn）：尾巴长。

【译文】

鱼在水藻把身藏，大头露在水面上。王在哪儿在京镐，欢饮美酒真自在。

鱼儿藏在水藻下，水面露出长尾巴。王在哪儿在京镐，欢饮美酒真逍遥。

鱼儿藏在水藻边，贴着蒲草四处穿。王在哪儿在京镐，所居安乐好地方。

【鉴赏】

这首诗描写的是周王在镐京欢饮美酒，悠然自得之乐，在欢快的语言中展现了君民同乐的主题。诗的语言朴实而清新，总体风格与民谣相近。

采　菽

【原典】

采菽采菽，筐之莒之[①]。君子来朝，何锡予之？虽无予之，路车乘马。又

何予之？玄衮及黼[2]。

觱沸槛泉[3]，言采其芹。君子来朝，言观其旂。其旂淠淠，鸾声嘒嘒。载骖载驷，君子所届。

赤芾在股，邪幅在下。彼交匪纾[4]，天子所予。乐只君子，天子命之。乐只君子，福禄申之。

维柞之枝，其叶蓬蓬。乐只君子，殿天子之邦。乐只君子，万福攸同。平平左右，亦是率从。

泛泛杨舟，绋纚维之[5]。乐只君子，天子葵之。乐只君子，福禄膍之[6]。优哉游哉，亦是戾矣！

【注释】

①莒（jiǔ）：圆形的筐。②衮（gǔn）：有卷龙图纹的衣服。黼（fǔ）：黑白相间的朝服。③觱（bì）沸：泉水上涌的样子。④纾（shū）：怠慢。⑤绋（fú）：系船的麻绳。纚（lí）：拉船的竹索。⑥膍（pí）：厚赐。

【译文】

采大豆呀采大豆，装到圆篓方筐里。诸侯君子来朝见，王用什么赏赐他？纵没什么将他赠，路车驷马给他乘。此外又赐啥东西？黑袍画龙裳绣花。

泉水沸腾涌向前，采摘芹菜在泉边。诸侯君子来朝见，看那旗帜渐渐近。他们旗帜猎猎扬，鸾铃传来真动听。驾上三匹四匹马，君子到来气宇轩。

红色护膝大腿上，裹腿在下斜着绑。不骄傲也不怠惰，天子给予赏赐多。君子心情多快乐，天子命他作辅佐。诸侯君子真快乐，又有福禄赐予他。

柞树枝条一丛丛，叶儿繁茂郁葱葱。君子心情多快乐，镇抚四方立大功。君子心情多快乐，万般福禄都集中。左右臣下也干练，君子命令能遵从。

杨木船儿水中漂，索缆系住不会跑。诸侯君子真快乐，天子量才用以道。诸侯君子真快乐，福禄厚赐好关照。从容不迫很自在，生活安定多逍遥。

【鉴赏】

这首诗描述的是诸侯朝见周王，周王给予各种赏赐的场面。从整体来看，全诗主要用赋法，语言上欢快生动，为读者再现了一幅春秋时代诸侯朝见天子时的真实历史画卷。

角弓

【原典】

骍骍角弓[①]，翩其反矣。兄弟婚姻，无胥远矣。

尔之远矣，民胥然矣。尔之教矣，民胥效矣。

此令兄弟，绰绰有裕。不令兄弟，交相为瘉[②]。

民之无良，相怨一方，受爵不让；至于已斯亡。

老马反为驹，不顾其后。如食宜饇[③]，如酌孔取。

毋教猱升木[④]，如涂涂附。君子有徽猷[⑤]，小人与属。

雨雪瀌瀌，见晛曰消[⑥]。莫肯下遗，式居娄骄。

雨雪浮浮，见晛曰流。如蛮如髦[⑦]，我是用忧。

【注释】

①骍骍（xīn）：调和弓弦。②瘉（yù）：病。③饇（yù）：饱。④猱（náo）：一种猿类（5）徽：美好。猷：道。⑥晛（xiàn）：日气。⑦髦（máo）：西南部族名。

【译文】

角弓调整很方便，弦弛便向反面转。兄弟婚姻一家人，互相千万莫疏远。

你和兄弟相疏远，百姓都会跟着干。你是这样去教导，大家也会跟着干。

彼此和睦亲兄弟，相互宽容能包涵。如果兄弟不良善，互相伤害生祸患。

有人行为不善良，互相指责怨对方。接受爵禄不谦让，轮到自己道理忘。

老马当做马驹使，不念后果会如何。如给饭吃要吃饱，酌酒最好量适合。

莫教猴子树上爬，莫在泥上涂泥巴。君子如有好办法，小人就会追随他。

大雪纷纷满天飘，一见阳光全融消。小人不肯示谦恭，反而屡屡要骄傲。

大雪纷纷飘不休，太阳一出化水流。小人愚昧如蛮夷，我为此事心忧愁。

【鉴赏】

这首诗旨在告诫贵族统治者不要疏远兄弟亲戚而亲近谗佞小人。全诗八章，比喻运用非常新奇，给人一种“光怪陆离”的感觉，需要仔细诵读才能发现各章之间的脉络流动，领悟到里面那种酣畅的激情。

菀　柳

【原典】

有菀者柳[1]，不尚息焉。上帝甚蹈，无自昵焉[2]。俾予靖之[3]，后予极焉。

有菀者柳，不尚愒焉[4]。上帝甚蹈，无自瘵焉[5]。俾予靖之，后予迈焉。

有鸟高飞，亦傅于天。彼人之心，于何其臻？曷予靖之，居以凶矜[6]。

【注释】

①菀（yù）：茂盛。②昵（nì）：病。③靖：谋划。④愒（qì）：休息。⑤瘵（zhài）：也是病的意思。⑥矜：危险的处境。

【译文】

有棵柳树很茂盛，树下不可去休息。上帝变化太无常，切莫接近讨晦气。先前使我理国事，后来贬我到远地。

有棵柳树很茂盛，树下不可去歇凉。上帝变化太无常，切莫接近招祸殃。先前使我理国事，后来却把我流放。

有只鸟儿高高飞，展翅直上九霄天。那人心事太难测，险恶到什么境界？为啥让我理国事？却叫无端遭凶险。

【鉴赏】

这首诗写的是一位大臣参政有功却被撤职流放。诗以“菀柳”下不得休息起兴，比喻君王的道德衰微，充满了怨愤和伤悼的语气。

都人士

【原典】

彼都人士，狐裘黄黄。其容不改，出言有章。行归于周，万民所望。

彼都人士，台笠缁撮[1]。彼君子女，绸直如发。我不见兮，我心不说。

彼都人士，充耳琇实[2]。彼君子女，谓之尹吉。我不见兮，我心苑结[3]。

彼都人士，垂带而厉。彼君子女，卷发如虿[4]。我不见兮，言从之迈。

匪伊垂之，带则有余。匪伊卷之，发则有旟。我不见兮，云何盱矣[5]！

【注释】

①缁撮（cuō）：青布冠。②琇（xiù）：一种宝石。③苑（yùn）结：郁结。④虿（chài）：即蝎子。⑤盱（xū）：忧伤。

【译文】

那些京都的人士，狐皮袍子颜色黄。仪容端庄有风度，话儿出口成文章。行为举止合忠信，天下人民尽向往。

那些京都的人士，草笠布帽戴头上。那位贵族女公子，满头青丝密又长。如今我都见不到，心里不快难开颜。

那些京都的人士，充耳宝石亮晶晶。那位贵族女公子，尹氏姞氏有芳名。我有多日见不到，心里忧闷不得宁。

那些京都的人士，衣带下垂随风飘。那位贵族女公子，发如蝎尾高高翘。我有多时见不到，但愿日日随她跑。

不是他要把带垂，衣带本该有余长。不是她要把发卷，头发本该向上扬。如今我都见不到，为之四顾心忧伤。

【鉴赏】

这是一首怀念京都人物的作品。诗人着重赞美了男士的才德仪容和女子的娴雅美丽。全诗五章，每章六句，皆用赋法，平淡的叙述中寄寓着浓烈的感情。

采　绿

【原典】

终朝采绿，不盈一匊[1]。予发曲局，薄言归沐。

终朝采蓝，不盈一襜[2]。五日为期，六日不詹。

之子于狩，言韔其弓[3]。之子于钓，言纶之绳。

其钓维何？维鲂及鱮。维鲂及鱮，薄言观者。

【注释】

①匊（jū）：即“掬”，两手合捧。②襜（chān）：指衣服遮着前面的部分，蔽膝或前裳。③韔（chàng）：弓箭袋。

【译文】

整天在外采荩草，王刍不满两只手。我的头发卷又曲，我要回家洗洗头。

整天在外采蓼蓝，兜起前裳盛不满。他说五天就见面，过了六天不回还。

往后那人去打猎，我要跟他收弓箭。往后那人去钓鱼，我要跟他理丝线

他所钓的是什么？鳊鱼鲢鱼真不错。鳊鱼鲢鱼真不错，钓来竟有这么多。

【鉴赏】

这是一首写丈夫行役在外，妻子在家思念的诗。全诗四章，前两章是实写，刻画情思细致入微；后两章是虚写，幻想丈夫归来后要紧紧追随他，再也不和他分开，这种想象更加透露出别离之苦。

黍　苗

【原典】

芃芃黍苗[①]，阴雨膏之。悠悠南行，召伯劳之。

我任我辇[②]，我车我牛。我行既集，盖云归哉！

我徒我御，我师我旅。我行既集，盖云归处！

肃肃谢功[③]，召伯营之。烈烈征师，召伯成之。

原隰既平[④]，泉流既清。召伯有成，王心则宁。

【注释】

①芃芃（péng）：繁盛的样子。②辇：挽车。③肃肃：严正的样子。④隰（xí）：低湿的地方。

【译文】

黍苗生长很茁壮，绵绵阴雨来滋养。战士南行道路遥，幸有召伯来慰劳。

我们挑担又挽辇，我们驾车把牛牵。出行任务已完成，何不今日回家走。

我们步行又驾车，整好队伍就开拔。出行任务已完成，何不今日回家去。

建成谢邑多严正，召伯苦心来经营。威武师旅去施工，召伯经心来组成。
平原洼地都平整，泉流疏浚水已清。召伯事业已完成，周王心里得安宁。

【鉴赏】

这是一首诗纪实性的作品。要想对作品有较为深刻的理解，需要了解一些史实。这首诗是宣王时徒役赞美召穆公营治谢邑之功的作品，宣王为了加强对南方各族的攻守控制，便把他的母舅申伯封到“谢”这个地方，并命召伯虎带领徒役之众前往经营谢邑。这首诗是在营建任务圆满完成的时候，由随行者所作。

隰　桑

【原典】

隰桑有阿①，其叶有难②。既见君子，其乐如何！
隰桑有阿，其叶有沃。既见君子，云何不乐！
隰桑有阿，其叶有幽③。既见君子，德音孔胶④。
心乎爱矣，遐不谓矣？中心藏之，何日忘之！

【注释】

①隰（xí）：低湿之处。阿（ē）：通“婀”，美。②难：通“娜”，茂盛。③幽：通“黝”，色青而近黑。④孔胶：非常缠绵。

【译文】

低洼田里桑树美，桑树叶子多丰满。见着了我的人儿，我的心多么喜欢！
低洼田里桑树美，桑树叶子绿汪汪。见着了我的人儿，怎么不心花开放！
低洼田里桑树美，桑树叶子青幽幽。见着了我的人儿，情意啊胶漆难分。
爱你啊爱在心里，为什么总不敢提？心中把他深藏起，哪天对他能忘记？

【鉴赏】

这首诗是一个女子的爱情自白，是《小雅》中少有的几篇爱情诗之一。诗中“中心藏之，何日忘之”两句叙情可谓一波三折，具有极大概括力，是千古传颂的名句。

白　华

【原典】

白华菅兮[1]，白茅束兮。之子之远，俾我独兮！

英英白云，露彼菅茅。天步艰难，之子不犹。

滮池北流[2]，浸彼稻田。啸歌伤怀，念彼硕人。

樵彼桑薪，卬烘于煁[3]。维彼硕人，实劳我心！

鼓钟于宫，声闻于外。念子懆懆[4]，视我迈迈[5]。

有鹙在梁，有鹤在林。维彼硕人，实劳我心。

鸳鸯在梁，戢其左翼。之子无良，二三其德。

有扁斯石，履之卑兮。之子之远，俾我疧兮[6]。

【注释】

①菅（jiān）：一种多年生的草本植物。②滮（biāo）池：古代河流名。③卬（áng）：我。煁（shén）：可移动的炉灶。④懆懆（cǎo）：忧愁不安。⑤迈迈：不悦。⑥疧（qí）：忧愁至病。

【译文】

开白花的菅草呀，丝茅草儿捆成束。这人远远离我去，叫我心里多孤独！

天上朵朵白云飘，滋润野地菅和茅。怨我命运太艰难，这人无德又无道。

滮池之水向北流，灌溉稻子满地头。长啸高歌伤心怀，想念美人无时休。

砍下桑树做柴草，放进灶里烧火烤。想起那个漂亮人，叫我心里真烦恼。

宫内敲钟钟声沉，声音必定外面闻。想起你来心难安，你看见我却忿忿。

秃鹙就在鱼梁项，一群白鹤停树上。想起那个漂亮人，叫我心里多忧伤。

鱼梁上面有鸳鸯，嘴巴插进左翅膀。这人实在太不良，三心二意变花样。

垫脚石头扁又小，脚踩石上嫌不高。这个人儿远离去，使我忧愁病难消。

【鉴赏】

这是一首弃妇诗，全诗透露出凄婉的感情基调。从《诗经》中的众多弃妇诗可以看出，在当时的婚姻中，女性都处于极不平等的地位。本诗在结构安排方面颇有章法，诵读时有余音绕梁之感。

绵　蛮

【原典】

“绵蛮黄鸟[1]，止于丘阿。道之云远，我劳如何！”“饮之食之，教之诲之；命彼后车，谓之载之。”

“绵蛮黄鸟，止于丘隅[2]。岂敢惮行？畏不能趋。”“饮之食之，教之诲之；命彼后车，谓之载之。”

“绵蛮黄鸟，止于丘侧。岂敢惮行？畏不能极[3]。”“饮之食之，教之诲之；命彼后车，谓之载之。”

【注释】

①绵蛮：小鸟的模样。②丘隅：山丘的一角。③极：到达。

【译文】

小小一只黄莺鸟，栖息在那山坳中。道路漫长又遥远，我今行役多辛劳！给他喝来给他吃，又加教诲又鼓励。叫那随从的副车，让他坐上好休息。

小小一只黄莺鸟，栖息在那山角落。哪里是怕徒步走，就怕疲劳赶不及。给他喝来给他吃，又教诲来又鼓励。叫那随从的副车，让他坐上好休息。

小小一只黄莺鸟，栖息在那山丘旁。哪里是怕徒步走，就怕不能到终点。给他喝来给他吃，又教诲来又鼓励。叫那随从的副车，让他坐上拉他走。

【鉴赏】

这首诗写的是一个长途跋涉的旅人，正当他又累又渴之时，遇上了一位好心的贵族，把他载在车上，给他吃喝并让他休息。全诗三章，意思相差不多，都是在表达这份感激之情。

瓠　叶

【原典】

幡幡瓠叶[1]，采之亨之。君子有酒，酌言尝之。

有兔斯首，炮之燔之[2]。君子有酒，酌言献之。

有兔斯首，燔之炙之。君子有酒，酌言酢之[3]。

有兔斯首，燔之炮之。君子有酒，酌言酬之。

【注释】

①幡幡（fān）：反复翻动的样子。②炮（páo）：将带毛的动物裹上泥放在火上烧。燔（fán）：烤。③酢（zuò）：回敬。

【译文】

瓠瓜叶儿翻向上，摘下叶来煮菜汤。君子家中有美酒，斟满一杯请客品。

白头野兔正鲜嫩，或煨或烧味道鲜。君子家中有美酒，斟来敬向客人献。

白头野兔正鲜嫩，或烧或烤香喷喷。君子家中有美酒，宾客斟来敬主人。

白头野兔正鲜嫩，又是烧来又是煨。君子家中有美酒，斟满劝饮又一杯。

【鉴赏】

这是一首描写贵族宴会的诗，主人烹菜备酒，宾主互相酬酢。在这首诗中，读者既可以看到中华民族的饮食文化传统，也可以看到礼仪之邦所独有的尚礼民风和谦虚美德。

渐渐之石

【原典】

渐渐之石[1]，维其高矣。山川悠远，维其劳矣[2]。武人东征，不遑朝矣[3]。

渐渐之石，维其卒矣[4]。山川悠远，曷其没矣？武人东征，不遑出矣。

有豕白蹢[5]，烝涉波矣。月离于毕，俾滂沱矣。武人东征，不皇他矣。

【注释】

①渐渐（chán）：山石高峻的样子。②劳：广阔。③遑：闲暇。④卒：形容山势高而险。⑤蹢（dí）：兽蹄。

【译文】

这座山高峻险峭，高高地耸立入云。山高水长路途遥，日夜行军多辛劳。将士奉命去东征，紧急无暇等天明。

这座山高峻险峭，陡峭得难以攀爬。山高水长路遥远，哪年哪月能走完？

将士奉命去东征，无暇出险真艰难。

野猪蹄上白毛生，成群结队淌水行。天边月亮近毕星，滂沱大雨下不停。将士奉命去东征，其他事无暇照应。

【鉴赏】

这首诗旨在写东征战士征途险阻，艰苦备尝。全诗的情调与《国风》相近，可能是下级军官在途中所作，自述东征的劳苦，重点叙述了行军的艰难和紧张，而没有《毛诗序》所说“役久”的意思。

苕之华

【原典】

苕之华①，芸其黄矣②。心之忧矣，维其伤矣。

苕之华，其叶青青。知我如此，不如无生。

牂羊坟首③，三星在罶。人可以食，鲜可以饱。

【注释】

①苕（tiáo）：一种植物名，又名凌霄花。②芸：黄艳艳的样子。③牂（zāng）：母羊。坟：大。④罶（liǔ）：一种捕鱼工具。

【译文】

凌霄花儿正开放，黄艳艳多么繁茂。我的心儿正忧伤，无处排遣多悲伤。

凌霄花儿正开放，绿油油多么茂盛。早知会这样活着，有命还不如没有。

母羊瘦得脑袋大，三星照耀着空罶。那些有得吃的人，也少有填满饥肠。

【鉴赏】

这首诗写出了饥荒岁月里人们心中的绝望，诗人面对如此现实，痛感不如不出生为好。全诗三章，前两章以陵苕起兴，感叹花木的荣盛而叹人的憔悴；第三章直言百物凋耗，民不聊生，读起来倍感凄惨。

何草不黄

【原典】

何草不黄，何日不行。何人不将[1]，经营四方。

何草不玄，何人不矜[2]。哀我征夫，独为匪民。

匪兕匪虎，率彼旷野。哀我征夫，朝夕不暇。

有芃者狐[3]，率彼幽草。有栈之车，行彼周道。

【注释】

①将：行役。②矜（guān）：可怜。③芃（péng）：这里指狐尾的蓬松。

【译文】

什么草儿不枯黄，什么生活不奔忙，什么人不用出征，往来经营走四方。

什么草儿不腐烂，什么人儿不可怜。可怜我这行役人，过得简直不像人。

不是野牛和老虎，旷野里东奔西走。可怜我这行役人，早不息晚也不休。

有狐狸尾儿蓬松，青草里深深藏躲。有兵车高高大大，大路上匆匆赶过。

【鉴赏】

这是一首士兵们报怨出征劳苦的诗，读起来别有一份无奈中的苦楚。全诗四章，第一章写征伐不息；第二章写征夫们的悲惨处境；第三、四章写的是奔波之苦。

大雅

《大雅》共31篇，产生于西周时期，里面都是王公贵族的创作，没有平民的作品。《大雅》中的诗歌主要歌颂的是周王室祖先乃至武王、宣王等人的功绩，有些诗篇也反映了厉王、幽王的暴虐昏乱及其统治危机。

文　王

【鉴赏】

文王在上，於昭于天[①]。周虽旧邦，其命维新。有周不显，帝命不时。文王陟降，在帝左右。

亹亹文王[②]，令闻不已。陈锡哉周，侯文王孙子。文王孙子，本支百世。凡周之士，不显亦世。

世之不显，厥犹翼翼。思皇多士，生此王国。王国克生，维周之桢。济济多士，文王以宁。

穆穆文王，于缉熙敬止[③]。假哉天命，有商孙子。商之孙子，其丽不亿[④]。上帝既命，侯于周服。

侯服于周，天命靡常。殷士肤敏，裸将于京[⑤]。厥作裸将，常服黼冔[⑥]。王之荩臣[⑦]，无念尔祖。

无念尔祖，聿修厥德。永言配命，自求多福。殷之未丧师[⑧]，克配上帝。宜鉴于殷，骏命不易！

命之不易，无遏尔躬。宣昭义问[⑨]，有虞殷自天。上天之载，无声无臭。仪刑文王，万邦作孚。

【注释】

①於（wū）：叹词，表达赞美之情。②亹亹（wěi）：勤勉的样子。③缉熙：光亮，光明。④丽：数目。⑤裸（guàn）：古代的一种祭礼，在神主面前铺白茅，把酒浇茅上，像神在饮酒。⑥黼（fǔ）：黑白相间的衣服。

冔（xǔ）：殷商礼帽。⑦荩（jìn）臣：进用的臣子。⑧丧师：即丧失民心。⑨义问：指好的名声。

【译文】

文王在天有英灵，光辉照耀最显明。周岐虽然是旧邦，接受天命气象新。周家前途无限好，上苍旨意不违背。文王神灵升又降，常伴天帝在左右。

勤勉进取的文王，万古流芳美名扬。施恩布德兴周邦，后世子孙都为王。文王子孙相继传，嫡亲旁支百代昌。周家群臣和贵族，累世都光荣尊显。

累世都光荣尊显，谋事小心又周全。大臣众多都贤能，生在这个王国里。王国能把贤士生，都是周家栋梁臣。人才济济聚一堂，文王在天得安宁。

文王风度多庄重，光明磊落又恭敬。天命伟大不可违，殷商子孙都信听。殷商子孙数量多，成万成亿数不清。天帝已经降命令，臣服周朝顺天命。

殷商称臣服周王，可见天命本无常。殷商诸士多勤勉，助祭镐京登庙堂。他们助祭行灌礼，仍然穿戴殷时装。为王献身的忠臣，祖先功德不可忘。

祖先功德不可忘，德行修养要坚持。天命永远须配合，自己多多求福气。殷商未失民众时，行为也能配天帝。殷商灭亡应借鉴，天命不是不可变。

永保天命不容易，不要丧失在你身。美好声誉要发扬，殷朝兴亡有天命。天帝做事不可测，既无气味也无声。效法文王好榜样，万国臣服又尊敬。

【鉴赏】

《诗经》中有不少歌颂文王的诗篇，从思想性和艺术性来看，这首《文王》是其中比较成功的一篇。本诗的作者是西周王朝的政治代表人物——周公，诗的内容表达了重大的政治主题，对西周的统治阶级有着长远的政治意义。

大　明

【原典】

明明在下，赫赫在上。天难忱斯①，不易维王。天位殷适，使不挟四方。

挚仲氏任②，自彼殷商，来嫁于周，曰嫔于京。乃及王季，维德之行。

大任有身，生此文王。维此文王，小心翼翼。昭事天帝，聿怀多福。厥德不回，以受方国。

天监在下，有命既集。文王初载，天作之合。在洽之阳[3]，在渭之涘。

文王嘉止，大邦有子。大邦有子，俔天之妹[4]。文定厥祥，亲迎于渭。造舟为梁，不显其光。

有命自天，命此文王，于周于京。缵女维莘，长子维行，笃生武王。保右命尔，燮伐大商[5]。

殷商之旅，其会如林。矢于牧野："维予侯兴。天帝临女，无贰尔心！"

牧野洋洋，檀车煌煌，驷騵彭彭[6]。维师尚父，时维鹰扬。凉彼武王[7]，肆伐大商，会朝清明！

【注释】

①忱（chén）：相信。信任。②挚（zhì）：当时的一个诸侯国名，故址在今河南汝南一带。③洽（hé）：也作"合"、"郃"，水名，源出陕西合阳县，东南流入黄河，现称金水河。④俔（qiàn）：好比。⑤袭（xiè）伐：即袭击讨伐。⑥騵（yuán）：赤毛白腹的骏马。⑦凉：辅佐，辅助。

【译文】

明明人事在下边，赫赫显应在上天，天命无常又难测，当好国君实在难。上天让殷商覆灭，不能再号令四方。

挚国任家二姑娘，她的故乡在殷商。远行出嫁到周国，充当新娘在周京。她跟王季成夫妇，专做好事有美名。

大任不久有怀孕，生下伟大的文王。就是这个周文王，为人恭敬又谦让。敬畏天帝多虔诚，招来福禄无限量。品德纯正不邪僻，因此承业做国王。

上苍监察人间事，天命已经归周邦。文王当初即位时，上天为他找姻缘。她的家乡是合阳，就在渭水另一方。

文王举行了婚礼，大国女子是佳配。大国女子是佳配，貌似天仙多漂亮。纳下聘礼定吉祥，文王迎亲渭水边。聚集船只做桥梁，何等显赫的婚礼。

天帝有命从天降，命令降给周文王：建都周地兴周邦，莘国有女真漂亮，排行第一嫁文王，天降厚福生武王。上天保有命令他，联合诸侯伐大商。

讨伐殷商军容壮，旗帜招展密如林。武王牧野来誓师：唯我周朝定兴盛。

天帝日夜监视你，你们不要有二心。

牧野战场多辽阔，檀木兵车亮堂堂。四匹红马身强壮。三军统帅为尚父，好比雄鹰在飞翔。一心辅佐周武王，大举兴兵伐殷商，一到黎明都清平。

【鉴赏】

这是一首具有史诗性质的颂诗，歌颂了周人先祖讨伐殷商的壮举，当是周王朝贵族为歌颂自己祖先的功德而作。诗中虽然叙述了很多历史事件，但它并不是平铺直叙地叙事，其中既有情势的烘托，也有景象的渲染，尤其对牧野之战的描绘，更是有声有色。

绵

【原典】

绵绵瓜瓞①，民之初生，自土沮漆。古公亶父，陶复陶穴②，未有家室。

古公亶父，来朝走马。率西水浒，至于岐下。爰及姜女，聿来胥宇。

周原膴膴③，堇荼如饴④。爰始爰谋，爰契我龟；曰止曰时，筑室于兹。

乃慰乃止，乃左乃右；乃疆乃理，乃宣乃亩。自西徂东，周爰执事。

乃召司空，乃召司徒，俾立室家。其绳则直，缩版以载，作庙翼翼。

捄之陾陾⑤，度之薨薨⑥，筑之登登，削屡冯冯。百堵皆兴，鼛鼓弗胜。

乃立皋门，皋门有伉⑦。乃立应门，应门将将。乃立冢土，戎丑攸行。

肆不殄厥愠，亦不陨厥问⑧。柞棫拔矣，行道兑矣。混夷駾矣，维其喙矣⑨。

虞芮质厥成，文王蹶厥生。予曰有疏附，予曰有先后，予曰有奔奏，予曰有御侮。

【注释】

①瓞（dié）：小瓜。②陶：即窑灶。③膴膴（wǔ）：土地肥沃。④堇（jǐn）：一种野生植物，可以食用。饴（yí）：用米芽或麦芽熬制而成的糖浆。⑤捄（jiū）：聚土和盛土的动作。陾陾（réng）：众多的样子。⑥度（duó）：向版内填土。⑦伉（kàng）：高。⑧陨（yǔn）：失。⑨喙（huì）：困极的样子。

【译文】

大瓜小瓜连成片，周民诞生渐发达，杜水沮漆是老家。古公亶父创业难，挖窑掏洞御风寒，那时候还没房子。

古公亶父忙视察，早晨赶着他的马，顺着渭水向西奔，来到岐山山脚下。和他的姜氏夫人，来找地方重安家。

周原土地真肥美，堇菜苦菜都像糖。大伙儿有了商量，刻龟占卜求吉祥，卜辞说此地可居，就在这里盖新房。

安心定居在岐山，或左或右把地分，经营田亩划疆界，挖沟泄水修田塍。从西到东南到北，人人干活都有份。

任命司空管工程，土地劳力司徒掌，吩咐他们造房屋。拉紧绳子吊直线，帮上木板栽木桩，建造一座大庙宇。

盛起土来满满装，填起土来轰轰响。捣土声音噔噔噔，削墙声音呼呼呼。百堵墙同时筑起，擂大鼓听不见响。

立起王都的郭门，那是多么的雄伟。立起王宫的正门，又是多么的壮美。大社坛也建立起，大家都来祈吉祥。

对敌愤怒未消除，民族声望依然在。拔去柞树和棫树，打通往来的道路。混夷望风而奔逃，他们尝到了痛苦。

虞芮两国不相争，文王感化改其性。我有贤臣来归附，又有良才辅国政，我有良士奔四境，我有猛将来御敌。

【鉴赏】

这是周人记述其祖先古公亶父事迹的诗，全诗就像是一幅幅结构清晰的连环画，生动细腻地记录了古公亶父带领周民迁徙岐山，建立家园，驱逐混夷，任用贤臣，使周族逐渐强大的全过程。尤其是对周民劳动场景的描述，成为了解我国古代人民生活状况的重要历史资料。

棫　朴

【原典】

芃芃棫朴[①]，薪之槱之[②]。济济辟王[③]；左右趣之。

济济辟王，左右奉璋。奉璋峨峨，髦士攸宜。
淠彼泾舟④，烝徒楫之。周王于迈，六师及之。
倬彼云汉⑤，为章于天。周王寿考，遐不作人？
追琢其章⑥，金玉其相。勉勉我王，纲纪四方。

【注释】

①芃（péng）芃：植物茂盛的样子。②槱（yǒu）：把木柴堆积起来，点火以祭天神。③辟王：君王，这里指周文王。④淠（bì）：船只摇晃前行的样子。⑤倬（zhuō）：广大。⑥追（duī）：雕琢。

【译文】

棫树朴树多茂盛，劈作柴烧火势旺。君王仪态多端庄，左右群臣奔走忙。
君王仪态最端庄，左右群臣璋瓒捧。手捧璋瓒仪容壮，国士得体是贤俊。
泾水船儿顺流行，众人划桨齐用劲。周王挥师去伐崇，六军跟随军容盛。
宽广银河漫无边，光带灿烂贯高天。万寿无疆我周王，培养人才谋虑全。
雕琢修饰成文章，质如金玉最精良。我王勤奋又努力，条理分明治四方。

【鉴赏】

这是一首对周王的颂歌，歌颂了周文王能任用贤人，征伐诸侯，治理四方。全诗五章，每章四句，除第二章外，其余四章均以兴为发端，这在《大雅》中并不多见。

旱　麓

【原典】

瞻彼旱麓，榛楛济济①。岂弟君子，干禄岂弟。
瑟彼玉瓒②，黄流在中。岂弟君子，福禄攸降。
鸢飞戾天③，鱼跃于渊。岂弟君子，遐不作人。
清酒既载，骍牡既备④。以享以祀，以介景福。
瑟彼柞棫，民所燎矣。岂弟君子，神所劳矣⑤。
莫莫葛藟，施于条枚⑥。岂弟君子，求福不回⑦。

【注释】

①榛楛（hù）：两种灌木名。②瑟：鲜亮的样子。③鸢（yuān）：鸷鸟名。④骍（xīn）牡：红色的公牛。⑤劳（lào）：保佑。⑥施（yì）：蔓延。⑦回：邪僻。

【译文】

瞧那旱山山脚下，榛树楛树多茂密。和乐平易好君子，求得福禄心欢喜。

鲜洁玉把金勺子，金勺中鬯酒满溢。和乐平易好君子，大福大禄赐予你。

鹞子高高飞天上，鱼儿摇尾在深渊。和乐平易好君子，培育人才作贡献。

清醇甜酒已满斟，红色公牛作牺牲。祭祀神灵齐献上，祈求大福快来到。

柞树棫树多茂盛，人们焚烧祭上天。和乐平易好君子，神灵抚慰保平安。

茂茂密密野葡萄，爬满树干和枝条。和乐平易好君子，求福从不违正道。

【鉴赏】

这同样是一首对周王的颂歌。此诗全篇共六章，每章四句，从内容来看，此诗是由一场祭祀写起，继而写周王能培养造就人才，歌颂了他以“德”化育人才，使国家稳定昌盛，四方归附的伟大功绩。

思　齐

【原典】

思齐大任[①]，文王之母。思媚周姜，京室之妇。大姒嗣徽音，则百斯男。

惠于宗公[②]，神罔时怨，神罔时恫[③]。刑于寡妻，至于兄弟，以御于家邦。

雝雝在宫[④]，肃肃在庙。不显亦临，无射亦保[⑤]。

肆戎疾不殄，烈假不瑕[⑥]。不闻亦式，不谏亦入。

肆成人有德[⑦]，小子有造。古之人无斁[⑧]，誉髦斯士[⑨]。

【注释】

①齐（zhāi）：端庄肃敬的样子。②惠：恭顺，孝敬。③恫（tóng）：哀伤，沉痛。④雍（yōng）雍：和洽的样子。⑤射：厌倦。⑥烈假：指害人的疾病。

⑦肆：故，所以。殄（tiǎn）：残害至灭绝。⑧斁（yì）：败坏。⑨髦：优秀。

【译文】

大任端庄又谨慎，她是文王老母亲。贤淑美好是太姜，王室之妇居周京。太姒美誉能继承，多生男儿家门兴。

文王孝顺敬先公，神灵满意无怨恨，祖宗神灵无所痛。示范嫡妻作典型，示范兄弟也相同，治理家国都亨通。

和和气气在宫廷，宗庙祭礼更恭敬。临朝理事最清明，不知厌倦保百姓。

如今西戎不为患，病魔亦不害人民。未闻之事亦合度，虽无谏者亦兼听。

如今成人品德好，小孩也都能深造。文王教育不知倦，英才辈出个个高。

【鉴赏】

这首诗旨在赞美文王善于修身、齐家、治国，这同他祖母和母亲的教育、妻子的帮助是分不开的。本诗格调庄重，直颂先祖母之德，直述先祖之事，是《大雅》正格。

皇　矣

【原典】

皇矣上帝，临下有赫。监观四方，求民之莫。维此二国，其政不获。维彼四国，爰究爰度。上帝耆之[①]，憎其式廓。乃眷西顾，此维与宅。

作之屏之[②]，其菑其翳[③]。修之平之，其灌其栵。启之辟之，其柽其椐[④]。攘之剔之，其檿其柘[⑤]。帝迁明德，串夷载路。天立厥配，受命既固。

帝省其山，柞棫斯拔，松柏斯兑[⑥]。帝作邦作对，自大伯王季。维此王季，因心则友。则友其兄，则笃其庆，载锡之光。受禄无丧，奄有四方[⑦]。

维此王季，帝度其心，貊其德音。其德克明，克明克类，克长克君。王此大邦，克顺克比。比于文王，其德靡悔。既受帝祉，施于孙子。

帝谓文王，无然畔援，无然歆羡[⑧]，诞先登于岸。密人不恭，敢距大邦，侵阮徂共。王赫斯怒，爰整其旅，以按徂旅。以笃于周祜[⑨]，以对于天下。

依其在京，侵自阮疆。陟我高冈，无矢我陵，我陵我阿；无饮我泉，我泉我池。度其鲜原，居岐之阳，在渭之将。万邦之方，下民之王。

帝谓文王，予怀明德，不大声以色，不长夏以革。不识不知，顺帝之则。帝谓文王，询尔仇方，同尔弟兄；以尔钩援，与尔临冲，以伐崇墉⑩。

临冲闲闲，崇墉言言。执讯连连，攸馘安安⑪。是类是祃，是致是附，四方以无侮。临冲茀茀⑫，崇墉仡仡⑬。是伐是肆，是绝是忽，四方以无拂。

【注释】

①耆（qí）：通“瘼”，疾苦。②屏（bǐng）：除去。③菑（zī）：指树木立着枯死。翳（yì）：指树木倒着枯死。④柽（chēng）：木名，俗称西河柳。椐（jū）：木名，俗称灵寿树。⑤檿（yǎn）：木名，俗称山桑。柘（zhè）：木名，俗称黄桑。⑥兑（duì）：直立。⑦奄：尽，无余。⑧歆（xīn）羡：羡慕。⑨祜（hù）：福。⑩墉（yōng）：城墙。⑪馘（guó）：古代战争时将所杀之敌割取左耳以计数献功，称“馘”，也称“获”。⑫茀茀（fú）：兵车强盛的样子。⑬仡仡（yì）：高耸的样子。

【译文】

天帝伟大又辉煌，洞察人间慧目亮。观察天下四方地，探求人民可安定？想起夏商两朝末，国家正教不得行。寻思四方诸侯国，治理天下谁能胜。天帝颇嫌岐周弱，有心增大它封境。于是回头望西方，就把岐山赐周王。

砍山林清理杂树，清理枯木有立横。修枝剪叶要自信，灌木繁茂新枝生。开出空地辟地坪，河柳椐树都砍平。恶木一定要剔除，山桑柘树能长成。天帝升迁明德人，犬夷疲困仓忙行。皇天给他择佳偶，受命天国家稳固。

天帝察看岐山岭，柞树棫树除干净，松柏挺拔种山间。天帝兴周使配天，大伯王季是先行。这位王季品德好，友爱兄弟是天性。王季友爱他兄长，于是多多得福庆，上天赐他大光明。承受福禄永不减，天下四方我占全。

这个王季是圣人，天生思想合准绳，名声清静传天下。美德能使是非明，是非善恶分得清，能为师长能为君。王季统领这大国，百姓都来依附他。一直到了周文王，品德美好无悔恨。已受天帝大福祉，千秋万代传子孙。

天帝对周文王说：不可跋扈胡乱行，不可贪婪存妄想，先据高位靠自强。密须国人不恭敬，抗拒大邦真狂妄。侵阮共气焰嚣张，周文王勃然大怒。整饬军队上战场，痛击敌人势难挡。周家福气大增长，安定天下保四方。

强大军队驻周京，一直挺进到阮疆。登上高山发警告，不许陈兵我山冈，丘陵山坡属我邦；不许饮我泉中水，是我泉水和池塘。肥美平原测量好，大家安居岐山阳，住处靠近渭水旁。万国诸侯好榜样，天下归心人向往。

天帝指点周文王：我今赋你好品德。不要疾言和厉色，莫仗夏楚和鞭革。好像无识又无知，顺应天帝的法则。天帝又对文王说：邻邦意见要征求，兄弟国家要联合；爬城钩梯准备好，还有临车和冲车，去攻破崇国城墙。

临车出动轰隆响，崇国城墙高入云。接连擒获众俘虏，杀敌割耳多从容。出师祭天又祭旗，招抚余敌安人民，四方不敢来欺凌。临车冲车真强盛，崇国城墙动不停。冲锋陷阵势无阻，消灭敌人不留情，四方无人敢抗命。

【鉴赏】

周部族有很多开国史诗，这也是其中之一。诗中先写西周为天命所归，写出古公亶父经营岐山、打退昆夷的情况，接着写王季对周部族祖先事业的继承和发展，最后把文王伐密、灭崇的事迹和武功做了重点描述。这些事件都是周部族得以发展强大的重大事件，诗中的太王、王季、文王都对周部族的发展和周王朝的建立作出了卓越的贡献，所以作者极力地赞美他们，字里行间充满了深厚的爱部族、爱祖先的思想感情。

灵　台

【原典】

经始灵台，经之营之。庶民攻之①，不日成之。经始勿亟②，庶民子来。

王在灵囿③，麀鹿攸伏④。麀鹿濯濯⑤，白鸟翯翯⑥。王在灵沼，于牣鱼跃⑦。

虡业维枞⑧，贲鼓维镛⑨。于论鼓钟，于乐辟雍⑩。

于论鼓钟，于乐辟雍。鼍鼓逢逢⑪，矇瞍奏公⑫。

【注释】

①攻：修建，建造。②亟（jí）：同“急”。③囿（yòu）：养动物的园子。④麀（yōu）鹿：即母鹿。⑤濯濯（zhuó）：肥美的样子。⑥翯翯（hè）：光

泽洁白的样子。⑦牣（rèn）：满。⑧虡（jù）：木架以挂钟鼓。业：装在虡上的横板。枞（cōng）：钟、磬的崇牙。⑨贲（bēn）：大鼓。镛（yōng）：大钟。⑩辟雍（bì yōng）：离宫名。⑪鼍（tuó）：鳄鱼名，即扬子鳄。⑫矇瞍（méng sǒu）：盲人乐师。

【译文】

开始规划筑灵台，经营设计善安排。百姓一起来动手，几天不到就落成。工程本来不急迫，百姓踊跃更有劲。

君王在那大园林，母鹿懒懒伏树阴。母鹿体壮自在游，白鹤肥大毛羽鲜。周王来到灵沼上，满池鱼儿蹦跳欢。

钟架横板崇牙配，大鼓大钟都齐备。啊呀钟鼓节奏美，啊呀离宫乐不归。

敲钟声音多和谐，君王离宫乐融融。鼍皮大鼓咚咚响，乐师奏乐祝成功。

【鉴赏】

这首诗重在写园囿之乐，全诗充满了欢快的气氛。但为了表现周文王的游乐与殷商帝王的淫乐有别，诗在一开始就追述了当年建造灵台之时百姓踊跃前来的情景。

下　武

【原典】

下武维周①，世有哲王。三后在天，王配于京。

王配于京，世德作求②。永言配命，成王之孚③。

成王之孚，下土之式。永言孝思，孝思维则。

媚兹一人④，应侯顺德。永言孝思，昭哉嗣服。

昭兹来许，绳其祖武⑤。于万斯年，受天之祜⑥。

受天之祜，四方来贺。于万斯年，不遐有佐！

【注释】

①武：继承。②求：通“逑”，匹配。③孚：信实。④媚：爱戴。⑤绳：也是继承的意思。⑥祜（hù）：福。

【译文】

周邦后人能继承，世代有王都圣明。三位先王灵在天，武王配天在镐京。

武王配天在镐京，德行能够匹先祖。上应天命真长久，完成王业可信任。

成王也令人信服，足为人间好榜样。孝顺祖宗德泽长，德泽长久法先王。

爱戴天子这一人，能将美德来承应。他能永远行孝道，继承王业多光明。

光明磊落后来人，祖宗事业能继承。长啊长达千万年，受天福禄永不停。

享受老天赐福多，四方诸侯来朝贺。长啊长达千万年，哪无贤臣来辅佐！

【鉴赏】

这首诗旨在歌颂周朝君王有圣德，能继承先王功业。全诗六章，第一章写周朝世代有明主，接着赞颂太王、王季、文王与武王；第二章上二句赞颂武王，下二句赞颂成王，第三章赞颂成王能效法先人；第四、五章赞颂康王能继承祖德；末章以四方诸侯来贺作结。在修辞上，本诗将顶针格的效用发挥到了极致，使本来刻板的颂歌变得优美和谐。

文王有声

【原典】

文王有声，遹骏有声①。遹求厥宁，遹观厥成。文王烝哉！

文王受命，有此武功。既伐于崇，作邑于丰。文王烝哉！

筑城伊淢②，作丰伊匹。匪棘其欲，遹追来孝。王后烝哉③！

王公伊濯④，维丰之垣。四方攸同，王后维翰。王后烝哉！

丰水东注，维禹之绩。四方攸同，皇王维辟。皇王烝哉！

镐京辟雍⑤，自西自东，自南自北，无思不服。皇王烝哉！

考卜维王，宅是镐京。维龟正之，武王成之。武王烝哉！

丰水有芑⑥，武王岂不仕？诒厥孙谋，以燕翼子。武王烝哉！

【注释】

①遹（yù）：遵循。②淢（xù）：护城渠。③王后：国君。④濯：显著。翰：屏障。⑤辟廱（bì yōng）：西周王朝所建天子行礼奏乐的离宫。⑥芑

(qǐ)：这里指杞柳。

【译文】

文王有着好声望，如雷贯耳大名享。只求天下民安宁，终见国富事业成。文王真是好国君！

受命于天我文王，有这武功气势旺。邗崇两国已讨伐，又建丰邑作都城。文王真是好国君！

挖好城壕筑城墙，作邑般配实在棒。不是急于图私欲，孝顺祖先兴周邦。文王真是好君王！

文王功绩自昭彰，犹如丰邑那垣墙。天下四方都统一，周家文王为栋梁。文王真是好君王！

丰水奔流向东方，大禹功绩不可忘。四方诸侯来依附，武王树立好榜样。武王真是好君王！

落成离宫镐京旁，四方诸侯来瞻仰。无论东西或南北，谁人敢不服周邦？武王真是好君王！

武王占卜问上苍，建都镐京可吉祥？神龟有灵作决定，武王成功最辉煌。武王真是好君王！

丰水边上杞柳壮，武王任重岂不忙？留下治国好策略，庇荫子孙把福享。武王真是好君王！

【鉴赏】

这首诗歌颂了周人的两次迁都。一次是周文王把都城迁移到丰京，另一次是周武王把都城迁移到镐京，这都是周人势力向东扩张的标志性事件，有利于周朝的巩固和发展，奠定了周朝数百年的基业。本诗叙事与抒情紧密结合，比兴手法运用巧妙，用韵也富于变化，是歌颂君王的杰出作品，有很高的艺术成就。

生　民

【原典】

厥初生民，时维姜嫄①。生民如何？克禋克祀，以弗无子。履帝武敏

歆[②]，攸介攸止。载震载夙[③]，载生载育，时维后稷。

诞弥厥月，先生如达。不坼不副[④]，无菑无害[⑤]，以赫厥灵，上帝不宁，不康禋祀，居然生子。

诞寘之隘巷[⑥]，牛羊腓字之[⑦]。诞寘之平林，会伐平林。诞寘之寒冰，鸟覆翼之。鸟乃去矣，后稷呱矣。实覃实讦[⑧]，厥声载路。

诞实匍匐，克岐克嶷。以就口食。蓺之荏菽[⑨]，荏菽旆旆。禾役穟穟[⑩]，麻麦幪幪[⑪]，瓜瓞唪唪[⑫]。

诞后稷之穑，有相之道。茀厥丰草[⑬]，种之黄茂。实方实苞，实种实褎[⑭]。实发实秀，实坚实好，实颖实栗。即有邰家室。

诞降嘉种：维秬维秠，维穈维芑。恒之秬秠[⑮]，是获是亩；恒之穈芑[⑯]，是任是负，以归肇祀。

诞我祀如何？或舂或揄[⑰]，或簸或蹂[⑱]。释之叟叟[⑲]，烝之浮浮[⑳]。载谋载惟，取萧祭脂。取羝以軷[㉑]，载燔载烈[㉒]。以兴嗣岁。

卬盛于豆，于豆于登，其香始升。上帝居歆，胡臭亶时。后稷肇祀，庶无罪悔，以迄于今。

【注释】

①姜嫄（yuán）：传说中周始祖后稷之母。②履：践踏。③震：娠，就是怀孕。④坼（chè）：开。副（pì）：裂开，剖开。⑤菑（zāi）："灾"的异体字。⑥寘（zhì）：即"置"，搁置。⑦腓（féi）：隐蔽。⑧覃（tán）、讦（xū）：都是大的意思。⑨蓺（yì）：通"艺"，种植。荏（rěn）菽：即大豆。⑩穟穟（suì）：禾穗丰硬下垂的样子。⑪幪幪（měng）：长势茂盛的样子。⑫唪唪（běng）：果实累累的样子。⑬茀（fú）：拔除。⑭褎（yòu）：禾苗渐渐长高的样子。⑮秬（jù）：黑黍。秠（pī）：一种黍壳中含有两粒黍米的黑黍。⑯穈（mén）：赤苗嘉谷。芑（qǐ）：白苗嘉谷。⑰揄（yóu）：舀，从臼中取出舂好之米。⑱蹂（róu）：通"揉"，揉搓。⑲释：淘米。叟叟：淘米的声音。⑳浮浮：热气上腾的样子。㉑羝（dī）：牡羊。軷（bá）：剥去羊皮。㉒燔（fán）：烧烤。

【译文】

当初先民生下来，是因姜嫄能产子。如何生下先民来？祷告神灵祭天帝，

祈求生子免无嗣。踩着天帝拇趾印，神灵佑护总吉利。胎儿时动时静止，一朝生下勤养育，孩子就是周后稷。

姜嫄怀足十月胎，头胎分娩很顺当。产门不破也不裂，安全无灾又无害。这些事情真奇怪，莫非天帝不愉快。赶紧祭祀求吉祥，虽然有儿不敢养。

把他扔在胡同里，牛羊一起来喂乳；把他扔在树林里，恰巧有人来砍树；把他扔在寒冰上，鸟儿展翅将他护。待到鸟儿飞远去，后稷开始哇哇哭。哭声又长又洪亮，路人听了都驻足。

后稷刚会地上爬，显出智慧和乖巧，能用嘴巴找食物。长大一些会种豆，大豆棵棵长势好。满田谷穗个个美，麻和麦子盖田野，大瓜小瓜都成堆。

后稷很会种庄稼，他有他的好方法，爱护禾苗勤除草，选择良种播种早。苗儿齐整又旺盛，棵棵长高又长大。慢慢发育出穗子，结结实实谁不夸。无数谷穗沉甸甸，颐养家室是个宝。

天降好种真出奇，两种黑黍秬和秠，红米白米也都全。秬子秠子遍地生，收割堆垛忙得欢。红米白米遍地生，扛着背着运仓满，忙完农活祭祖先。

要问祭神怎么祭？有人舂米和舀米，有人搓米扬糠皮，响叟叟的是淘米，气腾腾的是蒸米。然后商量好主意，采些香蒿和油脂，公羊先把道神祭。烧烤熟了献神灵，祈求来年大丰收。

祭品装在碗盘中，木碗瓦盆派用场，香气升腾满厅堂。天帝因此来受享，饭菜滋味实在香。后稷始创祭享礼，祈神佑护祸莫降，至今仍是这个样。

【鉴赏】

中国诗歌虽源远流长，但以叙事为主的史诗却比较少，因此《诗经》中为数不多的几篇史诗性质的作品便显得尤为突出，《大雅》中的《生民》就是这样的作品。

这是一首周人记录关于他们的始祖后稷的传说并歌咏其功德的诗。第一章写姜嫄履迹感孕的神迹；第二章写后稷诞生的神迹；第三章写后稷被弃而不死的神迹；第四章写后稷在幼年所表现的对农艺的天赋才能；第五、六章写后稷对农业的伟大贡献；第七、八章则写祭祀的盛况。

行　苇

【原典】

敦彼行苇[①]，牛羊勿践履。方苞方体，维叶泥泥[②]。戚戚兄弟[③]，莫远具尔。或肆之筵，或授之几。

肆筵设席，授几有缉御[④]。或献或酢[⑤]，洗爵奠斝[⑥]。醓醢以荐[⑦]，或燔或炙。嘉肴脾臄[⑧]，或歌或咢[⑨]。

敦弓既坚，四鍭既钧[⑩]，舍矢既均，序宾以贤。敦弓既句[⑪]，既挟四鍭。四鍭如树，序宾以不侮。

曾孙维主，酒醴维醹[⑫]，酌以大斗，以祈黄耇。黄耇台背[⑬]，以引以翼。“寿考维祺，以介景福。”

【注释】

①敦（tuán）彼：草木丛生的样子。②泥泥：枝叶柔嫩圆润的样子。③戚

戚：亲密的样子。④缉（qí）：轮换不断。御：侍奉。⑤酢（zuò）：客人拿酒回敬。⑥奠斝（jiǎ）：置杯于席上。⑦醓醢（tǎn hǎi）：带汤的肉酱。⑧臄（jué）：舌头。⑨咢（è）：击鼓但不唱歌。⑩鍭（hóu）：一种箭，箭头是金属材质，箭尾是鸟羽材质。⑪句（gòu）：把弓拉满。⑫醹（rú）：指酒味醇厚。⑬黄耇（gǒu）：高寿。台背：或谓背有老斑如鲐鱼，或谓背驼，总之是老态龙钟的样子。

【译文】

芦苇成堆聚路旁，牛羊千万别踩伤。苇草发芽初成长，叶儿柔嫩生机旺。同胞兄弟最亲密，不要疏远要友爱。铺设竹席来请客，端上茶几面前摆。

铺席开宴上菜肴，轮流上桌一道道。主人敬酒客还礼，洗杯置盏轮番递。肉汁肉酱端上来，有的烧来有的烤。牛肚牛舌是佳肴，唱歌击鼓兴致高。

雕弓已经很坚韧，四支箭头也调整。放手射出中靶心，宾位排列看本领。雕弓拉开如月满，四个箭头搭上弦。四箭竖立靶子上，排列客位不慢轻。

曾孙是个好主人，米酒味厚香又清。斟来美酒一大斗，祈求黄发老寿星。黄发驼背老年人，前头牵引两旁扶。长命吉祥是人瑞，请神赐送大福分。

【鉴赏】

这是一首写家族饮宴的诗。全诗四章，第一章以芦苇初放新芽，不忍使牛羊踩踏起兴，比喻兄弟之情天经地义；第二章正面描写宴会，到处洋溢着欢乐的气氛；第三章写比射，这是宴会上的一项重要活动；第四章仍是写宴会，重在表明对长者的尊敬之意。

既　醉

【原典】

既醉以酒，既饱以德。君子万年，介尔景福。

既醉以酒，尔肴既将。君子万年，介尔昭明。

昭明有融，高朗令终。令终有俶①，公尸嘉告②。

其告维何？笾豆静嘉。朋友攸摄，摄以威仪。

威仪孔时，君子有孝子。孝子不匮[3]，永锡尔类。

其类维何？室家之壶[4]。君子万年，永锡祚胤[5]。

其胤维何？天被尔禄。君子万年，景命有仆。

其仆维何？厘尔女士[6]。厘尔女士，从以孙子。

【注释】

①令终：好的结果。俶（chù）：起始。②尸：祭祀中装扮神灵的人。③匮（kuì）：匮乏，枯竭。④壶（kǔn）：扩充，广大。⑤祚（zuò）：福禄。胤（yìn）：后嗣。⑥厘：赐予。

【译文】

你的美酒我已醉，你的恩德我饱受。祝你主人万年寿，赐你大福永不休。

你的美酒已喝醉，你的佳肴我细品。祝你主人寿不尽，赐你光明大智慧。

光明智慧照四方，高明而且结局强。善终必有好开始，神尸祝你万年昌。

神主良言什么样？祭品丰美放盘里。宾朋纷纷来助祭，增光添彩重礼仪。

隆重礼仪很合适，主人又是大孝子。孝子孝心无穷尽，赐你好处永不止。

他的好处怎么样？家室光大天下平。君子寿命万年长，赐你子孙大福庆。

子孙后嗣又如何？上天给你添厚禄。祝你主人长生福，自有天命多奴仆。

奴仆众多什么样？赐你女子和男丁。赐你女子和男丁，子孙不绝代代传。

【鉴赏】

这首诗描述的是周代统治者祭祀祖先，祝官代表神尸向主人表示祝福。从艺术手法来看，这首诗最大的特色在于半顶针修辞格的运用。虽然《诗经》中有很多运用顶针修辞手法的诗篇，但像此篇这样上文尾句与下文起句相互缩结，而重复只在上句的末一字与下句的第二字这样的修辞手法，却是非常少见的。

凫　鹥

【原典】

凫鹥在泾[1]，公尸来燕来宁。尔酒既清，尔肴既馨。公尸燕饮，福禄来成。

凫鹥在沙，公尸来燕来宜。尔酒既多，尔肴既嘉。公尸燕饮，福禄来为。

凫鹥在渚[2]，公尸来燕来处。尔酒既湑[3]，尔肴伊脯[4]。公尸燕饮，福禄来下。

凫鹥在潀[5]，公尸来燕来宗，既燕于宗，福禄攸降。公尸燕饮，福禄来崇[6]。

凫鹥在亹[7]，公尸来止熏熏[8]。旨酒欣欣，燔炙芬芬。公尸燕饮，无有后艰。

【注释】

①凫（fú）：野鸭。鹥（yī）：沙鸥鸟。②渚（zhǔ）：河流湖泊中的沙洲。③湑（xǔ）：过滤掉。④脯（pú）：指肉干。⑤潀（zhōng）：港汊。⑥崇：加高，增加。⑦亹（mén）：峡中两岸对峙如门的地方。⑧熏熏：和悦。

【译文】

野鸭鸥鸟河中央，公尸赴宴多安详。你的美酒清又醇，你的菜肴味道香。神尸赴宴来品尝，福禄大大为你降。

野鸭鸥鸟沙滩上，公尸赴宴来歆享。你的美酒好又多，你的菜肴美又香。神尸赴宴来品尝，助你福禄长安康。

野鸭鸥鸟在洲渚，公尸赴宴来居住。你的美酒已滤清，你的菜肴有干脯。神尸赴宴来品尝，为你降下大福禄。

野鸭鸥鸟港汊中，公尸赴宴位居尊。已在亲庙设酒席，福禄降临你家门。神尸赴宴来品尝，福禄不断降你身。

野鸭鸥鸟在峡门，公尸赴宴醉醺醺。美酒饮来欣欣乐，烧肉烤肉香喷喷。神尸赴宴来品尝，从此天下得太平。

【鉴赏】

《诗经》中的“尸”是活人装扮的作为死者或鬼神的替身，周代贵族在祭祀祖先的次日，为了酬谢尸的辛劳，会摆下酒食请“尸”来吃，这叫做‘宾尸’，这首诗正是行宾尸之礼所唱的歌。

假　乐

【原典】

假乐君子[①]，显显令德。宜民宜人，受禄于天。保右命之，自天申之。

干禄百福，子孙千亿。穆穆皇皇，宜君宜王。不愆不忘[②]，率由旧章。

威仪抑抑[③]，德音秩秩。无怨无恶，率由群匹[④]。受福无疆，四方之纲。

之纲之纪，燕及朋友。百辟卿士，媚于天子。不解于位[⑤]，民之攸塈[⑥]。

【注释】

①假（xià）：通“嘉”，美好。乐（yuè）：音乐。②愆（qiān）：过失，过错。③抑抑：通“懿懿”，庄严壮美的样子。④群匹：指众臣子。⑤解（xiè）：通“懈”，怠慢。⑥塈（xì）：休息，安宁。

【译文】

君王冠礼行嘉乐，昭明您的好美德。能安人民用贤良，接受福禄自天降。上天命令保佑他，上天常常关照您。

求得福禄上百样，子孙千亿无穷数。您既端庄又坦荡，宜做国君宜做王。没有错误不忘本，遵循祖先旧典章。

仪容美好又端庄，言语政令也正常。没有怨恨无憎恶，诚恳遵从众贤臣。所得福禄无穷尽，四方以您为准绳。

天下以您为标准，您设筵席酬友朋。诸侯卿士都来到，衷心爱戴我君王。尽忠职守不懈怠，您使人民得安宁。

【鉴赏】

这是一首为周宣王行冠礼的冠词。全诗四章，围绕着“德、章、纲、位”赞美了年轻有为、能为天下纲纪的宣王，表现了周朝宗室对一个年轻君主的深厚感情和殷切期望。

公 刘

【原典】

笃公刘，匪居匪康。乃埸乃疆，乃积乃仓。乃裹糇粮，于橐于囊。思辑用光。弓矢斯张，干戈戚扬，爰方启行。

笃公刘，于胥斯原。既庶既繁，既顺乃宣，而无永叹。陟则在巘，复降在原。何以舟之？维玉及瑶，鞞琫容刀。

笃公刘，逝彼百泉，瞻彼溥原；乃陟南冈，乃觏于京。京师之野，于时处处，于时庐旅，于时言言，于时语语。

笃公刘，于京斯依。跄跄济济，俾筵俾几。既登乃依，乃造其曹。执豕于牢，酌之用匏。食之饮之，君之宗之。

笃公刘，既溥既长，既景乃冈，相其阴阳，观其流泉。其军三单，度其隰原，彻田为粮。度其夕阳，豳居允荒。

笃公刘，于豳斯馆。涉渭为乱，取厉取锻。止基乃理，爰众爰有。夹其皇涧，溯其过涧。止旅乃密，芮鞫之即。

【注释】

①埸（yì）、疆：都是田界。②糇（hóu）粮：即干粮。③于橐（tuó）于囊：指装入口袋。④巘（yǎn）：不连于大山的小山曰“巘”。⑤鞞（bǐ）：刀鞘上端的饰物。琫（běng）：刀鞘下端的装饰。⑥溥（pǔ）：广大。⑦觏（gòu）：视察。⑧跄跄（qiāng）：形容走路有节奏。济济：从容端庄的样子。⑨匏（páo）：葫芦制成的盛酒器具，称“匏爵”。⑩溥：广。⑪豳（bīn）：古邑名，也作邠，故城在今陕西旬邑县西。⑫芮（ruì）：水名，流入经水。鞫（jū）：水穷之处。

【译文】

我的祖先是公刘，不图安康和享受。划分疆界治田畴，仓里粮食堆得厚，包起干粮备远游。大袋小袋都装满，大家团结光荣久。佩起弓箭执戈矛，盾牌刀斧都拿好，开始出发向远方。

我的祖先是公刘，察看豳地谋虑周。百姓众多紧跟随，民心归顺舒畅透，没有叹息不烦忧。忽登山顶远远望，忽下平原细细瞅。身上佩带什么宝？美玉琼瑶在腰间，鞘口玉饰亮闪闪。

我的祖先是公刘，沿着溪泉岸边走，广阔原野漫凝眸，登上高冈放眼量，京师美景一望收。京师四野多肥沃，在此建都美无俦，快快去把宫室修。在这里谋划商量，又笑又说真开心。

我的祖先是公刘，定都京师立鸿猷。群臣侍从威仪盛，赴宴入席错觥筹。宾主依次安排定，先祭猪神求保佑。圈里抓猪做佳肴，且用瓢儿酌美酒。酒醉饭饱真热闹，公刘被选为君长。

我的祖先是公刘，开辟土地宽又长，观测日影上高冈，勘察山南和山北，看看流泉去哪方。成立三军轮班用，洼地平地都丈量，开出田地产食粮。考察西向的山坡，移居豳地真宽广。

我的祖先是公刘，在豳又把房屋建。横渡渭水驾木舟，砺石锻石任取求。房基墙脚都修筑，人多力众真可观。皇涧两岸都住满，顺着过涧向上展。住房修建渐渐多，一直盖到芮水湾。

【鉴赏】

这首诗记录的是周人的一次迁徙，是周人叙述历史的诗篇之一，歌咏了公刘带领全族从邰迁豳的事迹，这一举措使周之基业得到进一步发展。全诗六章，第一章写启程之前；第二章写初到豳地，相土安民；第三章写营建都邑；第四章写宴饮群臣；第五章写拓垦土田；第六章写继续营建，族人逐渐繁衍昌盛。

泂　酌

【原典】

泂酌彼行潦[①]，挹彼注兹，可以餴饎[②]。岂弟君子，民之父母。

泂酌彼行潦，挹彼注兹，可以濯罍[③]。岂弟君子，民之攸归。

泂酌彼行潦，挹彼注兹，可以濯溉。岂弟君子，民之攸塈。

【注释】

①泂（jiǒng）：远。行潦（lǎo）：指路边的积水。②馈（fēn）：蒸熟的饭。饎（chì）：指酒食。③罍（lěi）：古代的一种酒器，外形似壶，但较大。

【译文】

远远前去舀流水，把这水缸都装满，可以蒸菜也蒸饭。君子品德真高尚，为民父母好榜样。

远远前去舀流水，舀来倒进我水缸，可把酒壶洗清爽。君子品德真高尚，人民都来归附你。

远远前去舀流水，舀进水瓮抱回家，可以洗涤和抹擦。君子品德真高尚，人民休息得安宁。

【鉴赏】

这是一首为周王或诸侯颂德的诗，诗中集中歌颂他体恤人民，得到人民的拥护和爱戴。这首诗借日常生活中常见的事物起兴，且重章叠句，反复歌咏，明显是《国风》对《大雅》艺术上的影响。

卷　阿

【原典】

有卷者阿[①]，飘风自南。岂弟君子，来游来歌，以矢其音。

伴奂尔游矣，优游尔休矣。岂弟君子，俾尔弥尔性，似先公酋矣。

尔土宇昄章[②]，亦孔之厚矣。岂弟君子，俾尔弥尔性，百神尔主矣。

尔受命长矣，茀禄尔康矣。岂弟君子，俾尔弥尔性，纯嘏尔常矣[③]。

有冯有翼[④]，有孝有德，以引以翼。岂弟君子，四方为则。

颙颙卬卬[⑤]，如圭如璋，令闻令望。岂弟君子，四方为纲。

凤凰于飞，翙翙其羽[⑥]，亦集爰止。蔼蔼王多吉士[⑦]，维君子使，媚于天子。

凤凰于飞，翙翙其羽，亦傅于天。蔼蔼王多吉人，维君子命，媚于庶人。

凤凰鸣矣，于彼高冈。梧桐生矣，于彼朝阳。菶菶萋萋[⑧]，雝雝喈喈[⑨]。

君子之车，既庶且多。君子之马，既闲且驰。矢诗不多，维以遂歌。

【注释】

①阿（ē）：大山丘。②昄（bǎn）：大。③纯嘏（gǔ）：大福。④冯（píng）：凭依。翼：辅助者。⑤颙颙（yóng）：温和恭敬的样子。卬卬（áng）：气宇轩昂的样子。⑥翙翙（huì）：鸟儿飞行时扇动翅膀发出的声音。⑦蔼蔼（ǎi）：形容众多。⑧菶菶（běng）萋萋：枝叶繁茂的样子。⑨雍（yōng）雍喈喈：形容凤鸣声和谐悦耳。

【译文】

山坡弯曲蜿蜒长，旋风南来声怒号。和气近人的君子，到此遨游歌载道，陈献诗歌兴致昂。

风流潇洒你游历，悠闲自在你休息。君子和乐又平易，终生辛劳何所求，继承祖业功千秋。

你的土地和封疆，无边无际最宽广。君子和乐又平易，让你一生寿命长，天下百神你主张。

你受天命长又久，福禄安康样样有。和气近人的君子，终生辛劳百年寿，天赐洪福永享受。

你有助手有贤相，孝敬祖先有德望，前头导引左右帮。君子快乐又平易，你是天下好榜样。

态度温和志气昂，好比玉圭和玉璋，名声威望传四方。和气近人的君子，天下诸侯好榜样。

雄凤雌凰在飞翔，百鸟相随嗖嗖响，一起落在好地方。贤士济济聚一堂，衷心听从君使唤，爱戴天子不敢忘。

凤凰鸣叫示吉祥，停在那边高山冈。高冈上面生梧桐，面向东方迎朝阳。枝叶茂盛郁苍苍，凤凰和鸣声悠扬。

君子有车可以坐，装饰华美数量多。君子有马可以驾，技艺娴熟能奔波。献的诗辞虽然少，为谢君王唱成歌。

【鉴赏】

周王率领群臣出游至卷阿，诗人作歌颂之并劝勉周王礼贤下士。从艺术上来说，这首诗规模宏大，结构完整，最后以凤凰百鸟比喻“王多吉士”、“王多吉人”，自然贴切，给人们留下深刻的印象。

民劳

【原典】

民亦劳止，汔可小康[1]。惠此中国，以绥四方。无纵诡随[2]，以谨无良。式遏寇虐[3]，憯不畏明[4]。柔远能迩，以定我王。

民亦劳止，汔可小休。惠此中国，以为民逑[5]。无纵诡随，以谨惛怓[6]。式遏寇虐，无俾民忧。无弃尔劳，以为王休。

民亦劳止，汔可小息。惠此京师，以绥四国。无纵诡随，以谨罔极。式遏寇虐，无俾作慝[7]。敬慎威仪，以近有德。

民亦劳止，汔可小愒[8]。惠此中国，俾民忧泄。无纵诡随，以谨丑厉。式遏寇虐，无俾正败。戎虽小子，而式弘大。

民亦劳止，汔可小安。惠此中国，国无有残。无纵诡随，以谨缱绻[9]。式遏寇虐，无俾正反。王欲玉女，是用大谏。

【注释】

①汔（qì）：乞求。②诡随：指不怀好意的诡诈。③寇虐：这里指抢劫等残害行为。④憯（cǎn）：曾。⑤逑（qiú）：聚合一起。⑥惛怓（hūn náo）：朝政纷乱。⑦慝（tè）：邪恶。⑧愒（qì）：通“憩”，休息。⑨缱绻（qiǎn quǎn）：比喻朝政纷乱不休。

【译文】

百姓也已够辛苦，应该可以稍安康。爱护京城老百姓，安抚诸侯定四方。诡诈欺骗莫纵任，谨防小人行不良。掠夺暴行应制止，怎不畏惧天朗朗。安抚远地使亲近，安我国家保我王。

百姓也已够辛苦，应该可以稍休息。爱护京城老百姓，可使人民聚一起。诡诈欺骗莫纵任，谨防歹人起奸计。掠夺暴行应制止，莫使人民添忧戚。不弃前功更努力，为使君王得福气。

百姓也已够辛苦，应该可以稍喘息。爱护京师老百姓，安抚天下四方地。诡诈欺骗莫纵容，反覆小人须警惕。掠夺暴行应制止，不使作恶太得意。恭敬庄重保威仪，亲近贤德正自己。

百姓也已够辛苦，应该可以稍安宁。爱护京师老百姓，人民忧愁得发泄。诡诈欺骗莫纵任，警惕丑恶防奸邪。掠夺暴行应制止，莫使国政变恶劣。你虽年轻经历浅，作用巨大很特别。

百姓也已够辛苦，应该可以稍安定。爱护京师老百姓，国家安定无残酷。诡诈欺骗莫纵任，小人巴结别疏忽。遏止暴虐与掠夺，不使颠倒我国政。衷心爱戴你君王，大力劝谏为帮助。

【鉴赏】

这是一首西周贵族告诫统治者要安民防奸的诗，描写了平民百姓穷困的处境，劝告厉王要体恤民力，改弦更张。诗中用了很多重章叠句，这本是《国风》中常见的一种基本格式，可见《大雅》虽以赋为主，但它与《国风》在艺术手法上还是有一定联系的。

板

【原典】

上帝板板，下民卒瘅[①]！出话不然，为犹不远。靡圣管管，不实于亶[②]。犹之未远，是用大谏！

天之方难，无然宪宪。天之方蹶[③]，无然泄泄[④]。辞之辑矣，民之洽矣。辞之怿矣[⑤]，民之莫矣。

我虽异事，及尔同僚。我即尔谋，听我嚣嚣[⑥]。我言维服，勿以为笑。先民有言："询于刍荛[⑦]。"

天之方虐，无然谑谑。老夫灌灌[⑧]，小子蹻蹻[⑨]。匪我言耄，尔用忧谑。多将熇熇[⑩]，不可救药。

天之方怀[⑪]，无为夸毗。威仪卒迷，善人载尸。民之方殿屎[⑫]，则莫我敢葵。丧乱蔑资，曾莫惠我师。

天之牖民，如埙如篪[⑬]，如璋如圭，如取如携。携无曰益，牖民孔易。民之多辟，无自立辟。

价人维藩，大师维垣，大邦维屏，大宗维翰，怀德维宁，宗子维城。无俾城坏，无独斯畏。

敬天之怒，无敢戏豫。敬天之渝[14]，无敢驰驱。昊天曰明，及尔出王。昊天曰旦，及尔游衍。

【注释】

①卒瘅（dàn）：劳累成疾。②亶（dǎn）：诚信。③蹶（guì）：动乱。④泄泄（yì）：妄加评论。⑤怿（yì）：败坏。⑥嚣嚣（áo）：傲慢不肯听人言。⑦刍荛（chú ráo）：砍柴的人。⑧灌灌：诚恳的样子。⑨蹻（jué）蹻：傲慢的样子。⑩熇（hè）熇：火势炽盛貌。⑪懠（qí）：愤怒。⑫殿屎（xī）：呻吟。⑬埙（xūn）：古陶制椭圆形吹奏乐器。篪（chí）：古竹制管乐器。⑭渝（yù）：改变。

【译文】

上苍昏乱背常道，下民受苦多辛劳。光说好话不实践，制定策略眼光浅。目无圣人自称贤，没有诚意胡乱言。执政行事没远见，所以用诗来劝告。

上苍正在降灾难，不要这样空喜欢。上天正在降动乱，不要喋喋多语言。政治教令能和缓，人民就会抱成团。政治教令若败坏，百姓遭殃不得安。

我与你各司其职，也与你同僚共事。我来和你同商量，一听我言显骄傲。我的话儿是事实，不要以为开玩笑。古人有话不应忘，请教樵夫有裨益。

上苍正在肆残暴，不要嬉笑瞎胡闹。老夫态度很诚恳，小子神气耍骄傲。非我年老话糊涂，你把忧患当玩笑。多行不义难收场，不可救药病膏肓。

上苍正在发脾气，不要卑躬又屈膝。君臣威仪尽迷乱，贤人闭口如死尸。人民痛苦正呻吟，无人对我敢怀疑。死丧祸乱生计无，没人施惠去救济。

上苍教化老百姓，就像吹埙篪那样。好像玉璋和玉圭，好像取物提东西。如提东西无阻碍，教导百姓就容易。如今人民多邪辟，不可自把邪辟立。

善人好比是篱笆，人民大众是围墙。大国诸侯是屏障，同姓宗族是栋梁。为政有德国家安，君王嫡子是城墙。莫使城墙遭破坏，不要孤立自慌张。

敬畏上天发警告，不再敢荒嬉逍遥。看天的变化示意，不再敢任性桀骜。上天意志很明朗，随你出入共来往。上天惩戒无不在，伴你一起游四方。

【鉴赏】

这是一首讽喻诗。诗人旨在告诫同僚要敬畏天命，体恤人民，实际上是劝谏周王。全诗多用正言直说，使其更加具备后代谏书的作用，表现了诗人的心胸之坦荡和感情之激切。

荡

【原典】

荡荡上帝[①]，下民之辟。疾威上帝，其命多辟。天生烝民，其命匪谌[②]。靡不有初，鲜克有终。

文王曰咨，咨汝殷商！曾是彊御，曾是掊克[③]，曾是在位，曾是在服。天降滔德，女兴是力。

文王曰咨，咨女殷商！而秉义类，彊御多怼[④]。流言以对，寇攘式内。侯作侯祝，靡届靡究。

文王曰咨，咨女殷商！女炰烋于中国[⑤]，敛怨以为德。不明尔德，时无背无侧。尔德不明，以无陪无卿。

文王曰咨，咨女殷商！天不湎尔以酒，不义从式。既愆尔止[⑥]，靡明靡晦。式号式呼，俾昼作夜。

文王曰咨，咨女殷商！如蜩如螗，如沸如羹。小大近丧，人尚乎由行。内奰于中国[⑦]，覃及鬼方。

文王曰咨，咨女殷商！匪天帝不时，殷不用旧。虽无老成人，尚有典刑。曾是莫听，大命以倾。

文王曰咨，咨女殷商！人亦有言：颠沛之揭⑧，枝叶未有害，本实先拨。殷鉴不远，在夏后之世。

【注释】

①荡荡：放荡不守法制。②谌（chén）：诚信。③掊（póu）克：搜刮到一起。④怼（duì）：怨恨。⑤炰烋（páo xiāo）：即“咆哮”。⑥愆（qián）：过失。⑦奰（bì）：发脾气。⑧颠沛：跌倒。

【译文】

天帝败法乱纷纷，却是天下百姓君。上帝贪心又暴虐，政令邪僻太反常。上天生养众百姓，政令无信尽撒谎。万事开头讲得好，很少能有好结果。

文王开口叹声长，叹你殷商末代王！如此暴虐太强梁，如此聚敛乱贪赃。如此居官在高位，如此执政太荒唐。天生这个傲慢人，你们助他兴风浪。

文王开口叹声长，叹你殷商末代王！任用忠贞善良士，强暴之徒多怨望。流言蜚语相继来，寇盗抢夺生内堂。小人天天诅咒你，无穷无尽遭灾殃。

文王开口叹声长，叹你殷商末代王！你在国中乱咆哮，怨声载道仍逞强。不明自己品德坏，前后左右无贤良。你的品德不自明，没有辅佐无卿相。

文王开口叹声长，叹你殷商末代王！上天叫你别酗酒，从而效法不应当。仪容举止失常态，白天黑夜贪酒浆。大喊大叫瞎嚷嚷，昼夜颠倒太荒唐。

文王开口叹声长，叹你殷商末代王！怨声载道如蝉噪，又似开水和滚汤。大官小吏快灭亡，人们还是老主张。国内人民都愤怒，怒火延伸到远方。

文王开口叹声长，叹你殷商末代王！不是天帝不善良。殷商不用旧典章，虽然没有老成人，尚有成法做榜样。这些你都不肯听，国家将灭命将亡。

文王开口叹声长，叹你殷商末代王！古人曾经这样讲：树木倒下根朝上，枝叶没有受损伤，根儿断绝已遭殃。殷商镜子并不远，应知夏桀啥下场。

【鉴赏】

厉王无道，周室将亡，周人伤怀厉王之虐，遂做此诗，假托文王斥责纣王，以指责厉王，希望他能幡然悔悟，拯救国家于危难，使王朝走上振兴之路。

抑

【原典】

抑抑威仪，维德之隅[①]。人亦有言：靡哲不愚。庶人之愚，亦职维疾。哲人之愚，亦维斯戾。

无竞维人，四方其训之。有觉德行，四国顺之。讦谟定命[②]，远犹辰告。敬慎威仪，维民之则。

其在于今，兴迷乱于政。颠覆厥德，荒湛于酒[③]。女虽湛乐从，弗念厥绍。罔敷求先王，克共明刑。

肆皇天弗尚，如彼泉流，无沦胥以亡。夙兴夜寐，洒扫庭内，维民之章。修尔车马，弓矢戎兵，用戒戎作，用逷蛮方[④]。

质尔人民，谨尔侯度，用戒不虞。慎尔出话，敬尔威仪，无不柔嘉。白圭之玷，尚可磨也；斯言之玷，不可为也！

无易由言，无曰“苟矣，莫扪朕舌[⑤]”，言不可逝矣。无言不雠[⑥]，无德不报。惠于朋友，庶民小子。子孙绳绳，万民靡不承。

视尔友君子，辑柔尔颜，不遐有愆。相在尔室，尚不愧于屋漏。无曰“不显，莫予云觏”。神之格思，不可度思，矧可射思[⑦]。

辟尔为德，俾臧俾嘉。淑慎尔止，不愆于仪。不僭不贼[⑧]，鲜不为则。投我以桃，报之以李。彼童而角，实虹小子[⑨]。

荏染柔木[⑩]，言缗之丝[⑪]。温温恭人，维德之基。其维哲人，告之话言，顺德之行。其维愚人，覆谓我僭，民各有心。

于乎小子，未知臧否！匪手携之，言示之事。匪面命之，言提其耳。借曰未知，亦既抱子。民之靡盈，谁夙知而莫成？

昊天孔昭，我生靡乐。视尔梦梦[⑫]，我心惨惨。诲尔谆谆，听我藐藐。匪用为教，覆用为虐。借曰未知，亦聿既耄！

于乎小子，告尔旧止，听用我谋，庶无大悔。天方艰难，曰丧厥国。取譬不远，昊天不忒[⑬]。回遹其德，俾民大棘[⑭]！

【注释】

①隅：方正的角，这里指品行方正。②讦（xū）：大。谟（mó）：考虑，谋划。③荒湛（dān）：沉湎。④逷（yì）：制服。⑤扪（mén）：按住。⑥雠（chóu）：反应，对答。⑦矧（shěn）：况且。射（yì）：通“斁”，厌恶。⑧僭（jiàn）：差错。贼：迫害。⑨虹：溃乱。⑩荏（rén）染：柔软而坚韧。⑪缗（mín）：安上。⑫梦梦：糊涂的样子。⑬忒（tè）：差别。⑭棘：通“急”，困境。

【译文】

仪容美好行为谨，品德端庄思想正。古人有句老俗话，智者有时也愚笨。常人如果不聪明，那是本身有毛病。智者如果不聪明，那就反常令人惊。

为政最强是得人，四方诸侯有教训。国君德行很正大，天下人民都归顺。建国大计定方针，长远国策告群臣。举止行为要谨慎，人民以此为标准。

形势发展到如今，国政混乱不堪论。你的德行已败坏，沉湎酒色醉醺醺。只知纵情贪欢乐，祖宗事业不关心。先王治道不讲求，国家法度怎执行。

皇天如今不保佑，好像泉水向下流，相与灭亡万事休。应当早起晚睡觉，洒扫堂屋要讲求，为民表率须带头。车辆马匹准备好，弓箭兵器要整修。预防战争将发生，驱逐蛮夷功千秋。

安定你的老百姓，谨守法度莫任性。以防祸事突然生。说话开口要谨慎，行为举止要端正，处处温和又可敬。白玉上面有污点，尚可琢磨除干净；开口说话出毛病，再要挽回也不成。

发表言论要谨慎，莫说做事可随便。无人把我舌头拴，言语出口弥补难。言语不会无反应，施德总是有福添。亲朋好友要友爱，平民百姓须照看。子孙谨慎不怠慢，万民顺从国家安。

看你招待贵族们，和颜悦色笑盈盈，小心莫把过错犯。瞧你一人在室内，面对神明无愧惭。莫说室内不明显，无人能把我看见。神灵来去无踪影，何时降临猜测难，心里哪能就厌烦。

努力修明你德行，使它完美无伦比。言谈举止要慎重，切莫马虎失礼仪。不犯错误不害人，人们无不效法你。有人赠我一只桃，回报他用一只李。羊崽无角说有角，实是惑乱你小子。

又坚又韧好木料，制作琴瑟丝弦调。温和谨慎老好人，根基深厚品德高。如果你是明智人，古代名言来奉告，马上实行当做宝。如果你是糊涂虫，反说我错不讨好，人不相同各有心。

可叹少爷太年青，好事坏事分不清。不但用手相搀扶，而且教你办事情。不但当面教育你，提着耳朵叫你听。若说年幼无知识，已把儿子抱在身。为人能够不自满，谁会早知却晚成！

老天在上看得清，我的生活多烦恼。看你糊涂不懂事，我的心里实在焦。谆谆耐心教导你，你不听信态度傲。不肯把它作教训，反而当成开玩笑。若说你还没知识，七老八十年已高！

可叹少爷太年幼，告你先王旧典章。你能听我用我谋，但愿没有大懊丧。上天正在降灾难，国势危险快灭亡。打个比方不算远，上天赏罚无差爽。如果邪僻性不改，黎民百姓要遭殃。

【鉴赏】

据说这首诗是卫武公在他九十多岁时为劝谏周平王而做，劝诫的同时也在自警。诗写得言辞恳切，忧愤满怀，不知周平王当时读了此诗会作何反应，但不管效果怎样，此诗“千古箴铭之祖”的地位是无法动摇的。

桑　柔

【原典】

菀彼桑柔，其下侯旬[①]。捋采其刘[②]。瘼此下民，不殄心忧[③]。仓兄填兮[④]，倬彼昊天[⑤]，宁不我矜！

四牡骙骙[⑥]，旟旐有翩。乱生不夷，靡国不泯。民靡有黎，具祸以烬。于乎有哀，国步斯频！

国步篾资[⑦]，天不我将。靡所止疑，云徂何往？君子实维，秉心无竞。谁生厉阶[⑧]？至今为梗。

忧心殷殷，念我土宇。我生不辰，逢天僤怒[⑨]。自西徂东，靡所定处。多我觏痻[⑩]，孔棘我圉。

为谋为毖，乱况斯削。告尔忧恤，诲尔序爵。谁能执热，逝不以濯？其何能淑？载胥及溺。

如彼溯风，亦孔之僾[11]。民有肃心，荓云不逮[12]。好是稼穑，力民代食。稼穑维宝，代食维好。

天降丧乱，灭我立王。降此蟊贼，稼穑卒痒。哀恫中国，具赘卒荒[13]。靡有旅力，以念穹苍。

维此惠君，民人所瞻。秉心宣犹，考慎其相。维彼不顺，自独俾臧。自有肺肠，俾民卒狂。

瞻彼中林，甡甡其鹿[14]。朋友已谮，不胥以穀。人亦有言：进退维谷。

维此圣人，瞻言百里；维彼愚人，覆狂以喜。匪言不能，胡斯畏忌？

维此良人，弗求弗迪[15]；维彼忍心，是顾是复。民之贪乱，宁为荼毒。

大风有隧，有空大谷。维此良人，作为式穀。维彼不顺，征以中垢。

大风有隧，贪人败类。听言则对，诵言如醉。匪用其良，复俾我悖。

嗟尔朋友，予岂不知而作。如彼飞虫，时亦弋获。既之阴女，反予来赫。

民之罔极，职凉善背。为民不利，如云不克。民之回遹[16]，职竞用力。

民之未戾，职盗为寇。凉曰不可，覆背善詈。虽曰匪予，既作尔歌。

【注释】

①旬：树阴遍布的样子。②刘：枝叶稀疏。③殄（tiǎn）：断绝。④仓兄（chuàng kuàng）：同“怆怳”，悲伤凄怆。⑤倬（zhuō）：光明而广阔。⑥骙骙（kuí）：形容骏马强壮。⑦篾（miè）：无。⑧厉阶：祸端。⑨僤（dàn）：大。⑩觏痻（mín）：遭遇祸事。⑪僾（ài）：呼吸困难的样子。⑫荓（pīng）：使。⑬赘（zhuì）：连属。⑭甡甡（shēn）：众多的样子。⑮迪（dí）：进取。⑯回遹（yù）：邪僻。

【译文】

桑叶柔嫩生长旺，树阴广布好乘凉。桑叶采尽枝干秃，百姓受害难遮凉。愁思不绝心烦忧，失意凄凉久惆怅。老天光明高在上，怎不怜悯我惊惶。

四马奔驰忙不停，旐旗飘扬耀眼明。社会动乱不太平，举国不宁人心慌。百姓受难少壮丁，如受火灾尽遭殃。长长声声心悲哀，国运艰难太动荡。

国家民穷资财光，老天不肯把我养。要想安身无处住，说走不知往哪方。

君子认真细思量，心地端正不争强。是谁生出这祸根？至今作梗把人伤。

心中忧愁真恻怆，思念故居和家乡。生不逢时我真惨，遇上老天怒气旺。从那西边到东边，无处安身最凄凉。遭遇灾祸受苦多，外患紧急在边疆。

为国谋划能谨慎，祸乱状况可减轻。教你国事应忧虑，封官授职要细心。有人手持灼热物，不用水洗怎能成？如此为政岂能好，大家都将命归阴。

就像人们逆风跑，呼吸困难口难张。百姓本有肃敬心，但却无处献力量。重视农业生产事，百姓辛苦代耕养。耕种收获国之宝，代耕之民最善良。

天降灾祸和死亡，想要灭我所立王。降下蟊贼诸害虫，庄稼全部遭了殃。哀痛我们国中人，灾祸不断田尽荒。大家疲病无力量，只有诚心念上苍。

这是顺理好君王，百姓爱戴都瞻仰。操心国政善谋划，考察慎选那辅相。不顺人心坏君王，独让自己把福享。坏蛋自有坏肺肠，让那国民都发狂。

瞧那郊外树林中，成群结队是麋鹿。朋友彼此不信任，不能善意相帮助。古人有话说得好：进退尽都是绝路。

唯这圣人眼明亮，目光远大百里望。那种愚人真可笑，独自高兴太狂妄。不是我们不能说，为何顾忌心惶惶？

唯有这人心善良，无所求取没欲望。但是那人太忍心，变化反复总无常。百姓如今似好乱，实因恶政苦难当。

大风刮来迅且猛，来自空空大山洞。只有这个善良人，行为美好人称颂。唯有那些悖理者，终日走在污垢中。

大风迅猛呼呼吹，贪婪小人害同类。话儿好听愿应对，忠言逆耳就装醉。不用忠良贤德辈，反说我是老悖晦。

哎呀你我是朋友，岂不知你装模样。好比那些高飞鸟，有时被射也落网。我已熟悉你底细，反来威吓真愚妄。

没有准则民扰攘，执政刻薄多悖理。乱做不利人民事，就怕不能得胜利。百姓行为多邪僻，因为执政施暴力。

百姓不安很恐慌，执政为盗有贼行。诚恳劝说不可做，背地乱骂不认情。虽说有人诽谤我，已作此歌望你听。

【鉴赏】

这首诗是西周卿士芮良夫所作，旨在哀伤周厉王昏庸暴虐，任用非人，使人民痛苦不堪，国家将要败亡。全诗十六章，前八章指责厉王失政，好利而暴虐，以致民不聊生，激起很大的民怨；后八章指责同僚，道出厉王用人不当，导致国家动乱。

云汉

【原典】

倬彼云汉①，昭回于天。王曰于乎，何辜今之人！天降丧乱，饥馑荐臻。靡神不举，靡爱斯牲。圭璧既卒②，宁莫我听！

旱既大甚，蕴隆虫虫。不殄禋祀，自郊徂宫。上下奠瘗③，靡神不宗。后稷不克，上帝不临。耗斁下土④，宁丁我躬！

旱既大甚，则不可推。兢兢业业，如霆如雷。周余黎民，靡有孑遗。昊天天帝，则不我遗。胡不相畏？先祖于摧。

旱既大甚，则不可沮。赫赫炎炎，云我无所。大命近止，靡瞻靡顾。群公先正，则不我助。父母先祖，胡宁忍予！

旱既大甚，涤涤山川⑤。旱魃为虐，如惔如焚。我心惮暑，忧心如熏。群公先正，则不我闻。昊天上帝，宁俾我遁！

旱既大甚，黾勉畏去。胡宁瘨我以旱⑥？憯不知其故。祈年孔夙，方社不莫。昊天天帝，则不我虞。敬恭明神，宜无悔怒。

旱既大甚，散无友纪。鞫哉庶正⑦，疚哉冢宰。趣马师氏⑧，膳夫左右。靡人不周，无不能止。瞻卬昊天，云如何里！

瞻卬昊天，有嘒其星。大夫君子，昭假无赢⑨。大命近止，无弃尔成！何求为我，以戾庶正。瞻卬昊天，曷惠其宁！

【注释】

①倬（zhuō）：广大。②圭璧：即玉器。③瘗（yì）：埋，这里指把祭品埋下。④斁（dù）：败坏。⑤涤涤（dí）：形容草木干枯稀少。⑥瘨（diān）：病。⑦鞫（jū）：穷困。⑧趣马：养马的官吏。⑨昭假：明告，诚心祭告。

【译文】

浩浩银河高又亮，光华运转在天上。周王仰天长叹息：今人犯了啥罪状！

老天降下大祸乱，饥荒年接二连三。没有神灵不祭奠，奉献牺牲不悭吝。礼神圭璧全用完，神灵还是不肯听！

旱灾已经太严重，暑气熏蒸热难当。不停祭祀常烧香，郊祭庙祭两不忘。奠酒埋玉祭天地，没有神明不祭享。后稷救灾不能胜，天帝不来救死亡。天灾这般害人间，大难恰恰落我身。

旱灾已经太严重，要想消除不得行。每天都战战兢兢，生怕上苍降雷霆。周地剩余老百姓，几乎个个都死净。老天天帝太无情，不愿过问我死生。大家怎能不惶恐，祖先祭祀无继承。

旱灾已经太严重，没有办法去阻挡。骄阳似火暑气腾，要想容身没地方。死亡大限将临头，瞻前顾后两渺茫。诸侯公卿众神灵，都不肯前来佑助。父母先祖的神灵，为何让我受苦难。

旱灾已经太严重，山光河涸草木尽。旱魃为恶太可恨，好比大火遍地焚。我心害怕酷热天，忧愁难忍如烟熏。历代公卿百官神，丝毫不肯来过问。老天天帝太不仁，为啥叫我陷穷困。

旱灾已经太严重，努力祈祷把灾除。为何降下大旱情？不知缘故费思量。祈祷丰年都很早，祭祀方社也不暮。老天天帝太糊涂，不愿想想我痛苦。我对神明很恭敬，神明不应有恼怒。

旱灾已经太严重，饥荒离散乱纪纲。公卿百官办法穷，宰相痛苦又何补。养马官吏都祈雨，膳夫左右齐帮助。没有一人不赈灾，无人叫难敢停住。抬头向上望苍天，我的心里多忧苦。

仰望昊天万里晴，点点繁星亮晶晶。公卿大夫众君子，祷告上苍心要诚。死亡大限已临近，继续前功莫暂停。祈雨岂是为了我，为安群众与公卿。仰望上苍诚祈祷，啥时惠赐我安宁！

【鉴赏】

大旱之年，周宣王祈神求雨，诗人写诗以记之，反映了当时旱灾的严重和宣王愁苦焦急的心情。统观全诗，诗人对这次持久难弭的灾祸从旱象、旱情、造成的惨重损失及所引起的心理恐慌等方面作了充分的描写。

崧 高

【原典】

崧高维岳①，骏极于天。维岳降神，生甫及申。维申及甫，维周之翰。四国于蕃，四方于宣。

亹亹申伯②，王缵之事。于邑于谢，南国是式。王命召伯，定申伯之宅。登是南邦，世执其功。

王命申伯："式是南邦。因是谢人，以作尔庸③。"王命召伯，彻申伯土田。王命傅御，迁其私人。

申伯之功，召伯是营。有俶其城④，寝庙既成。既成藐藐。王锡申伯，四牡蹻蹻，钩膺濯濯。

王遣申伯，路车乘马。"我图尔居，莫如南土；锡尔介圭，以作尔宝。往近王舅，南土是保！"

申伯信迈，王饯于郿。申伯还南，谢于诚归。王命召伯，彻申伯土疆；以峙其粻⑤，式遄其行。

申伯番番⑥，既入于谢，徒御啴啴⑦。周邦咸喜，戎有良翰。不显申伯，王之元舅，文武是宪。

申伯之德，柔惠且直。揉此万邦，闻于四国。吉甫作诵，其诗孔硕，其风肆好，以赠申伯。

【注释】

①崧（sōng）：山势高大的样子。②亹（wěi）亹：勤勉的样子。③庸：通"墉"，城墙。④有俶：厚重。⑤粻（zhāng）：粮食。⑥番番（bō）：勇武的样子。⑦啴啴（tān）：繁盛的样子。

【译文】

巍峨四岳是大山，高高耸峙入云天。神明灵气降四岳，甫侯申伯生人间。是那申伯和甫侯，周家栋梁最有名，保卫四方诸侯国，宣扬教化天下宁。

申伯勤勉能力强，王委重任理南疆。建设城邑在谢地，南国奉他做准绳。

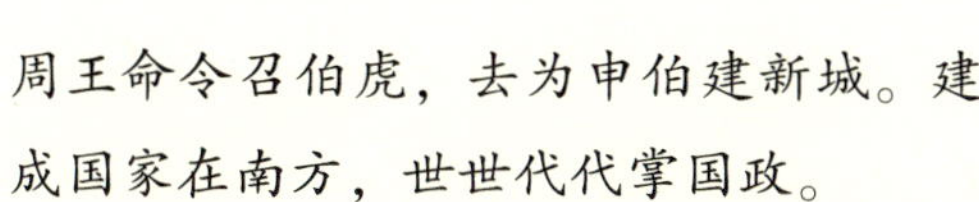

周王命令召伯虎，去为申伯建新城。建成国家在南方，世世代代掌国政。

周王下令给申伯，要树表率于南国。依靠谢地老百姓，新的城墙快建筑。周王又命召伯虎，去为申伯治田土。王命太傅和侍御，家臣迁去一起住。

申伯建邑大工程，全靠召伯苦经营，城墙高大又厚实，宗庙寝殿都建成。寝庙已成多漂亮，王对申伯行赐赏。四匹马儿多雄壮，胸前带饰闪金光。

周王赏赉给申伯，大车驷马物品多。仔细考虑你住处，天下莫比南土墙。赐你大圭尺二长，作为国宝永收藏。我的娘舅放心去，确保南方万里疆。

申伯出发果动身，周王郿地来饯行。申伯要回南方去，决心回去住谢城。天子命令召伯虎，申伯疆土要划清。路上干粮准备好，日夜兼程马不停。

申伯勇武有豪情，前往谢邑入新城。随从士卒喜洋洋。全国人民都欢喜，你是国家好栋梁。申伯高贵显荣光，周王舅父不平常，文德武功做榜样。

申伯德高望又隆，品端行直温且恭。安抚诸侯服万国，天下四方传美名。吉甫作了这首诗，篇幅宏大语言精。曲调典雅音节美，赠送申伯记大功。

【鉴赏】

周宣王的舅舅申伯被封于谢，将去赴任时，周宣王带领群臣为其践行，尹吉甫作了这首诗为其践行。诗中歌颂了申伯辅佐周室、镇抚南方侯国的伟大功绩，同时也写出了宣王对申伯的优厚封赠及不同寻常的礼遇。

烝 民

【原典】

天生烝民，有物有则。民之秉彝①，好是懿德。天监有周，昭假于下。保兹天子，生仲山甫。

仲山甫之德，柔嘉维则。令仪令色，小心翼翼。古训是式，威仪是力。天子是若，明命使赋。

王命仲山甫，式是百辟。缵戎祖考，王躬是保。出纳王命，王之喉舌。赋政于外，四方爰发。

肃肃王命，仲山甫将之。邦国若否，仲山甫明之。既明且哲，以保其身。夙夜匪解②，以事一人。

人亦有言："柔则茹之③，刚则吐之。"维仲山甫，柔亦不茹，刚亦不吐；不侮矜寡，不畏强御。

人亦有言："德輶如毛④，民鲜克举之。"我仪图之，维仲山甫举之，爱莫助之。衮职有阙⑤，维仲山甫补之。

仲山甫出祖，四牡业业。征夫捷捷，每怀靡及。四牡彭彭⑥，八鸾锵锵。王命仲山甫，城彼东方。

四牡骙骙，八鸾喈喈。仲山甫徂齐，式遄其归。吉甫作诵，穆如清风。仲山甫永怀，以慰其心。

【注释】

①秉彝（yí）：秉性。②匪解（xiè）：不懈。③茹（rú）：吃。④輶（yóu）：轻。⑤衮（gǎn）：绣龙图案的王服。⑥彭彭（bāng）：马蹄声。

【译文】

上天生下众百姓，事物一定有法则。人的常性与生来，追求善美是其德。上天视察周王朝，昭明之德施于下。保佑这位周天子，有仲山甫辅佐他。

仲山甫有好品德，温和善良是准则。仪态端庄好面色，小心翼翼真负责。遵从古训不出格，勉力做事合礼节。天子用心做选择，让他传命发政策。

天子命令仲山甫，要为诸侯做准绳。继承祖业要弘扬，辅佐天子振朝纲。出令受命你执掌，天子喉舌责任重。你向诸侯发政令，天下各地都响应。

天子命令很严正，山甫认真去执行。国内政事好与坏，仲山甫心明如镜。既明事理又聪慧，善于应付保自身。日夜辛劳不懈怠，侍奉天子保太平。

有句老话这样说：软的东西吃下肚，硬的东西往外吐。世间只有仲山甫，软的东西不乱吃，东西再硬也不吐。鳏夫寡妇他不欺，碰着强暴狠打击。

古人有话这样道：道德品行轻如毛，人们很少能举高。认真思考细揣度，做到只有仲山甫，可惜无人能帮助。龙袍上面有破损，只有山甫能修补。

仲山甫拜祭路神，四匹公马力强劲。车载使臣匆匆行，常念王命未完成。四马奋蹄嘭嘭响，八只鸾铃声锵锵。周王命令仲山甫，督修齐城赴东疆。

四匹马儿向前行，八只鸾铃响不停。山甫动身去齐国，但望迅速早回程。吉甫写下这首歌，美如清风暖人心。山甫临行多思念，聊以此歌表慰问。

【鉴赏】

周宣王派仲山甫至齐筑城，尹吉甫写诗送别，赞美仲山甫才高德美，宣王能任贤使能。此诗开篇以说理领起，中间夹叙夹议，最后以热烈的送别场面作结。全诗章法整饬，表达灵活多变，也是后世送别诗之祖。

韩　奕

【原典】

奕奕梁山，维禹甸之[①]，有倬其道。韩侯受命，王亲命之：“缵戎祖考，无废朕命。夙夜匪解，虔共尔位。朕命不易，干不庭方，以佐戎辟。”

四牡奕奕，孔修且张。韩侯入觐，以其介圭[②]，入觐于王。王锡韩侯，淑旂绥章。簟茀错衡；玄衮赤舄，钩膺镂锡；鞹鞃浅幭[③]，鞗革金厄。

韩侯出祖，出宿于屠。显父饯之，清酒百壶。其殽维何？炰鳖鲜鱼[④]。其蔌维何[⑤]？维笋及蒲。其赠维何？乘马路车。笾豆有且，侯氏燕胥。

韩侯取妻，汾王之甥，蹶父之子。韩侯迎止，于蹶之里。百两彭彭，八鸾锵锵，不显其光。诸娣从之，祁祁如云。韩侯顾之，烂其盈门。

蹶父孔武，靡国不到；为韩姞相攸，莫如韩乐。孔乐韩土，川泽訏訏[⑥]，鲂鱮甫甫，麀鹿噳噳，有熊有罴，有猫有虎。庆既令居，韩姞燕誉。

溥彼韩城，燕师所完。以先祖受命，因时百蛮。王锡韩侯，其追其貊。奄受北国，因以其伯。实墉实壑，实亩实藉。献其貔皮[⑦]，赤豹黄罴。

【注释】

①甸（diàn）：治理，布置。②介圭：玉器。③鞹鞃（kuò hóng）：车前扶木裹以皮革。幭（miè）：车轼上的皮套。④炰（páo）鳖：烹煮鳖肉。⑤蔌（sù）：素菜。⑥訏訏（xǔ）：广袤的样子。⑦貔（pí）：一种猛兽名。

【译文】

梁山巍峨高又大，大禹曾经治理它。交通大道开辟成，韩侯受命保国家。周王亲自下命令，继承祖业须听话。我的命令不可废，早晚勤勉莫浮夸。坚守职位须切记，明令不得乱变化。整治不朝诸方国，辅佐君王显才能。

四匹马儿真强壮，身又高来体又壮。韩侯入朝拜天子，手持介圭到殿堂，从容上堂拜周王。王赐韩侯啥东西，锦绣龙旗有文章。车上竹席花车衡，黑色龙袍红鞋帮。马胸马头装饰美，浅色虎皮覆轼上，辔头挽具闪金光。

韩侯临行祭路神，出京来到屠地住。显父为他来饯行，席上清酒有百壶。摆的菜肴有些啥？炖鳖蒸鱼味鲜新。用的蔬菜是什么？嫩笋嫩蒲香喷喷。赠的礼物是什么？四匹马儿和大路。菜肴丰盛花色多，诸侯赴宴尽欢呼。

韩侯娶妻办喜事，大王外甥做新娘，蹶父长女嫁新郎。韩侯亲自去迎接，到达蹶邑大街上。百辆彩车彭彭响，八只鸾铃响叮当，车水马龙显荣光。陪嫁妹子相随去，好像彩云在飞扬。韩侯回头望一望，满门光彩真辉煌。

蹶父威武见识高，没有地方他不到。他替韩姞找住所，只有韩地最美妙。韩邑土地很安乐，河流湖泊宽又好。鳊鱼鲢鱼肥又大，母鹿小鹿聚一处。有熊有罴在山林，还有山猫与猛虎。喜庆有个好地方，韩姞心里好欢愉。

四周宽广是韩城，燕地大众修筑成。用你先祖受封礼，百蛮都唯你是听。周王下令赐韩侯，追貊两国你统领。北方小国都包括，地区首长你担承。挖好壕沟修好城，治田收税按规定。献上当地白狐皮，豹皮熊皮件件精。

【鉴赏】

这首诗的主题是颂扬韩侯，诗中渲染了他的富贵荣华以及他的权威，这

都与他的政治地位有密切关联。全诗六章，各章重点突出，内容相对集中，或正面描述，或侧面烘托，落笔庄重大方，毫无割裂枝蔓之累，这在颂诗中是比较有特色的。

江　汉

【原典】

江汉浮浮，武夫滔滔。匪安匪游，淮夷来求。既出我车，既设我旟。匪安匪舒，淮夷来铺[①]。

江汉汤汤，武夫洸洸[②]。经营四方，告成于王。四方既平，王国庶定。时靡有争，王心载宁。

江汉之浒[③]，王命召虎："式辟四方，彻我疆土。匪疚匪棘，王国来极。于疆于理，至于南海。"

王命召虎，来旬来宣："文武受命，召公维翰。无曰予小子，召公是似。肇敏戎公，用锡尔祉！

厘尔圭瓒[④]，秬鬯一卣[⑤]。告于文人[⑥]，锡山土田。于周受命，自召祖命。"虎拜稽首："天子万年！"

虎拜稽首："对扬王休，作召公考。天子万寿！明明天子，令闻不已。矢其文德，洽此四国。"

【注释】

①铺（pù）：列阵讨伐。②洸洸（guāng）：威武的姿态。③浒（hǔ）：水边。④厘（lí）：赏赐。⑤秬鬯（jù chàng）：一种用于祭祀的酒。卣（yǒu）：酒器。⑥文人：有文德的。

【译文】

长江汉水浪滔滔，将士东征士气高。不图安逸不游乐，要把淮夷来征讨。我军战车已出动，战旗竖起迎风飘。不图苟安贪舒适，讨伐淮夷而驻扎。

长江汉水波浩浩，将士出征真雄壮。平定四方不辞苦，频将捷报告周王。四方叛乱已讨平，王国安定无灾殃。从此时局得太平，我王内心得安宁。

在那长江汉水边，王向召虎下命令：为我开辟四方地，精心治理好疆土。不扰民来不急躁，要以王国为楷模。划定疆界理天下，领土直至南海边。

周王命令召伯虎，负责巡视和宣抚。文王武王受天命，召公辅政是台柱。莫说自己年纪轻，召公事业你担负。全力尽心建大功，赐你福禄无穷尽。

赐你玉柄黄铜勺，芬芳黑黍酒一樽。祭告先祖文王神，赐你田土和山林。来到岐周受封命，仍用召祖旧时礼。召虎下拜忙叩头，周天子万年长寿。

召虎下拜忙叩首，称颂周王好品德。铸造青铜召公簋，祝贺天子万年寿。明德显著周天子，美名流传永不休。施行礼乐和教化，调协天下四方地。

【鉴赏】

这首诗写了赞扬周宣王命令召伯虎讨伐淮夷，建立武功并受到赏赐。关于淮夷战事的具体细节，本诗并没有做具体描述，因为本诗着重颂扬宣王之德，不在纪事。最后，全诗以“矢其文德，洽此四国”作结，表现出中兴君臣的共同愿望。

常　武

【原典】

赫赫明明[1]，王命卿士，南仲大祖，大师皇父：“整我六师，以修我戎[2]。既敬既戒，惠此南国。”

王谓尹氏，命程伯休父：“左右陈行，戒我师旅。率彼淮浦，省此徐土。不留不处，三事就绪。”

赫赫业业[3]，有严天子。王舒保作，匪绍匪游。徐方绎骚[4]，震惊徐方，如雷如霆，徐方震惊。

王奋厥武，如震如怒。进厥虎臣，阚如虓虎[5]。铺敦淮濆[6]，仍执丑虏。截彼淮浦，王师之所。

王旅啴啴[7]，如飞如翰。如江如汉，如山之苞，如川之流，绵绵翼翼，不测不克，濯征徐国。

王犹允塞，徐方既来。徐方既同，天子之功。四方既平，徐方来庭。徐

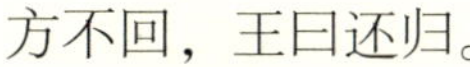
方不回，王曰还归。

【注释】

①明明：英明，明智。②修：整顿。③业业：高大的样子。④绎（yì）骚：骚动不安的样子。⑤阚（hǎn）：老虎咆哮的样子。虓（xiāo）：老虎吼叫。⑥濆（fén）：水边高地。⑦啴啴（tān）：人多势众。

【译文】

多么威严多严明，王对卿士下命令。太祖庙中命南仲，太师皇父讨徐方。整顿六师军威扬，修好兵器着好装。提高警惕严戒备，爱护百姓安南邦。

宣王告诉尹吉甫，程伯休父听将令。部署队伍左右行，告诫我军仔细听。沿着淮水两旁地，认真巡视徐国境。诛杀首恶安良民，三卿尽职责任明。

多么威严多伟大，神圣天子亲出征，从容镇定向前进。不快不慢按兵法，徐方慌张乱阵营。王师神威震徐方，雷霆万钧压头顶，徐方骚动大震惊。

王师奋发多威武，好比雷霆大震怒，派出冲锋敢死队，威猛如同咆哮虎。陈兵布阵淮水边，就捕敌方众俘虏。截断淮水敌人路，王师驻地真坚固。

王师强大兵马众，迅捷如鸟掠长空，势如江汉水汹涌。如山之基难动摇，如川之流滚滔滔。军营绵绵排列齐，战无不胜难知底，大力征讨定淮夷。

宣王谋略真可靠，徐方归降已来到。徐方已经来会同，天子亲征建功劳。四方已经全平定，徐方也来朝王了。徐方不敢再违抗，王命班师回王朝。

【鉴赏】

这首诗写的是周宣王亲征徐国，平定叛乱，取得了重大胜利。诗人在叙事时采用虚写与实写结合的方法，赞美了周宣王平定叛乱的雄壮军威，表现了这位中兴之主的帝王气魄。

瞻　印

【原典】

瞻卬昊天[①]，则不我惠。孔填不宁，降此大厉[②]。邦靡有定，士民其瘵[③]。蟊贼蟊疾[④]，靡有夷届。罪罟不收[⑤]，靡有夷瘳[⑥]。

人有土田，女反有之。人有民人，女覆夺之。此宜无罪，女反收之。彼宜有罪，女覆说之。哲夫成城，哲妇倾城。

懿厥哲妇，为枭为鸱⑦。妇有长舌，维厉之阶。乱匪降自天，生自妇人。匪教匪诲，时维妇寺。

鞫人忮忒⑧，谮始竟背。岂曰不极，伊胡为慝？如贾三倍，君子是识。妇无公事，休其蚕织。

天何以刺？何神不富？舍尔介狄，维予胥忌；不吊不祥，威仪不类。人之云亡，邦国殄瘁⑨。

天之降罔，维其优矣。人之云亡，心之忧矣。天之降罔，维其几矣。人之云亡，心之悲矣！

觱沸槛泉⑩，维其深矣。心之忧矣，宁自今矣？不自我先，不自我后。藐藐昊天，无不克巩。无忝皇祖⑪，式救尔后。

【注释】

①卬（yǎng）：同“仰”。②厉：祸患。③瘵（zhài）：病。④蟊（máo）：害虫。⑤罟（gǔ）：网。⑥瘳（chōu）：病体痊愈。⑦鸱：恶声之鸟，即猫头鹰。⑧鞫（jū）：到极致。忮（zhì）：忌恨。忒（tè）：变化。⑨殄瘁（tiǎn cuì）：困病。⑩觱（bì）沸：泉水喷涌的样子。槛（jiàn）泉：泛滥的喷泉。⑪忝（tiǎn）：辱没。

【译文】

抬起头来望昊天，不肯对我施恩情。天下久久不太平，降下大祸世不宁。国内无处有安定，戕害士人与庶民。病虫为害庄稼毁，长年累月无止境。罪恶之网不收起，人民苦难永难停。

人家有块好田地，你却侵夺据为己。别人有了老百姓，你又强行去抢夺。这人本是无辜者，你要把他来捕捉。那人本应有罪过，你却赦免又宽恕。聪明男子建成城，聪明女人使城倾。

可叹此妇太逞狂，如枭如鸱恶名当。花言巧语善说谎，灾难邪恶祸根藏。祸乱不是从天降，出自妇人那一方。王行暴政无人教，就因爱把妇人听。

诬告害人多诡计，先行诽谤后背弃。难道这样还不够，为啥继续做恶事？商人唯求三倍利，主持政事岂相宜？妇人不肯做女工，停止养蚕和纺织。

苍天为何责罚苦？神灵为何不庇护？元凶顽敌全不顾，只是对我相忌妒。人们遭灾不怜悯，纲纪败坏装糊涂。良臣贤士尽逃亡，国家危急无救助。

苍天无情降法网，多如牛毛密如雨。忠臣贤士都离去，我的心里多忧虑。上天降下罪恶网，灾难临近无处藏。忠臣贤士都逃亡，我的心里多忧伤。

槛泉泉水涌不息，泉水源头深无底。我的心中多忧戚，难道只从今日起？我生之前无灾祸，我生之后灾祸已。高远无边老天爷，一切无不可畏忌，切勿辱没你祖宗，拯救邦家为子孙。

【鉴赏】

西周末年，周幽王宠幸褒姒，朝纲败坏，搞得天下大乱，最终导致了西周灭亡，诗人用这首诗记录了这一沉痛的历史。全诗痛斥了周幽王荒淫无道、倒行逆施的罪恶，抒发了诗人忧国悯时的情怀和疾恶如仇的愤慨，反映了西周末年的黑暗现实和统治阶级内部的争斗。

召　旻

【原典】

旻天疾威[①]，天笃降丧。瘨我饥馑，民卒流亡。我居圉卒荒[②]。

天降罪罟，蟊贼内讧。昏椓靡共[③]，溃溃回遹，实靖夷我邦。

皋皋訿訿[④]，曾不知其玷。兢兢业业，孔填不宁，我位孔贬。

如彼岁旱，草不溃茂，如彼栖苴[⑤]。我相此邦，无不溃止。

维昔之富不如时，维今之疚不如兹。彼疏斯粺[⑥]，胡不自替？职兄斯引。

池之竭矣，不云自频？泉之竭矣，不云自中？溥斯害矣，职兄斯弘，不烖我躬[⑦]？

昔先王受命，有如召公。日辟国百里，今也日蹙国百里[⑧]。于乎哀哉！维今之人，不尚有旧？

【注释】

①旻（mín）天：泛指天。②圉（yǔ）：边塞地区。③昏椓（zhuó）：即宦官。④皋皋：欺诳。訿訿（zǐ）：诽谤。⑤栖苴（qīchá）：即枯草。⑥疏：粗

粮。粺（bài）：精米。⑦烖："灾"的异体字。⑧蹙（cù）：缩。

【译文】

老天暴虐太疯狂，接连不断降死亡。饥馑遍地灾情重，十室九空尽流亡。国土荒芜生榛莽。

老天降下罪恶网，奸贼内部乱嚷嚷。谗言乱政职不供，昏聩邪僻肆逞凶，想把国家来断送。

相互诽谤又欺骗，自己不知是缺点。君子兢兢又业业，对此早就心不安，可惜职位太低贱。

好比那年有旱象，百草生长不茂畅，好比枯草挂树上。我看这个国家里，无不混乱将灭亡！

昔日富裕今日穷，时弊莫如此地凶。该吃粗粮吃细粮，为啥不肯自退让？国家祸乱更增长！

池塘里面水已干，岂不起自池塘边。山里泉流水已断，岂不起自泉中间。灾害已经很普遍，祸乱更加大蔓延，哪能不把我牵连？

先王受命昔为君，召公前来辅佐他。当初日辟百里地，如今国土日受损。可叹可悲真痛心！不知如今满朝人，是否还有旧忠臣？

【鉴赏】

这是一首讽刺周幽王任用小人，国政败坏的诗。本诗和前一首《瞻卬》可谓互为表里，《瞻卬》斥责女宠干政于内，《召旻》则痛斥小人乱政于外，诗人虽然对时政感到痛心，却也无可奈何，只能作诗加以讽刺。

颂

周颂

《周颂》共31篇，大都是周王室的宗庙祭祀诗。《周颂》产生于武、成、康、昭四朝（公元前1100～前950年），大都是贵族的作品，也有的可能出于史官或乐师之手。除了单纯歌颂祖先功德外，还有一部分于春夏之际向神祈求丰年或秋冬之际酬谢神的乐歌，从中我们可以了解到西周初期农业生产的情况。

清　庙

【原典】

於穆清庙①，肃雍显相②。济济多士，秉文之德。对越在天，骏奔走在庙。不显不承，无射于人斯③！

【注释】

①穆：庄严肃穆。②相：助祭的公侯。③射（yì）：通“斁（yì）”，厌弃的意思。

【译文】

庄严肃穆的宗庙，助祭公卿多显赫。

执事整齐有威仪，文王德教谨奉行。

颂扬文王在天灵，庙中奔走脚步忙。

光大祖德继祖业，人民崇敬不厌弃。

【鉴赏】

这是周朝初期祭祖时伴歌舞的诗，旨在赞美祖先崇高的德行和博大的胸怀。特别需要指出的是，这首诗虽是祭祀神灵，但其中重点强调的还是“人”的道德，这是西周时期先民理性思想的光芒所在。

维天之命

【原典】

维天之命，于穆不已。于乎不显，文王之德之纯！假以溢我[①]，我其收之。骏惠我文王[②]，曾孙笃之。

【注释】

①假：通“嘉”，美好的样子。②骏：顺从。惠：顺。

【译文】

那真是天命所归，庄严肃穆无止境。

多么显著又光明，文王德行真纯净。

教导我美好品德，我会好好地继承。

遵循先祖文王德，子孙后代要坚持。

【鉴赏】

这是一首祭祀文王的乐歌，歌颂了文王纯美的德行，希望他的子孙好好继承。诗写得情意朴素，无矫揉造作之弊，读来颇有韵味。

维　清

【原典】

维清缉熙[①]，文王之典。肇禋[②]，迄用有成。维周之祯[③]。

【注释】

①缉熙（jí xī）：光明。②肇禋（zhào yīn）：开始祭拜天地。③祯（zhēn）：祥瑞。

【译文】

多么清静又光明，文王真是好典范。马上开始祭天地，终于创下这伟业，真是周家大吉庆。

【鉴赏】

这是一首祭祀文王的乐歌，是《诗经》中最简短的篇章之一。诗的主旨是歌颂文王征伐有功，为建立周家天下奠定了基础。

烈 文

【原典】

烈文辟公①，锡兹祉福。惠我无疆，子孙保之。无封靡于尔邦②，维王其崇之。念兹戎功，继序其皇之③。无竞维人，四方其训之。不显维德④，百辟其刑之⑤。于乎，前王不忘！

【注释】

①烈：光明。②封靡：大的罪恶。③序：承继。④不：通“丕”，大。⑤百辟：指众诸侯。

【译文】

文德光耀众诸侯，先王赐福多荣幸。
享有无边的恩泽，子孙也受用无穷。
勤勉治国别犯事，王将重重给封赏。
先辈创下的基业，务要继承和发扬。
得到贤人最重要，四方归顺无违抗。
你们德行能昭明，天下诸侯都模仿。
啊！祖宗功德不能忘！

【鉴赏】

这是周成王即位之初举行祭祀先祖大典时的诗，旨在叮嘱他不要忘记先辈君王的文德武功。本诗的特色在于运用了欲抑先扬的手法，前四句的赞扬使后九句的训诫变得易于接受。

天　作

【原典】

天作高山，大王荒之[1]。彼作矣，文王康之[2]。彼徂矣岐，有夷之行[3]，子孙保之。

【注释】

①荒：开垦，治理。②康：使……安康。③夷：平坦。

【译文】

高耸岐山自然成，大王开始来开荒。大王开创功劳大，文王继承和发扬。
岐山本来多险阻，如今道路平又广，为子孙创造前程。

【鉴赏】

这是周王祭祀岐山的乐歌，歌颂了大王、文王开辟岐山造福后人的功劳。全诗虽然只有短短七句，但却写得既显庄严又富气势，可见作者的非凡手笔。

昊天有成命

【原典】

昊天有成命，二后受之[1]。成王不敢康，夙夜基命宥密[2]。于缉熙，单厥心[3]，肆其靖之[4]。

【注释】

①后：君王。②宥（yòu）密：宽仁宁静。③单：竭尽。④肆：巩固。

【译文】

苍天早已有明令，文王武王来受领。成王不敢图安逸，朝夕谋政多勤勉。
文武事业更光明，成王确已尽了心，天下一定能太平。

【鉴赏】

这首诗只有七句，也是《诗经》中最短的篇章之一。它是成王祭天的乐歌，歌颂了他能继承文王武王事业，并进一步发扬光大，保得天下太平的功绩。

我 将

【原典】

我将我享[①]，维羊维牛，维天其右之[②]。仪式刑文王之典，日靖四方[③]。伊嘏文王[④]，既右飨之。我其夙夜，畏天之威，于时保之[⑤]。

【注释】

①享：献祭。②右：通“佑”，保佑。③靖：平定。④嘏（jiǎ）：远大。⑤于时：即于是。

【译文】

我把祭品敬献上，里面有牛又有羊，希望苍天来保佑。效法文王好榜样，盼着早日平四方。

伟大圣明周文王，祭品请尽情享用。我将日夜勤国政，敬畏上苍大威灵，保佑国家长太平。

【鉴赏】

这是武王出兵伐殷之前，祭祀上天和文王，祈求他们保佑时的诵辞。全诗自始至终都采用第一人称的口气，语言质朴，充满了敬畏之情。

时 迈

【原典】

时迈其邦[①]，昊天其子之，实右序有周。薄言震之，莫不震叠[②]。怀柔百神[③]，及河乔岳[④]。允王维后！明昭有周，式序在位。载戢干戈[⑤]，载櫜弓矢[⑥]。我求懿德，肆于时夏[⑦]。允王保之。

【注释】

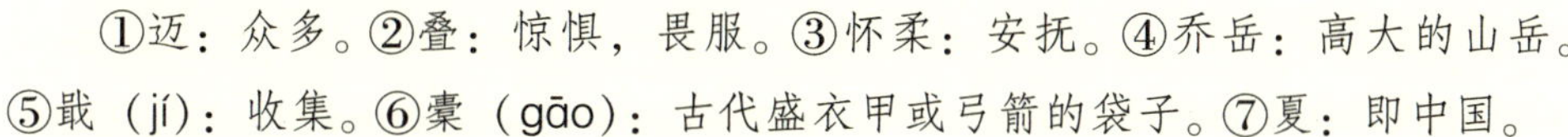

①迈：众多。②叠：惊惧，畏服。③怀柔：安抚。④乔岳：高大的山岳。⑤戢（jí）：收集。⑥櫜（gāo）：古代盛衣甲或弓箭的袋子。⑦夏：即中国。

【译文】

天下众多诸侯国，天帝使我为君王，上天保佑我周族。周王声威震天下，天下莫不受惊慌。

安抚众神心要诚，来到黄河泰山上。周王真是好君王。周家德行最光明，按照次序赏诸侯。

干戈武器收起来，良弓利箭装进櫜。我求先王好德行，遍施华夏各地方，周王室永远昌盛。

【鉴赏】

这首诗是武王伐纣成功之后，巡视四方诸侯，祭祀天下山川的乐歌。诗中重点歌颂了周武王的文德武功，字里行间充溢着诗人深挚而敬慕的感情，是一篇较为优秀的作品。

执　竞

【原典】

执竞武王，无竞维烈①。不显成康，天帝是皇②。自彼成康，奄有四方，斤斤其明③。钟鼓喤喤，磬筦将将④，降福穰穰⑤。降福简简，威仪反反。既醉既饱，福禄来反。

【注释】

①烈：功业。②皇：美好。③斤斤：明察。④筦（guǎn）：竹制管状乐器。将将（qiāng qiáng）：音乐声。⑤穰穰（rǎng）：众多的样子。

【译文】

自强不息周武王，功业无人可比上。成康二王真显赫，上天赞赏命为长。从那成康时代起，拥有天下治四方，洞察一切最明亮。

钟鼓齐鸣喤喤响，磬筦合奏声铿锵，福禄为你多多降。福禄大大降下来，仪态慎重又大方，酒足量呀饭饱肠，福禄回馈来双双。

【鉴赏】

这是一首合祭武王、成王、康王的乐歌，歌颂了武王的功德广大，成康二王继承武王功德，让天下安定，神灵降福于他们。诗的语气舒缓深长、庄严肃穆，体现出庙堂文化深厚的底蕴，让人有一种身临其境的感觉。

思　文

【原典】

思文后稷，克配彼天①。立我烝民，莫菲尔极。贻我来牟②，帝命率育。无此疆尔界，陈常于时夏。

【注释】

①克：能。②来：小麦。牟：大麦。

【译文】

先祖后稷功德高，能和上苍相比拼。

安定百姓千千万，无不赖你大德行。

上苍赐我大小麦，天命普遍养人民。

农耕不要分疆界，农政全国都施行。

【鉴赏】

这是周王郊祭始祖后稷以配天的乐歌，篇幅短小，语言凝练，因为周朝先祖后稷的故事早已家喻户晓，所以这里无须赘述。比较一下《大雅·生民》对后稷的描述，就可以看出《雅》与《颂》语言形式方面的不同之处。

臣　工

【原典】

嗟嗟臣工，敬尔在公。王厘尔成，来咨来茹。嗟嗟保介，维莫之春。亦又何求？如何新畬？于皇来牟，将受厥明。明昭天帝，迄用康年。命我众人，庤乃钱镈，奄观铚艾。

【注释】

①咨：询商。茹：调度。②新畬（yú）：耕种二年的田叫新，耕种三年的田叫畬。③庤（zhì）：准备。钱（jiǎn）：一种掘土农具。镈（bó）：一种锄草农具。④铚（zhì）、艾（yì）：都是剪刀。

【译文】

在朝的众官吏啊，公事要勤勉努力。王把成法赐给你，多来商量和请示。

你们这些田官啊，现在已是暮春时。究竟还有啥要求？生田熟田怎种植？

小麦大麦多茂盛，看来会有好收成。光明伟大好天帝，赐我丰收年年是。

命令我的农夫们，备好锄头和铲子，收割马上要开始。

【鉴赏】

这是一首歌颂周王关心农业生产，训勉群臣勤恳工作，贯彻执行国家发展农业的政策，感谢上天赐予丰收的乐歌，反映了周王重视发展农业生产，以农业为立国之本。

噫　嘻

【原典】

噫嘻成王[①]，既昭假尔。率时农夫，播厥百谷。骏发尔私[②]，终三十里。亦服尔耕，十千维耦[③]。

【注释】

①噫嘻：感叹语。②骏：通“畯”，田官。③耦（ǒu）：两人并耜而耕。

【译文】

英明伟大周成王，已经诚心祭先祖。率领众多农夫们，收集百谷去播种。

田官发给你农具，农田种植三十里。大家一起来耕种，万人成对在田间。

【鉴赏】

这首诗叙述了成王祭毕先祖后，亲率官农播种百谷共同劳作的情景，具体地反映了周初的农业生产和典礼实况，具有较高的史料价值。

振　鹭

【原典】

振鹭于飞[①]，于彼西雍[②]。我客戾止，亦有斯容。在彼无恶，在此无斁[③]。庶几夙夜，以永终誉。

【注释】

①振：鸟群飞的样子。②西雍（yōng）：辟雍。③斁（yì）：厌烦。

【译文】

一群白鹭在飞翔，在那辟雍任意飞。我有嘉宾来助祭，仪容高洁真漂亮。

他在本国无人怨，来到此地人敬仰。谨慎勤勉日复夜，美名荣誉永辉煌。

【鉴赏】

这是一首周王宴请来朝诸侯时奏的乐歌，集中赞扬了客人的美好威仪和德行，希望他们能好好处理境内事宜，并永远臣服于周室。

丰　年

【原典】

丰年多黍多稌[①]。亦有高廪[②]，万亿及秭[③]。为酒为醴，烝畀祖妣[④]。以洽百礼[⑤]，降福孔皆。

【注释】

①稌（tú）：稻米。②廪（lǐn）：粮仓。③秭（zǐ）：数量名，十亿。④烝（zhēng）：献。畀（bì）：给。⑤洽（qià）：齐备。

【译文】

丰年黍子稻谷多，高大粮仓一座座，成万成亿建满坡。酿成美酒千杯万觞，在祖先的灵前献上。各种祭礼都齐备，齐天洪福万民享。

【鉴赏】

这是一首丰收之年举行庆祝祭祀的颂歌。诗的前半部分描写丰收的盛况，但后半部分就演变成了感谢上天，因为在周王室看来，这来之不易的丰收更多得益于上天的恩赐。

有　瞽

【原典】

有瞽有瞽[①]，在周之庭。设业设虡，崇牙树羽[②]。应田县鼓，鞉磬柷圉。既备乃奏，箫管备举。喤喤厥声[③]，肃雍和鸣，先祖是听。我客戾止[④]，

永观厥成。

【注释】

①瞽：盲人，这里指盲人乐师。②树羽：崇牙的装饰，用五彩羽毛做成。③喤（huáng）喤：大而和谐的音乐声。④戾（lì）：到达。

【译文】

盲人乐师组成队，共同奏乐在周庙。钟鼓架子设置好，五彩羽毛饰崇牙。小鼓大鼓与悬鼓，鞉磬柷圉排一道。

一切备好就演奏，笛子排箫一起上。声音和谐又嘹亮，雍容闲雅好技巧，先祖神灵都听到。我的贵宾光临了，看完演奏都叫好。

【鉴赏】

这是在周王宗庙祭祀时颂咏的一首乐歌，详细描述了庞大乐队一起演奏的盛况。《周颂》31 篇都是乐诗，但直接描写奏乐场面的诗作只有《执竞》与《有瞽》这两篇，读者可以从中得悉周王朝音乐成就的辉煌。

潜

【原典】

猗与漆沮[①]，潜有多鱼：有鳣有鲔[②]，鲦鲿鰋鲤[③]。以享以祀，以介景福。

【注释】

①漆沮：两条河流名，都在今陕西省境内。②鳣（zhān）：鲤鱼。鲔（wěi）：鲟鱼。③鲦（tiáo）：白条鱼。鲿（cháng）：黄颊鱼。鰋（yǎn）：鲇鱼。

【译文】

漆水沮水景色美，好多鱼儿水中藏。

既有鳣鱼和鲔鱼，鲦鲿鰋鲤出其间。

用来献上供祭礼，求神赐予大福气。

【鉴赏】

这首诗写周王在宗庙祭祀，献鱼求福。全诗篇幅简短，却罗列了六种鱼名，写王室的祭祀活动，却也与民间风俗息息相关，显示了作者匠心独运的艺术手法。

雍

【原典】

有来雍雍[①]，至止肃肃。相维辟公，天子穆穆。于荐广牡[②]，相予肆祀。假哉皇考[③]！绥予孝子。宣哲维人，文武维后。燕及皇天，克昌厥后。绥我眉寿，介以繁祉。既右烈考，亦右文母[④]。

【注释】

①雍雍：和悦，和睦。②广：大。牡：雄性牲口。③皇考：对已故父亲的尊称。④文母：指有文德的母亲。

【译文】

客人和悦心舒畅，严肃恭敬到庙堂。各国诸侯来祭祀，天子居中真端庄。
雄性牲口献上来，帮我祭品摆妥当。皇考文王真伟大，保我孝子得安康。
百官通达智慧多，文武兼备好君王。上天平安无灾变，后世子孙更繁昌。
赐我平安寿绵绵，祝福我福禄无疆。保佑先父在天灵，还有文德的母后。

【鉴赏】

这是武王祭祀文王母后，在撤去祭品时所唱的乐歌。这首诗是父母同祭的，因此最后说“既右烈考，亦右文母”，但“文母”明显处于陪衬地位，这也是当时“男尊女卑”现象的具体表现。

载　见

【原典】

载见辟王[①]，曰求厥章。龙旂阳阳[②]，和铃央央。鞗革有鸧[③]，休有烈光。率见昭考[④]，以孝以享。以介眉寿，永言保之，思皇多祜。烈文辟公[⑤]，绥以多福，俾缉熙于纯嘏[⑥]。

【注释】

①载：初始。②阳阳：鲜明的样子。③鞗（tiáo）革：指马缰绳。鸧（qiāng）：金灿灿的样子。④昭考：这里指周武王。⑤烈文：光耀而有文德。⑥嘏（gǔ）：指大福。

【译文】

诸侯来朝见周王，考求礼仪旧典章。交龙旗帜多明亮，车上铃叮声声响。

饰金笼头马缰绳，华丽美好闪光芒。相率朝见武王庙，敬献祭品行祭享。

请赐我年寿绵绵，保佑我地久天长，赐予我福分无量。

有功有德众诸侯，神灵多多赐福禄，使我光明福长享。

【鉴赏】

这首诗写的是成王刚刚继位，四方诸侯前来朝贺，并一起参加盛大的祭祀活动。与其他祭祀诗歌不同的是，本诗中着墨最多的是助祭诸侯，周王室赞扬众诸侯，并对他们委以辅佐重任，就是为了防止新君即位时出现动荡局面，达到稳定政局的目的。

有　客

【原典】

有客有客，亦白其马。有萋有且[①]，敦琢其旅[②]。有客宿宿[③]，有客信信。言授之絷[④]，以絷其马。薄言追之[⑤]，左右绥之。既有淫威[⑥]，降福孔夷。

【注释】

①萋、且（jū）：随从众多貌。②敦琢：即“雕琢”。③宿、信：一宿为宿，再宿为信。④絷（zhí）：套马的绳索。⑤追：送别饯行。⑥淫：大。

【译文】

客人远来至我家，白色骏马身下跨。随从人员众且多，随从挑选也精明。

一宿两宿客莫走，三天四天望客停。给他一条绊马绳，留客拴住他的马。

客人告别我送行，左右安慰心意诚。客人既有大德行，神灵多多降福庆。

【鉴赏】

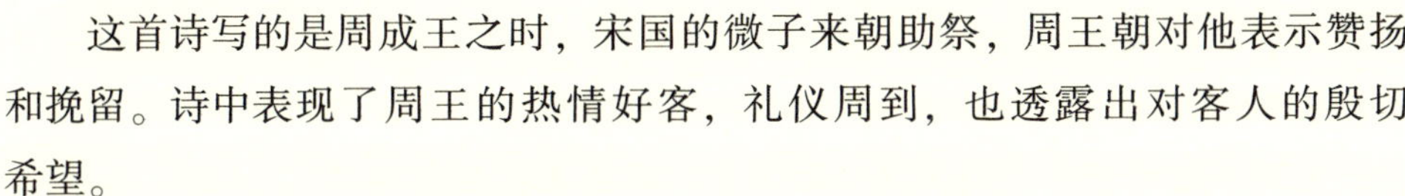

这首诗写的是周成王之时，宋国的微子来朝助祭，周王朝对他表示赞扬和挽留。诗中表现了周王的热情好客，礼仪周到，也透露出对客人的殷切希望。

武

【原典】

于皇武王[①]，无竞维烈[②]。允文文王，克开厥后。嗣武受之，胜殷遏刘[③]，耆定尔功[④]。

【注释】

①皇：光耀。②烈：功业。③刘：征伐。④耆（zhǐ）：致使，达到。

【译文】

光耀伟大的武王，他的功业世无双。文德显著周文王，后代基业他开创。武王继成受天命，制止杀戮克殷商，完成大业美名扬。

【鉴赏】

这首诗旨在歌颂周武王消灭殷商的功业，表现了武王偃武修文以安定天下的思想。本诗语言虽简洁质朴，但却在字里行间透出一种高远宏大的气势，是歌功颂德之作中的佳篇。

闵予小子

【原典】

闵予小子[①]，遭家不造[②]，嬛嬛在疚[③]。于乎皇考，永世克孝！念兹皇祖[④]，陟降庭止[⑤]。维予小子，夙夜敬止。于乎皇王，继序思不忘[⑥]！

【注释】

①闵：通“悯”，哀怜。小子：周成王自谓。②不造：即不幸。③嬛嬛

(qióng)：孤独无依的样子。疚（jiù）：病痛。④皇祖：先代君王。⑤陟：登上，这里指升起。⑥序：事业。

【译文】

可怜我这年轻人，遭遇这样的不幸，孤苦无依忧成病。

伟大先父周武王，终生尽孝有高风。追念先代君王们，英灵往来于朝纲。

想我嗣位年纪轻，日夜勤政求成功。文王武王请放心，继承遗志铭心胸。

【鉴赏】

这首诗写的是周成王刚刚即位，朝拜于祖庙，祭告父王及先祖。诗作抒发了成王的哀痛、孤独情绪以及对继承祖业的信心。诗中强调成王的孤独无援，于示弱示困示艰难之中，隐含了驱使、鞭策群臣效力嗣王的底蕴。

访　落

【原典】

访予落止①，率时昭考②。于乎悠哉！朕未有艾。将予就之③，继犹判涣④。维予小子，未堪家多难。绍庭上下⑤，陟降厥家。休矣皇考，以保明其身⑥。

【注释】

①访：商讨。②昭考：即周武王。③就：接近。④判涣：分散，使广大。⑤绍：继承。⑥明：勉励。

【译文】

执政开始就咨询，路线政策依父王。先王之道太精深，我无阅历少才能。

帮我实行先王法，继续谋求大业成。想我如今年纪轻，家国多难真着忙。

唯遵先王的庭训，升降家中从未停。武王神灵真英明，佑我勉我身安康。

【鉴赏】

《访落》创作时间，应是在武王去世、成王即位之时。周成王用自谦的语气诉说自己年少无知，缺乏治国经验，请求诸侯们尽心辅助，表达了深切的诚意。但诗中两次提到遵循武王之道，也隐含了震慑的意思，称得上是周王室决心巩固政权的宣言。

敬 之

【原典】

敬之敬之[1]，天维显思，命不易哉！无曰高高在上，陟降厥士，日监在兹。维予小子[2]，不聪敬止。日就月将，学有缉熙于光明。佛时仔肩[3]，示我显德行。

【注释】

①敬：通“儆”，警戒的意思。②小子：年轻人，周成王自谓。③佛（bì）：通“弼”，辅助。仔肩：责任。

【译文】

小心谨慎莫忘记，苍天在上理昭昭，保持天命真困难，莫说苍天高在上。神灵升降在周围，每日监视这下边。

我只是个年轻人，不聪明也不敏捷。日久月长勤学习，越积累就越明晰，群臣辅我担大任，示我治国好德行。

【鉴赏】

这首诗写的是成王警戒自己要敬天勤学，希望君臣尽心辅助。前面的《闵予小子》、《访落》和这首《敬之》以及后面的《小毖》在内容上相似度很高，所以向来被看成是一组诗。但这四首诗并非作于一时：前两篇当做于武王刚刚去世，成王即位之初；《小毖》作于周公归政之后；《敬之》则应作于二者之间的某一个时期，此时周成王正处于冲动走向成熟的过渡中。

小　毖

【原典】

予其惩[①]而毖后患[②]，莫予荓蜂[③]，自求辛螫[④]。肇允彼桃虫[⑤]，拚飞维鸟。未堪家多难，予又集于蓼[⑥]。

【注释】

①惩（chéng）：惩罚，教训。②毖（bì）：谨慎。③荓（píng）：使用。④螫（shì）：蜜蜂伤人。⑤桃虫：鹪鹩，一种鸟。⑥蓼（liǎo）：一种生长在水边的草。

【译文】

我必须吸取教训，谨慎些免除后患，没人用蜂刺扎我，都是我自寻烦恼。

开始以为小鹪鹩，忽然变成大恶鸟。国家灾祸何其多，又陷困境更难堪。

【鉴赏】

这首诗作于成王平定管叔、蔡叔、武庚之乱以后，成王在诗中警戒自己要防患于未然。在诗中，我们可以体会到成王深刻的反省，此时的成王已经顺利渡过危机，解除了威胁，而更重要的是，他已经能够保持政治上的清醒，决心为巩固政权而行天子之威令。

载　芟

【原典】

载芟载柞[①]，其耕泽泽[②]；千耦其耘，徂隰徂畛[③]。侯主侯伯，侯亚侯旅，侯强侯以。有嗿其馌，思媚其妇，有依其士。有略其耜[④]，俶载南亩。播厥百谷。实函斯活，驿驿其达[⑤]。有厌其杰，厌厌其苗，绵绵其麃[⑥]。载获济济，有实其积，万亿及秭。为酒为醴，烝畀祖妣，不洽百礼。有飶其香[⑦]，邦家之光；有椒其馨，胡考之宁。匪且有且，匪今斯今，振古如兹。

【注释】

①芟（shān）：锄草。柞（zé）：伐木。②泽泽（shìshì）：土崩瓦解的样子。③畛（zhěn）：田地边界。④略：锋利。耜（sì）：一种农具，用来插地起土。⑤驿驿（yì）：连续不断的样子。⑥麃（biāo）：除禾苗间的草，是耘的别名。⑦飶（bì）：通“苾”，芬芳。

【译文】

即除草又砍杂树，接着耕田又松土。千对农人在耕地，走向低洼的小路。家主和他的长男，子弟晚辈也到场，个个都是好男儿。送饭的说说笑笑，妇女温柔又美好，男子们干劲十足。那犁锹锋利有刃，南面那田先耕上，播下各种的禾谷。颗粒饱满生机旺，禾苗破土连续出。长出苗儿好漂亮，禾苗越长越整齐，谷穗下垂长又长。收获谷物何其多，累累粮食堆满仓，千亿万亿难估量。酿造清酒与甜酒，奉祭先祖和先妣，各种祭礼都供应。祭献食品喷喷香，是我邦家有荣光。酒香阵阵伴椒香，老人长寿又安康。这景象超过希望，有今天何曾料想，自古以来就这样。

【鉴赏】

这篇诗作是周王在秋收后用新谷祭祀宗庙时所唱的乐歌，是《周颂》中最长的一篇。从开端到“绵绵”句都是写农夫力田和禾谷成长的情形，“载获”三句写丰收，“为酒”七句写祭祀得福，最后三句表示对神灵的感谢。

良　耜

【原典】

畟畟良耜[①]，俶载南亩[②]。播厥百谷，实函斯活。或来瞻女，载筐及筥[③]，其饷伊黍。其笠伊纠，其镈斯赵[④]，以薅荼蓼[⑤]。荼蓼朽止，黍稷茂止。获之挃挃[⑥]，积之栗栗。其崇如墉，其比如栉，以开百室。百室盈止，妇子宁止。杀时犉牡[⑦]，有捄其角[⑧]。以似以续[⑨]，续古之人。

【注释】

①畟畟（cè）：形容耒耜（sì）耕地很快。②俶（chù）：起始。③筥

(jǔ)：圆形的筐。④镈（bó）：一种除草农具。赵：铲除杂草。⑤薅（hāo）：拔除田间的杂草。荼、蓼（liǎo）：都是野草的名称。⑥挃挃（zhì）：割取禾穗时发出的声音。⑦犉（rún）：黑嘴黄牛。⑧捄（qiú）：通作“觩”，角上曲而长之貌，形容匕柄的形状。⑨似：通“嗣”，继续。

【译文】

犁头入土真迅速，南田耕种在忙碌。百谷种子播田头，粒粒孕育富生机。有人给你送来饭，方筐圆筐真丰盛，送来热饭和黄粱。头戴手编草斗笠，手持锄头来翻土，除草田畦得清理。野草腐烂作肥料，庄稼生长真茂密。刷刷收割手脚快，打下谷子堆一起，堆得像墙一般高，看那两旁似梳齿，粮仓成百开不闭。装满仓屋大丰收，妇女儿童得休息。宰黄牛献到祭坛，长角弯弯向上挑。这祭礼延续久远，祖祖辈辈不忘记。

【鉴赏】

这是周王秋季收获粮食之后答谢神佑的乐歌。全诗一章到底，共二十三句，按照内容可分为三层：第一层从开头到“黍稷茂止”处，是诗人在追忆春耕夏耘的情景；第二层从“获之挃挃”到“妇子宁止”，写的是眼前秋天大丰收的情景；第三层是最后四句，主要记录秋冬祭祀的情景。

丝　衣

【原典】

丝衣其紑[①]，载弁俅俅[②]。自堂徂基，自羊徂牛；鼐鼎及鼒[③]，兕觥其觩。旨酒思柔。不吴不敖[④]，胡考之休！

【注释】

①紑（fóu）：洁净新鲜的样子。②俅俅（qiú）：形容冠饰美丽。③鼐（nài）：大鼎。鼒（zī）：小鼎。④吴：大声喧哗。

【译文】

丝衣洁净又鲜明，戴冠样式第一流。从庙堂里到门内，察看羊牛诸牺牲，还有大鼎和小鼎。兕角酒杯弯一头，美酒香醇味和柔。不喧哗也不傲慢，降

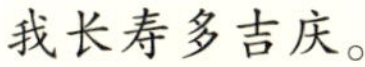
我长寿多吉庆。

【鉴赏】

据推测，这应该是一首“绎宾尸”的乐歌。所谓“绎宾尸”，就是在祭祀先祖的第二天，家主为酬谢装扮先祖神灵的“尸”而举行的宴会活动。

酌

【原典】

于铄王师[①]，遵养时晦[②]。时纯熙矣[③]，是用大介。我龙受之，蹻蹻王之造[④]。载用有嗣，实维尔公允师[⑤]。

【注释】

①铄（shuò）：光耀，辉煌。②晦：昏暗。③熙：明亮。④蹻蹻（jué）：勇武的样子。⑤允（tǒng）：借为“统”，指统领。

【译文】

英勇威武的王师，奉命攻取殷昏王。一时普天都光明，国泰民安大吉祥。

我今有幸享太平，朝中武将骁且劲。现将职务来任命，周公召公作领军。

【鉴赏】

这首诗用简洁的语言歌颂了周武王讨伐殷商而有天下，建立了丰功伟绩。

桓

【原典】

绥万邦[①]，娄丰年[②]。天命匪解[③]。桓桓武王[④]，保有厥士。于以四方，克定厥家。於昭于天，皇以间之[⑤]！

【注释】

①绥：和。②娄（lǚ）：同“屡”，屡次的意思。③解（xiè）：通“懈”，懈怠。④桓桓：威武的样子。⑤间（jiàn）：通“瞯”，监察。

【译文】

武王诛暴安天下，年年喜获好收成。全靠上天降福祥。威风凛凛的武王，拥有英勇的兵将，安抚了天下四方，周家天下得安定。武王光辉照天上，皇天监察我周邦。

【鉴赏】

这首诗歌颂了武王举兵伐商，平定四方的丰功伟绩。诗的语言雍容典雅，呈现出一种欢乐的氛围，涌动着新王朝的蓬勃朝气。

赉

【原典】

文王既勤止，我应受之①。敷时绎思②，我徂维求定③。时周之命，於绎思！

【注释】

①我：周武王自谓。②绎：思考。③徂：往。

【译文】

文王一生都勤勉，我要好好来继承。施行政令考虑清，伐商唯求天下定。周王命令须奉行，应当继续文王政。

【鉴赏】

这首诗写于武王克商胜利之后，是武王在告庙仪式上对所封诸侯的训诫之辞。

般

【原典】

於皇时周，陟其高山，嶞山乔岳①，允犹翕河②。敷天之下，裒时之对③，时周之命。

【注释】

①隮（duò）：狭长的山丘。②翕（xì）：合。③裒（póu）：聚集。对：疆土。

【译文】

辉煌荣耀的周邦，登至那座高山上，眼前是丘陵峰峦，合祭黄河真顺当。普天之下诸神灵，聚集一起报周王，周家命运定久长！

【鉴赏】

武王伐纣胜利之后，在回归京城的路上，为答谢山川神灵的帮助而举行了祭祀活动，这首诗就是武王在祭祀典礼上的诵辞。

鲁颂

《鲁颂》是《诗经》中《颂》的一部分，作于春秋时期。《鲁颂》虽然只有4篇，却也可分为两类，《泮水》和《閟宫》是歌颂鲁僖公的，风格与《雅》近似；另外两篇《駉》和《有駜》在体裁上与《风》类似。

駉

【原典】

駉駉牡马[①]，在坰之野[②]。薄言駉者：有驈有皇[③]，有骊有黄，以车彭彭。思无疆，思马斯臧。

駉駉牡马，在坰之野。薄言駉者：有骓有駓[④]，有骍有骐，以车伾伾[⑤]。思无期，思马斯才。

駉駉牡马，在坰之野。薄言駉者：有驒有骆[⑥]，有骝有雒[⑦]，以车绎绎[⑧]。思无斁，思马斯作。

駉駉牡马，在坰之野。薄言駉者：有骃有騢[⑨]，有驔有鱼[⑩]，以车祛祛[⑪]。

思无邪，思马斯徂。

【注释】

①駉駉（jiōng）：形容骏马雄壮的样子。②坰（jiǒng）：山野之外。③驈（yù）：一种黑身白胯的马。④骓（zhuī）：苍白杂毛马。駓（pī）：黄白杂毛马。⑤伾伾（pǐ）：强壮有力的样子。⑥驒（tuó）：青色而有鳞状斑纹的马。骆：黑身白鬣的马。⑦骝（líu）：赤身黑鬣的马。雒（luò）：黑身白鬣的马。⑧绎绎（yì）：马儿快速奔跑的样子。⑨骃（yīn）：浅黑间杂白色的马。騢（xiá）：赤白杂色的马。⑩驔（diàn）：黑身黄脊的马。鱼：两眼长两圈白毛的马。⑪祛祛（qū）：强健的样子。

【译文】

公马高大又肥壮，远郊野外去放牧。要问良马有几种：高大健壮那些马，骊马纯黑赤马黄，驾车蹄声阵阵响。深谋远虑无限量，养的马儿多肥壮。

公马肥壮好身体，群群牧放远郊地。高大健壮那些马，苍白骓马黄白駓，还有骍马青黑骐，驾起车来有力气。深谋远虑无限期，养的马儿都好样。

公马肥壮真不错，放在远郊近山坡。高大健壮那些马，青黑驒马白色骆，赤色骝马黑色雒，驾起车来快如梭。深谋远虑不觉倦，养的马儿神气旺。

公马肥壮强有劲，郊野放牧远离城。高大健壮那些马，红白騢马灰白骃，驔呀鱼呀也有名，驾起车来脚步轻。深谋远虑无邪僻，养的马儿跑远方。

【鉴赏】

这是我国最早的咏马诗，通过写马来赞颂鲁国的国君鲁僖公。从诗的表现手法上来看，这首诗尽管没有采取比兴，但写来跌宕有致，把马的形象描绘得生动传神，对鲁君的颂美也是点到即止，流畅自然，这在《颂》诗中实不多见。

有 駜

【原典】

有駜有駜[①]，駜彼乘黄。夙夜在公，在公明明[②]。振振鹭，鹭于下。鼓咽

咽，醉言舞。于胥乐兮。

有駜有駜，駜彼乘牡。夙夜在公，在公饮酒。振振鹭[3]，鹭于飞。鼓咽咽[4]，醉言归。于胥乐兮。

有駜有駜，駜彼乘駽[5]。夙夜在公，在公载燕。自今以始，岁其有。君子有穀[6]，诒孙子。于胥乐兮。

【注释】

①駜（bì）：马儿肥壮有力。②明明：勤勉操劳的样子。③振振：鸟儿群飞的样子。④咽咽（yīn）：击鼓的声音。⑤駽（xuān）：青黑马。⑥穀：福禄。

【译文】

多么肥壮又高大，驾上四匹黄膘马。早晚都在官府里，在那办事多繁忙。一群白鹭振翅飞，忽而上升忽而下。鼓儿敲起咚咚响，趁着醉意都起舞。一起乐啊心神舒。

多么高大多肥壮，四匹公马不寻常。早晚都在官府里，在那饮酒喜交加。一群白鹭振翅飞，白鹭高高飞向上。鼓儿敲起咚咚响，趁着醉兴把家归。乐在一起真快慰。

多么强壮多有劲，四匹青马驾车行。早晚都在官府里，在官府里设酒宴。打从如今开了头，年年都有好收成。君子好善有吉庆，福泽世代留子孙。乐在一起真高兴。

【鉴赏】

这首诗旨在赞美鲁僖公君臣勤于公事，描写出君臣宴饮，其乐融融。在句式方面，本诗主要是四言诗，但其中夹杂三言，这样固然能写出群臣的心境，但也打破了四言的规整，没有了周颂杂言的自然浑厚，所以说本诗“开后人乐府体一派”。

泮　水

【原典】

思乐泮水，薄采其芹[1]。鲁侯戾止，言观其旗。其旗茷茷[2]，鸾声哕哕。

无小无大，从公于迈。

思乐泮水，薄采其藻。鲁侯戾止，其马蹻蹻。其马蹻蹻，其音昭昭。载色载笑，匪怒伊教。

思乐泮水，薄采其茆[3]。鲁侯戾止，在泮饮酒。既饮旨酒，永锡难老。顺彼长道，屈此群丑。

穆穆鲁侯，敬明其德。敬慎威仪，维民之则。允文允武，昭假烈祖。靡有不孝，自求伊祜。

明明鲁侯，克明其德。既作泮宫，淮夷攸服。矫矫虎臣，在泮献馘[4]。淑问如皋陶[5]，在泮献囚。

济济多士，克广德心。桓桓于征，狄彼东南。烝烝皇皇，不吴不扬。不告于訩，在泮献功。

角弓其觩[6]。束矢其搜。戎车孔博。徒御无斁。既克淮夷，孔淑不逆。式固尔犹，淮夷卒获。

翩彼飞鸮[7]，集于泮林。食我桑黮，怀我好音。憬彼淮夷[8]，来献其琛。元龟象齿，大赂南金。

【注释】

①芹：即水芹菜。②茷茷（pèi）：飘扬的样子。哕哕（huì）：铃声齐响。③茆（mǎo）：莼（chún）菜。④馘（guó）：古代为计算杀敌人数以论功行赏而割

下敌人尸体的左耳。⑤皋陶（yáo）：相传尧时负责刑狱的官。⑥觩（qiú）：弯曲的样子。⑦鸮（xiāo）：即猫头鹰，古人认为是恶鸟。⑧憬（jǐng）：觉悟。⑨赂（lù）：指美玉。

【译文】

泮水游乐真开心，我在水中采水芹。鲁侯大驾要光临，已经看到旌旗影。车上旌旗随风展，铃儿叮当响不停。无论大官和小官，跟随僖公向前行。

泮水游乐真开心，来此采摘水中藻。鲁侯莅临有威仪，他的马儿真健硚。他的马儿真健硚，他的声音亮又高。面容和蔼又带笑，并非生气是宣教。

泮水游乐真开心，采摘莼菜忙不休。鲁侯大驾已光临，泮宫里面饮美酒。美酒已经举杯饮，祝君长生不老寿。顺着大道向前走，收服丑类不用愁。

举止肃穆的鲁侯，小心修德真仁厚。注意威仪要谨慎，为民作则是元首。文治武功两齐备，在天先祖榜样有。效法他们事事顺，求得上天长庇佑。

勤勉努力的鲁侯，能修品德讲法度。已把泮宫建设好，淮夷人民都归服。武臣矫矫如猛虎，献敌左耳泮水处。审讯得法似皋陶，就在泮宫献俘虏。

众多贤人聚鲁国，鲁侯仁德能发扬。大军出征雄赳赳，东南敌人要扫荡。气势雄壮真浩大，不嘈杂也不喧嚷。不为邀功相争吵，泮宫中把功劳上。

角弓弯弯硬又强，百箭发出嗖嗖响。兵车坚固数量多，战士英勇斗志昂。淮夷已经征服了，不再违命多善良。坚决执行你谋略，淮夷终于得扫荡。

翩翩飞舞猫头鹰，泮水边上栖树林。吃了我们的桑葚，回报我们好声音。觉悟过来那淮夷，前来贡献多珍品。内有巨龟和象牙，内有美玉和黄金。

【鉴赏】

这首诗旨在歌颂鲁僖公能继承祖先事业，整修泮宫，征服淮夷，建立文治武功。全诗八章，诗前三章叙述鲁侯前往泮水的情况；第四、五两章颂美鲁侯的德性；第六、七两章写征伐淮夷的鲁国军队；最后一章写淮夷前来归顺，贡献珍宝。

闷宫

【原典】

闷宫有侐[①]，实实枚枚[②]。赫赫姜嫄，其德不回。上帝是依，无灾无害。弥月不迟[③]，是生后稷。降之百福：黍稷重穋[④]，稙稚菽麦[⑤]。奄有下国，俾民稼穑。有稷有黍，有稻有秬。奄有下土，缵禹之绪。

后稷之孙，实维大王。居岐之阳，实始翦商。至于文武，缵大王之绪；致天之届[⑥]，于牧之野。“无贰无虞，天帝临女！”敦商之旅，克咸厥功。王曰“叔父[⑦]！建尔元子，俾侯于鲁。大启尔宇，为周室辅”。

乃命鲁公，俾侯于东。锡之山川，土田附庸。周公之孙，庄公之子，龙旗承祀，六辔耳耳。春秋匪解，享祀不忒。皇皇后帝，皇祖后稷，享以骍牺，是飨是宜，降福既多。周公皇祖，亦其福女。

秋而载尝，夏而楅衡[⑧]，白牡骍刚。牺尊将将[⑨]，毛炰胾羹[⑩]，笾豆大房。万舞洋洋，孝孙有庆。俾尔炽而昌，俾尔寿而臧，保彼东方，鲁邦是常。不亏不崩，不震不腾；三寿作朋，如冈如陵。

公车千乘，朱英绿縢[⑪]，二矛重弓。公徒三万，贝胄朱綅[⑫]，烝徒增增。戎狄是膺，荆舒是惩，则莫我敢承。俾尔昌而炽，俾尔寿而富，黄发台背，寿胥与试。俾尔昌而大，俾尔耆而艾。万有千岁，眉寿无有害。

泰山岩岩[⑬]，鲁邦所詹。奄有龟蒙[⑭]，遂荒大东。至于海邦，淮夷来同。莫不率从，鲁侯之功。

保有凫绎[⑮]，遂荒徐宅。至于海邦，淮夷蛮貊[⑯]。及彼南夷，莫不率从。莫敢不诺，鲁侯是若。

天锡公纯嘏[⑰]，眉寿保鲁。居常与许，复周公之宇。鲁侯燕喜，令妻寿母。宜大夫庶士，邦国是有。既多受祉，黄发儿齿[⑱]。

徂徕之松[⑲]，新甫之柏。是断是度[⑳]，是寻是尺。松桷有舄[㉑]，路寝孔硕，新庙奕奕。奚斯所作，孔曼且硕，万民是若。

【注释】

①闷（bì）：通“闭”。侐（xù）：清净。②实实：广大。枚枚：细密。③弥月：满月，即怀胎十月。④黍稷重穋（tóng lù）：四种谷物名称。⑤稙（zhí）稚（zhí）：早种者曰“稙”，晚种者曰“穉”。⑥届：征讨，诛灭。⑦叔父：即周公旦。⑧福衡：防止牛抵触用的横木。⑨牺尊：一种牛形状的酒杯。⑩胾（zì）：指大块肉。⑪縢（téng）：绳索。⑫贝胄：用贝壳装饰的头盔。⑬岩岩：山势高峻的样子。⑭龟：山名，在今山东新泰县西南方向。蒙：山名，在今山东蒙阴县南面。⑮凫（fú）：山名，在今山东邹县西南方向。绎：山名，在今山东邹县东南方向。⑯蛮貊（mò）：泛指东部与南部的少数民族。⑰纯嘏（gǔ）：大福。⑱儿（ní）齿：老人牙落后又生新牙，谓之儿齿，这是高寿的象征。⑲徂徕：山名，在今山东泰安县东南方向。新甫：山名，在泰山旁边。⑳度（duó）：通“剫”，砍伐。㉑桷（jué）：方木椽子。舄（xì）：粗大的样子。

【译文】

姜嫄神宫真静谧，大殿堂结构紧密。光明伟大姜嫄氏，品德端正无邪僻。天帝赐予她福泽，没有伤害无灾异。怀孕十月不延迟，诞下周始祖后稷。百般福气天帝降，黍稷成熟有早晚，还有豆麦和谷米。荫庇天之下邦国，教会人民学农艺。既有高粱和黍子，还有香稻黑小米。终于拥有这地域，大禹事业得承继。

后稷子孙了不起，古公亶父号太王。迁徙岐山向阳地，从此准备灭殷商。到了文王和武王，太王事业大发展。奉天意征讨殷商，牧野战场来较量。莫怀二心莫欺诈，天帝监察在头上。殷商队伍全俘获，能成大功世无双。成王开口叫叔父，封立你的大儿子，使他为侯在鲁邦。要努力扩土开疆，作为周室的屏障。

成王下令给鲁公，建立侯国地在东。赐他山川和田地，并有小国作附庸。周公远孙鲁僖公，庄公儿子是英雄。载着龙旗去祭祀，六缰柔软手中控。春秋祭祀不懈怠，祭祀完备无漏洞。天帝光明又伟大，还有后稷老祖宗。神位前供赤色牛，敬请神灵来享用，降你幸福有多种。伟大先祖周公旦，赐你福泽无尽穷。

秋天祭祀名为尝，夏天给牛设栏杠。公牛有白也有黄，牛形酒樽多漂亮。

烧烤小猪熬肉汤，盛入笾豆满大房。文舞武舞排场大，孝顺儿孙有福享。让你炽盛又兴旺，让你长寿无灾恙。安定东方那片土，保卫鲁国国运长。不亏损来不崩溃，不沸腾也不震荡。三寿和你做朋友，犹如巍峨的山冈。

鲁公战车上千乘，绿绳缠弓红缨矛，矛弓成对备交锋。鲁公步卒三万人，头盔镶贝红线缝，大军人多势力强。戎族狄族遭痛击，楚国徐国我严惩，无人再敢来抗衡。使你昌盛又兴旺，使你长寿又富强。老人驼背头发黄，寿高还把重任扛。让你康健又强壮，让你高寿至耆艾。千年万岁无尽穷，高寿永享无灾殃。

高大森严是泰山，位在鲁国国境中。龟山蒙山都属鲁，疆土延伸到远东。还有海滨各国家，淮夷也都来朝贡。他们全都来归附，都是鲁侯建奇功。

保有凫山和绎山，徐国也在控制中。延伸到海边小邦，治理那淮夷蛮貊。南方的蛮夷之族，没有谁人不服从。无人胆敢不听话，顺从鲁侯态度恭。

上苍赐福于鲁公，安享高寿保鲁地。据有常许两边邑，周公疆土复统一。鲁侯宴饮多欢喜，家有老母贤德妻。协调众士卿大夫，国家遂能保其土。已经获得大福祉，白发变黄乳齿生。

徂徕山上有松树，新甫山翠柏葱葱。又是砍来又是劈，丈量尺寸以待用。松木椽子粗又大，建成正殿多宽敞，新修宗庙真漂亮。大夫奚斯写此诗，篇幅漫长蕴含丰富，万民满意齐赞扬。

【鉴赏】

本诗是《诗经》三百篇中最长的一篇，全诗十章，共一百二十句，各章之间意义相互连贯，结构完整，以鲁僖公作閟宫为主要素材，热情歌颂了僖公的文治武功，表达诗人希望鲁国恢复其在周初时尊长地位的强烈愿望。

商颂

《商颂》是《诗经》中《颂》的一部分，共有 5 篇，都是祭祀殷商祖先的颂歌。其产生时代有两种说法，一说是商代保存下来，一说是春秋宋国作品（宋是商的后裔）。但从诗歌内容来看，《商颂》叙事流畅，韵律和谐，明显比《周颂》进步，所以第二种说法比较符合。

那

【原典】

猗与那与[①]，置我鞉鼓[②]。奏鼓简简，衎我烈祖[③]。汤孙奏假[④]，绥我思成。鞉鼓渊渊，嘒嘒管声[⑤]。既和且平，依我磬声。於赫汤孙，穆穆厥声[⑥]。庸鼓有斁，万舞有奕。我有嘉客，亦不夷怿。自古在昔，先民有作。温恭朝夕，执事有恪[⑦]。顾予烝尝[⑧]，汤孙之将。

【注释】

①猗（ē）、那（nuó）：都是美盛的意思。②鞉（táo）鼓：一种立鼓。③衎（kàn）：欢乐。烈祖：功勋显著的祖先。④奏假：祭享。⑤嘒（huì）嘒：象声词，吹管声。⑥穆穆：庄严肃穆的样子。⑦恪（kè）：恭敬诚笃的样子。⑧烝尝：冬祭为烝，秋祭为尝。

【译文】

多么美好多堂皇，拨浪鼓儿安堂上。敲起鼓来响咚咚，令我祖宗多欢愉。汤孙奏乐来祭告，赐我太平大福祥。拨浪鼓儿响咚咚，吹奏管乐声呜呜。曲调和谐音清平，玉馨配合更悠扬。汤孙英名真显赫，歌声美妙绕屋梁。钟鼓洪亮一齐鸣，场面盛大看万舞。我有助祭好宾客，无不欢欣在一处。自从古代我先王，已把祭礼制妥当。早晚温和又恭敬，小心谨慎做事忙。冬祭秋祭神赏光，商汤子孙天佑助。

【鉴赏】

《那》作为《商颂》的第一篇，同《商颂》中的其他几篇一样，都是殷商后代子孙祭祀先祖的颂歌。诗中设有专祀成汤的内容，却描述了商时祭祀的情形和场面，气氛虽在，章法却有些杂乱，但今天从音乐文学史的研究角度来看，可以说《那》具有比其他《诗经》作品更重要的意义。

烈 祖

【原典】

嗟嗟烈祖！有秩斯祜①，申锡无疆，及尔斯所。既载清酤，赉我思成②。亦有和羹③，既戒既平。鬷假无言④，时靡有争。绥我眉寿，黄耇无疆。约軧错衡，八鸾鸧鸧⑤。以假以享，我受命溥将⑥。自天降康，丰年穰穰。来假来飨，降福无疆。顾予烝尝，汤孙之将⑦。

【注释】

①祜：福气。②赉（lài）：恩赐。③和羹：熬制好的菜汤。④鬷（zōng）假：集合大伙一起祈祷。⑤鸧鸧（qiāng）：象声词，铃铛的响声。⑥溥将：大而长的样子。⑦将：奉祀。

【译文】

烈烈先祖神在上，大吉大利有洪福。永无休止赏赐厚，到达时君这地方。先祖神前设清酒，佑我事业得成功。再把肉羹调制好，陈设齐备又适当。没有争执很庄重。赐我平安得长寿，神灵赐我百年寿，满头黄发寿无疆。车毂裹皮辕雕花，八个鸾铃响叮当。祭告神灵献祭品，我受天命广又长。太平幸福从天降，丰收之年满囤粮。神灵光临受祭飨，降下幸福无限量。冬祭秋祭神赏光，成汤子孙永祭享。

【鉴赏】

这是一首殷商后人祭祀祖先的乐歌。全诗一章二十二句，分四层铺写祭祀烈祖的盛况。开头四句点明祭祀烈祖的缘由在于他洪福齐天；接着八句写主祭者献“清酤”、“和羹”，作“无言”的祷告，表现了主祭者的恭敬虔诚；再后面八句写助祭者所坐车马的奢豪华丽，以此衬托出主祭者身份的尊贵；最后以两句祝词做结，点明了举行时祭的是“汤孙”。如此首尾呼应，增加了本诗结构的完整性。

玄　鸟

【原典】

天命玄鸟[①]，降而生商，宅殷土芒芒。古帝命武汤，正域彼四方[②]。方命厥后[③]，奄有九有[④]。商之先后，受命不殆[⑤]，在武丁孙子。武丁孙子，武王靡不胜。龙旗十乘，大饎是承。邦畿千里[⑥]，维民所止，肇域彼四海。四海来假[⑦]，来假祁祁[⑧]。景员维河。殷受命咸宜[⑨]，百禄是何[⑩]。

【注释】

①玄鸟：黑色的燕子。②正（zhēng）：通“征”。(3) 后：君主，这里指众诸侯。④奄：包括。⑤殆：通“怠”，即懈怠。⑥邦畿：疆土，边界。⑦来假（gé）：指四方诸侯前来朝见。⑧祁祁：纷杂众多的样子。⑨咸宜：都认为合适。⑩何（hè）：通“荷”，承受。

【译文】

上天明令燕子降，生契建商降人间，住在殷地广又宽。古时天帝命成汤，征服四海治四方。昭告部落各首领，九州土地商占遍。从前商朝诸先王，接受天命无灾殃，武丁孙子有福祥。孙子武丁多贤良，成汤事业能担当。大车十辆龙旗扬，满载黍稷供祭享。千里国土真辽阔，百姓居处得平安，开始据有四海地，四海诸侯来朝商，来朝人多纷且忙。景山四周绕黄河，殷受天命最适当，百样福禄都占全。

【鉴赏】

这是一首祭祀殷代祖先的乐歌。诗中写商的“受天命”治国，写得渊源古老，神情庄严，并成功应用了对比、顶真、叠字等修辞手法，结构严谨，脉络清晰。

长　发

【原典】

浚哲维商[①]，长发其祥。洪水芒芒，禹敷下土方。外大国是疆，幅陨既

长。有娀方将[②]，帝立子生商。

玄王桓拨，受小国是达，受大国是达。率履不越[③]，遂视既发。相土烈烈。海外有截。

帝命不违，至于汤齐。汤降不迟，圣敬日跻。昭假迟迟，天帝是祗[④]。帝命式于九围。

受小球大球，为下国缀旒[⑤]，何天之休。不竞不絿[⑥]，不刚不柔。敷政优优[⑦]。百禄是遒[⑧]。

受小共大共，为下国骏厖[⑨]。何天之龙。敷奏其勇[⑩]，不震不动，不戁不竦[⑪]，百禄是总。

武王载旆，有虔秉钺。如火烈烈，则莫我敢曷。苞有三蘖[⑫]，莫遂莫达[⑬]。九有有截[⑭]，韦顾既伐，昆吾夏桀。

昔在中叶，有震且业。允也天子[⑮]，降予卿士。实维阿衡[⑯]，实左右商王。

【注释】

①浚（jùn）哲：明智。②有娀（sōng）：古代一国家名。③率履：遵循礼法。④祗：敬畏。⑤缀旒：表章。⑥絿（qiú）：急。⑦优优：宽厚温和的样子。⑧遒：汇聚到一起。⑨厖（páng）：厚。⑩敷奏：施展开来。⑪戁（nǎn）、竦：都是恐惧的意思。⑫蘖（niè）：树木被砍后新生的枝丫嫩芽。⑬遂：草木生长之称。达：苗生出土之称。⑭九有：九州，九域。⑮允：确实。⑯阿衡：即伊尹，辅佐成汤征服天下建立商王朝的大臣。

【译文】

英明睿智商始祖，上天久已现祯祥。上古时洪水茫茫，大禹治理遍四方。外与大国定疆界，幅员由此广且长，有娀少女正青春，天帝送子生殷商。

始祖玄王多刚毅，从小国开始治理，受理大国也都成。遵守礼法不过分，遍察教令尽施行。相土治国有威严，四海之外都归附。

先祖不违天帝命，成汤能与天相并。成汤谦卑不怠慢，圣明美德日上升。诚心祭告久不停，只把天帝来爱敬。天帝命他执九州。

接受小法和大法，作为诸侯的表率。承受上苍的福佑。既不竞争不贪求，也不示弱不逞强。施政温和性宽厚，百般福禄聚一堂。

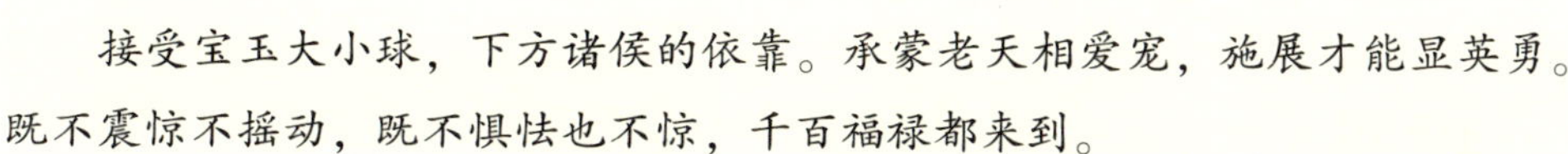
接受宝玉大小球，下方诸侯的依靠。承蒙老天相爱宠，施展才能显英勇。既不震惊不摇动，既不惧怯也不惊，千百福禄都来到。

汤王亲征旌旗飘，手持大斧多威猛。好比猛火熊熊炎，谁人胆敢来阻挡。一棵老树三枝杈，不许杈上枝叶长。天下九州归一统，韦顾两国已投降，昆吾夏桀都扫荡。

从前商代中世时，国力强大有威势。成汤真是天之子，上天降下贤卿士。他就是贤相伊尹，实为商王左右手。

【鉴赏】

这是殷商后王祭祀成汤及其列祖的乐歌，具有一定的史诗因素。诗中叙述的事件以殷商的史实为基础，同时也和上古时期其他民族的史诗一样，吸取了很多神话传说素材，同时又根据殷商统治阶级的功利及其意识形态，对神话传说的内容做了相应的取舍和改造。

殷　武

【原典】

挞彼殷武①，奋伐荆楚。罙入其阻②，裒荆之旅③。有截其所，汤孙之绪。

维女荆楚，居国南乡。昔有成汤，自彼氐羌，莫敢不来享，莫敢不来王，曰商是常。

天命多辟，设都于禹之绩。岁事来辟，勿予祸适④，稼穑匪解。

天命降监，下民有严⑤。不僭不滥，不敢怠遑。命于下国，封建厥福。

商邑翼翼⑥，四方之极。赫赫厥声，濯濯厥灵⑦。寿考且宁，以保我后生。

陟彼景山，松伯丸丸⑧。是断是迁，方斫是虔。松桷有梴⑨，旅楹有闲，寝成孔安。

【注释】

①挞（tà）：勇武的样子。②罙（shēn）：“深”的古字。③裒（póu）：俘虏。④祸：罪过。适：谴责。⑤严：同“俨”，恭敬。⑥翼翼：严正繁盛的样子。⑦濯濯：光耀鲜明的样子。⑧丸丸：高大挺直的样子。⑨桷（jué）：方

形椽子。梴（chán）：树木修长。

【译文】

殷王武丁真神勇，是他兴师伐荆楚。深入敌人险阻地，众多楚兵被俘虏。王师到处齐平服，成汤子孙建奇功。

你们荆楚蛮夷国，长久居住在南方。往昔成汤势力强，就是僻远如氐羌，没人胆敢不进贡，没人敢不来朝王，天下之尊是殷商。

上天命令众国君，建都大禹治水处，每年按时来朝见，宽大不愿施谴责，切莫松懈误稼穑。

苍天在上监四方，老百姓恭敬端庄。不越礼制不放荡，不因怠惰把业荒。天子命令诸侯国，四方封国有福享。

商都富丽又堂皇，真是四方好榜样。赫赫威名武丁王，他的灵威真光耀。商王长寿又安康，保我子孙万代昌。

登上景山制高点，松树柏树多挺拔。砍伐下来搬运走，斫成柱子削成梁。松树椽子大又长，屋檐楹柱多粗壮，寝庙落成神灵安。

【鉴赏】

本诗是《商颂》的最后一篇，也是《诗经》三百零五篇的最后一篇，歌颂了殷高宗继承成汤事业所建树的中兴业绩。全诗共六章，前五章描写殷高宗武丁中兴之事，第六章写的是高宗寝庙落成时的情景。

参考文献

[1] 沐言非．诗经［M］．北京：中国华侨出版社，2013.
[2] 夏华．典藏：诗经［M］．辽宁：万卷出版公司，2014.
[3] 盛广智．诗经三百首译析［M］．吉林：吉林文史出版社，2014.
[4] 吴锋．图解诗经［M］．北京：北京联合出版公司，2012.
[5] 林羲光．诗经通解［M］．上海：中西书局，2012.
[6] 傅斯年．诗无邪［M］．北京：中国华侨出版社，2013.
[7] 李山．对话《诗经》［M］．北京：中华书局，2013.
[8] 鲍鹏山，王骁．美丽《诗经》［M］．安徽：黄山书社，2012.